异国的芬芳

U1074261

百年之后

[英]米尔恩　等／著

梁遇春／译

江苏凤凰文艺出版社
JIANGSU PHOENIX LITERATURE AND ART PUBLISHING, LTD

图书在版编目（CIP）数据

百年之后 /（英）米尔恩 (Alan Alexander Milne) 等著；梁遇春译 . — 南京：江苏凤凰文艺出版社，2017.6
（异国的芬芳）
ISBN 978-7-5594-0538-8

Ⅰ . ①百… Ⅱ . ①米… ②梁… Ⅲ . ①小品文 – 作品集 – 英国 – 现代 Ⅳ . ① I561.65

中国版本图书馆 CIP 数据核字 (2017) 第 124110 号

书　　名	百年之后
著　　者	（英）米尔恩 (Alan Alexander Milne) 等
译　　者	梁遇春
责任编辑	黄孝阳　王　青
出版发行	江苏凤凰文艺出版社
出版社地址	南京市中央路 165 号，邮编：210009
出版社网址	http://www.jswenyi.com
印　　刷	三河市兴国印务有限公司
开　　本	880 × 1230 毫米　1/32
印　　张	9.25
字　　数	208 千字
版　　次	2017 年 6 月第 1 版　2021年 7 月第 3 次印刷
标准书号	ISBN 978-7-5594-0538-8
定　　价	49.80 元

目录

英国小品文选

小品文选

小品文续选

英国小品文选

译者序

把 Essay 这字译作“小品”，自然不甚妥当。但是 Essay 这字含义非常复杂，在中国文学里，带有 Essay 色彩的东西又很少，要找个确当的字眼来翻，真不容易。只好暂译作“小品”，拿来和 Bacon[①]，Johnson[②]，以及 Edmund Gossc[③] 所下 Essay 的定义比较一下，还大致不差。希望国内爱读 Essay 的人，能够想出个更合式的译法。

在大学时候，除诗歌外，我最喜欢念的是 Essay。对于小说，我看时自然也感到兴趣，可是翻过最后一页以后，我照例把它好好地放在书架后面那一排，预备以后每星期用拂尘把书顶的灰尘扫一下，不敢再劳动它在我手里翻身打滚了。Hawthorne[④] 的《红字》（*The Scarlet Letter*），Dostoyevsky[⑤] 的《罪与罚》（*Crime and Punishment*），*Conrad*[⑥] 的 *Lord Jim*，*The Nigger of Narcissus* 都是我最爱念的小说，可是现在都安然

---

① 弗朗西斯·培根（1561—1626），英国文艺复兴时期文学家。——译者注

② 塞缪尔·约翰逊（1709—1784），英国文学评论家，诗人。——译者注

③ E.W. 戈斯（1849—1928），英国翻译家，文学史家，批评家。——译者注

④ 纳撒尼尔·霍桑（1804—1864），美国小说家。——译者注

⑤ 陀思妥耶夫斯基（1821—1881），俄国文学家。——译者注

⑥ 约瑟夫·康拉德（1857—1924），生于波兰的英国小说家。——译者注

地躺在家里我父亲的书架上面了。但是Poe①，Tennyson②，Christina Rossetti③，Keats④的诗集，Montaigne⑤，Lamb⑥，Goldsmith⑦的全集；Steele⑧，Addison⑨，Hazlitt⑩，Leigh Hunt⑪，Dr.Brown⑫，De Quincey⑬，Smith⑭，Thackeray⑮，Stevenson⑯，Lowell⑰，Gissing⑱，Belloc⑲，Lewis⑳，Lynd㉑这些作家的小品集却总在我的身边，轮流地占我枕头旁边的地方。心里烦闷的时候，顺手拿来看看，总可医好一些。其中有的是由旧书摊上买来而曾经他人眉批目注过的，也有是贪一时便宜，版子坏到不能再坏的，自然，也有十几本金边大字印度纸印的。我却一视同仁，读惯了也不想再去换本好版子的来念。因为恐怕有忘恩背义的嫌疑。

常常当读得入神时候，发些痴愿。曾经想把Montaigne

---

① 埃德加·爱伦·坡（1809—1849），十九世纪美国诗人，小说家和文学评论家。——译者注

② 阿佛瑞德·丁尼生（1809—1892），英国诗人。——译者注

③ 克里斯蒂娜·罗塞蒂（1830—1894），英国女诗人。——译者注

④ 约翰·济慈（1795—1821），英国诗人。——译者注

⑤ 蒙田（1533—1592），文艺复兴时期法国作家。——译者注

⑥ 查尔斯·兰姆（1775—1834），英国散文家。——译者注

⑦ 奥利弗·戈德史密斯（1728—1774），英国作家。——译者注

⑧ 理查德·斯梯尔（1672—1729），英国散文家。——译者注

⑨ 约瑟夫·艾迪生（1672—1719），英国散文家，诗人。——译者注

⑩ 威廉·黑兹利特（1778—1830），英国散文家。——译者注

⑪ 利·亨特（1784—1859），英国散文家，诗人。——译者注

⑫ 托马斯·布朗（1605—1682），英国医师和作家。——译者注

⑬ 托马斯·德·昆西（1785—1859），英国散文家和批评家。——译者注

⑭ 洛根·皮尔索斯·史密斯（1865—1946），英国散文家。——译者注

⑮ 威廉·梅克比斯·萨克雷（1811—1863），英国小说家，散文家。——译者注

⑯ 罗伯特·路易斯·史蒂文森（1850—1894），英国散文家，小说家和诗人。——译者注

⑰ 拉塞尔·洛威尔（1819—1891），美国作家，批评家。——译者注

⑱ 乔治·吉辛（1857—1903），英国小说家，散文家。——译者注

⑲ 西莱尔·贝洛克（1870—1953），英国作家。——译者注

⑳ C.S.刘易斯（1898—1963），英国文学家，学者，批评家。——译者注

㉑ 罗伯特·林德（1879—1949），英国批评家，散文家。——译者注

那一千多页的小品全翻作中文，一回浊酒三杯后，和一位朋友说要翻 Lamb 全集，并且逐句加解释，第二天澄心一想，若使做出来，岂不是有些像《皇清经解》[1]把顽皮万分的 Lamb 这样拘束起来，Lamb 的鬼晚上也会来口吃地和我吵架了。有时高兴起来，也译一二篇，但将译文同原文一比较，免不了觉得失望。所以天天读，天天想翻，二三年始终没有办到。前年冬天反麻麻糊糊地译出一篇自己不十分爱读的屠格涅夫（ Turgenev）的小说。回想起来，笑也不是，叹气也不是，只好不去想吧！

今年四五月的时候，心境沉闷，想做些翻译解愁。到苦雨斋和岂明老人商量，他说若使用英汉对照地出版，读者会更感到有趣味些。我觉这法子很好，就每天伏案句斟字酌地把平时喜欢的译出来。先译十篇，做个试验，译好承他看一遍，这些事我都要感谢他老先生。

本来打算每一个作家，都加一篇评传，但是试写 Lamb 评传，下笔不能自已，写了一万字，这样算起六篇评传就占六万字了，（当代小品文四篇，本不拟做评传，只打算做一篇泛论当代的小品文），比翻译还要多二万字，道理说不过去，所以也就不做，等将来再说吧。

所加注释，除原文困难的地方以外，许多是顺便讨论小品文的性质同别的零零碎碎的话，所以有不少赘言，不过也免得太干燥，英文程度好、用不着注释的人，也可以拿来看看。

译这书时，我是在北京马神庙西斋；现在写这些话时，人

① 又名《学海堂经解》，清代训释儒家经典著作的汇刻，阮元主编。——译者注

却在真茹了。而且北京也改作北平了。

译得不妥的地方，希望读者告诉我。

遇　春

十七年九月五日

毕克司达夫先生[1]访友记

〔英〕理查德 · 斯梯尔

有些人有许多快乐同玩意儿在他们的手头，他们自己却没有享受。所以有谁把他们本有的幸福说给他们听，使他们注意那容易忽略的好运气事情，这倒是一件仁爱的好事。结婚了的人们常需要这么一个教导者；他们看着自己的单调不变的生活情形，悲闷着喃喃埋怨，愁苦地度过他们的时光，但是由别人看来，他们的生活却包含着人生上一切快乐的综合，又是远离人生各种苦痛的躲难所。

我所以想到这点是由于去拜会一个老朋友，他是我的旧同

① 这是 Steele 编 *Tatler* 时用的假名。这名字倒有一段很有趣味的历史。在十八世纪开头那几年，伦敦有一位名气很大的星相专家，名叫 John Partridge；他每年出版一本历书，预言一年里的大事情。不幸得很，在他正交好运的时节，偏来了一位刁钻古怪，专爱捣乱的 Swift——做 *Gulliver' s Travels* 和 *Tale of a Tub* 的 Swift——和他开玩笑。在 1707 年，Swift 用 Isaac Bickerstaff 这个假名，也印行一部历书叫作 *Bickerstaff Almanac*（《毕克司达夫历书》），书里有照着天上星宿算出的关于 1708 年的预言。这章预言就是底下这几句刻毒嘲笑的话："我第一个预言是无关紧要的，但是我要说出来，证明那班自命为星相专家的人对自己事情都是不明白的，我的预言是关于做历书的 Partridge，我把他生时天上所照他的星宿拿来算了一下，算出他在三月二十九晚上十一时会发狂热病而死；所以我劝他留心些，把一切事情先期安排好吧！"三月三十那天，Swift 在报上登出 Partridge 死的消息，将他死的情形说得详详细细；过了一天，又有一篇堂皇典雅的哀诗。这么一来，谁也相信 Partridge 已经死了，自然没有人再去算命。Partridge 赶紧登报否认；Swift 也作篇文章来辩护自己，说根据星相的原理算来，Partridge 是死了，现在登报声明的这个人，是想冒名顶替的骗子，把 Partridge 弄得哑子吃黄连说不出苦来。Steele 的 *Tatler* 是在 1709 年发刊，正是 Isaac Bickerstaff 历书这件事传遍伦敦的时候，所以 Steele 把这个名字拿来做他的笔名。——译者注

学。前星期他同家眷到城里来过冬[①]，昨天早上他打发人来，说他的妻子请我去列席宴会。我在他屋里同在自己家里一样随便，他们一家人都知道我心里是希望他们好的。我到的时候，孩子们是那么高兴地来迎接，我当时的快乐真是说不出来。当他们猜出打门者是我的时候，他们争先恐后跑出来；跑输了的小孩赶紧回转去告诉他的父亲，说毕克司达夫先生来了。这回是一个美丽的小姑娘带我进去，我们起初以为她一定不认识我了，因为他们一家不到城来已经有了两年。她居然还认得我，这变作我们谈天的一个大题目，我一进门就谈这件事情。这说完了，他们和我开玩笑，说出成千成万关于我同一个邻人的女孩结婚的小故事，这些都是他们在乡下听到的。那位先生，我的朋友，就说，"不对，若使毕克司达夫先生娶他朋友的女孩，我希望我的孩子会优先被选；这位玛利姑娘现在十六岁了，嫁给他将来定可做个再好不过的孀妇。但是我十分知道他，我晓得他的心给我们青年时节那班社会之花的影子迷住着呢。他对现在的美人连瞧一眼都不瞧。老朋友，我记得当宅拉敏达[②]占住你的心时，你一天中多么常常回家去洗脸换衣服。当我们来城坐在车中，我还背诵出几首你赞她的诗，给我妻子听了。"这样子回想些久已过去的零碎事情，我们快乐地吃了精美的大餐。吃完了后，他的太太同小孩们全都离开房子。他们一走去，只有我们两个人在的时候，他就拉着我的手，说："我的好朋友，看见你，我心里非常愉快，我曾担忧过你也许不能再和我

① 英国有钱人家多半夏天到海边或山上去避暑，冬天就到大都会去过冬，因为那时候城里特别热闹。——译者注

② 这是个意大利的名字。十七八世纪的文人爱用意大利名字来叫他们所喜欢的女子，如 Swift 把常和他通信的二位女子 Miss Johnson 同 Miss Vanhomrigh 叫作 Stella 同 Vanessa。——译者注

们全家像今天吃饭这样相会了。你觉得我们这好主妇同你从前由戏院出来跟着她走去，替我找出她的姓名的时候，有什么变更没有？”他说话时，我看见一滴眼泪由他的面颊流下，这很感动了我。因为要故意转过话路，我说：“她同从前实在有些不同，那时她退还我代你送的信，口里说道：因为我是上等社会人，她希望我不要再被人利用来和她捣乱，她并未曾得罪我过；请我好意劝那位朋友不要再干这万不会成功的事情。你或者还记得，那时我以为她所说的是出于真心；你于是不得不找你表哥老威设法，他教他的姊妹为了你同她结识。你不能希望她老是十五岁那么年轻。”“十五岁！”我朋友答道，“啊！你这过独身生活的人[①]简直不能了解真真被人家爱的快乐是多么广大而甜蜜呀！天地间最美丽的脸貌，不能像我看到这好妇人的时候似的，在我心中引起同样的快感。她脸上颜色的衰老多半是因为我生热病时她看护着劳苦了的缘故。跟着她也病倒了，这病去冬差一点就要把她带走。我老实告诉你，我感激她的地方太多，我对她现在的康健免不了万分关心。至于你所说的十五岁，她现在每天给我的快乐，是从前她美丽还在我也年富力强的时候，我所没有尝到的。现在她每时刻给我新例子，证明她是多么顺从我的癖好，对我家产是多么节俭留心。由我的眼睛看来，她的容貌比我头一次看她时还美；她脸上的衰老处，我都能由现出那时候起，说出这是哪一回她对我的安宁上

① 凡是做小品文章的人，多数都装说自己是个单身汉而且是饱经世故的老人，因为单身汉同老头子对于一切事情常有种特别的观察点，说起话来也饶有风趣。以讽刺小说著名的 Thackeray 做他的小品（essaykin）时候，自称是个老人（oldster），是个鳏夫，说出话也蔼然仁者之言，谁念他那本小品集 *Roundabout Papers* 总感到《虚荣市》和 *Henry Esmond* 的作者也有他温和慈祥的时候。说也奇怪，爱做小品的人，许多却真是单身汉，Goldsmith，Cowper，Lamb，Irving 等都是没有娶过亲的。——译者注

的大关心所引起的。所以同时我觉得从前对那过去的她的爱情是被我对现在的她的感谢增加热度了。妻子的爱和平常一般叫作爱的无聊情绪一比较，有雅人的秀美微笑与小丑的粗声狂笑的不同。啊！她是无价之宝。她管理家事，只怕找到别人的错处；这样子她使仆人像小孩一样地顺从她；我们最低级的仆人做错了事，都有自觉羞耻之心，那在别家小孩子里有时还找不出。我坦白地对你说，老朋友，从她那回病后，以前给我极端快乐的东西，现在倒使我烦恼。譬如小孩子在隔壁房子玩的时候，我由那脚步的声音，认出是这班可怜的小孩，心里就盘算，若他们在稚年失去了母亲，他们怎样办呢。以后我讲打仗故事给男孩听，问女孩洋囡囡的现状，同它和她谈了什么话没有等各种快乐全变作心里的思虑同愁闷了。”

他正要这么悱恻地往下说，我们的好太太进来了，面上现着说不出的甜蜜告诉我们,她刚在自己房里找些非常好的东西，来招待像我这样子的一个老朋友。她丈夫看她笑容满面，喜欢得眼睛发光；我看见他的恐惧立刻烟消云散了。这位太太由我们脸上的神情觉察出刚才我们有特别严重的谈论，看了她丈夫的强为欢笑、很担心地同她招呼的样子，就立刻猜出我们谈的是什么东西；微笑地向我说：“毕克司达夫先生，他告诉你的话，一点也信不得，若使他对身体只管像到城以后这么不小心，我真是常常允许你似的，可以活到再嫁给你。你要知道，他对我说他觉得伦敦这地方比乡下更卫生得多；因为他看见有好几位老朋友旧同学在这里还是很年轻，美丽的假发后面有着满头的真发。[1]今早我差不多不能阻止他打开着胸扣[2]到街上去。”我的朋友一向非常爱她这种有趣的滑稽，便叫她陪我们坐下。她态度雍容地坐下，这态度是聪明女人特别有的；为着要保持她带来的快乐空气，她转过来同我开玩笑。“毕克司达夫先生，你记得你有一夜从戏院里跟我一同出来的；你明晚带我往那里去，领我去前排坐，好不好。”这话引起了我们大谈一会现在已经做了母亲，而二十年前在戏厢里出过风头的美人。我同她说：“我看着很高兴，她把她的许多美丽传了下来，我相信无疑，在半年之内她的大女孩子一定会变作被人举杯祝饮的姑娘了。”[3]

我们正在把这位姑娘的幻想的高升拿来说笑，忽然间我们被鼓声吓住了，立刻走进我的教子，要给我奏一曲军歌。他的母亲半笑半骂地要把他赶出，可是我不肯就这样子同他分开了。同他谈起，我才知道他高兴时候，虽然有些吵闹，他有他的好本领，凡是八岁以内小孩所知道的学问他全懂得。我发现出他是《伊索寓言》的历史大家；但是他明白地告诉我他的意见，他不爱这门学问，因为他不相信那些事是真的；因此我晓得在最近一年他念的东西多半是“希腊的白里安力斯先生”、“瓦轶的葛勇士”、“七豪杰”[4]同这么大年纪要看的别个历史家。我察出他父亲对儿子的大胆出众很满意；至于这种娱乐对他是有益的，我由他的批评里看出，那些话他一生都用得着。他会

① 十八世纪上等社会的人，都戴着假发（periwig），所谓 full-bottomed，就是在假发里面有满头的真发。——译者注

② 胸前没有扣紧，故意学年轻人的样子。——译者注

③ 英国习俗，年轻人在酒酣耳热时，常高举酒杯，祝当时美人的健康，一饮而尽，在座的也陪饮。——译者注

④ 这些都是英国小孩常看的故事里英雄（nursery worthies）的名字。——译者注

告诉你约翰·黑曲术利夫提处理事情不对的地方，对于撒生敦的毕比斯的坏脾气表示不满意，爱敬圣乔治，因为他是英国的保护神；这样子他的意思渐渐不知不觉地在谨慎、道德同名誉各个观念的模型里熔成。我赞美他的能干，他母亲对我说，今早邀我进来那小女孩在她自己方面比他还渊博。她说倍蒂多半注意神仙鬼怪的事；有时在冬夜把女仆都吓得不敢去睡觉。

我同他们坐到很迟才散，有时讲些快乐的话，有时正经地谈论，始终有一种特别的快乐，这快乐使一切谈天真正发生乐趣，就是我们大家都觉得有一种互相亲爱的情调。我回家，心里想着结婚生活和独身生活不同的地方；我不妨老实说，想起无论什么时候我一死去，没有一点痕迹留在后面，这情形使我暗暗地焦心。抱着这沉思的心境，我回到我的家庭，所谓家庭者就是我的女仆，我的狗儿同我的猫儿[①]，我的境遇如何，只对他们才有好坏的影响。

附注 Steele 做这篇文章后过了半月，又写了一篇《续篇》，*Mr.Bickerstaff Visits a Friend*（*continued*）叙述 Bickerstaff 朋友的太太死时的情形，但是写得太凄惨了，有故意使人掉眼泪的毛病，终不如这篇轻描淡写，漫话一日聚会的含蓄生姿。

① 意即没有妻室儿女。——译者注

论健康之过虑

——虚弱者[①]之来信[②]

〔英〕约瑟夫·艾迪生

下面的信一看就明白，用不着什么声明。

先生：

我是通常所谓身体虚弱这类多病人中间的一个；让我老实地告诉你，我是由读医学才得到这种身体的——倒可以说，心理的——坏习惯。我一开始读这类书，就觉得我的脉不对；差不多没有念过关于任何病的叙述，而自己不以为正患这个病。新登哈姆博士那篇论热病的深奥文章使我害缠绵不去的痨热病，当我看这篇好论文时候，这病老在我身上。以后我去念几位肺痨病学者的书，用这法子我得了肺病；等到最后长得太胖了，自己也有点不好意思

① 指身体没有什么大毛病，而自己心里却老以为有好多病的人；同精神病人有些相同。写信的人也有点自知是神经过敏，常常有杯弓蛇影、自寻烦恼的地方，所以或者不过属于一种 ill habit of mind。——译者注

② 这封信也是 Addison 自己写的，十八世纪写小品文字的作家常喜欢虚做一封来信，后面再加按语，用这法子可以将一件事情的正反两面都写出来，既没有用辩说体那样枯燥，比起对话体，文情又有从容不迫、娓娓清谈之致，不像那样针锋相对，没有闲逸的风味。Addison 同 Steele 最爱用这种布局。——译者注

再存这个幻想。不久又发现我自己有痛风症[①]的各种病象，只是没有感觉到什么疼痛；可是我看一位聪明作者做的尿沙症书，就把这病医好了，他（医生平常多是医好一种，换来个别的病）把我痛风症虽然弄没有了，却给我一个胱痳病。最后我观察出好几种病在我身上综合起来；但是偶然把山克多利亚斯那本杰作拉来看一下，我决定按着我由他书里所集的那一套规则做去。学术界对这位先生的发明都知道很清楚；他为着要实行他的试验，做一种数学的椅子，精巧地安在弹簧上面，能够同一副天平似的称东西。用这样法子，他发现我们食的东西多少英两化作汗，若干分量变作滋养料，以及由人身别的天然器官用去的有多少。

我自己预备了这么一个椅子，常常坐在上面读书，吃东西，喝水，睡觉；简直可以说最近三年中我在一副天平内过活。当我最健康的时候，我的体重刚好二百磅，饿了一天减去一磅左右，饱饱地吃了一顿后，也可以增加这么多；所以我每天都在想法怎样把我身体的二个常变磅数目弄成平均。通常每顿我要把自己做得二百零半磅；若使吃完了，我看数目不够，我就喝这么多弱麦酒或者吃这么多面包，使我刚好达到那数目。我吃得最多时候，也没有超过再一个半磅以外；为我的健康起见，每月头一个礼拜一我大吃一回。每天餐后，当我轻重合适时候，我走动一下，等到发汗减轻去五英两八十厘；

① 痛风症最显明的病征是到处痛，这位先生一切病皆是个境由心造的空中楼阁，所以自己以为得了痛风症，却又感不到苦痛，把自己也弄得莫名其妙了。——译者注

由我的椅子我知道轻了这么多时候，我就开始念书，再念轻三英两。至于剩下那几英两的用处，我没有计算。我饮食起居不是照钟点，是按这椅子定的；它指示出我那磅食品用完了，我就以为自己是饿了，赶紧再吃下一顿。我节戒时候，失去半磅体重，严重的斋日，我比一年中别的日子轻了两磅。

每晚我让自己睡觉里消耗去四英两左右；若使起来时，还没有消耗去那限定的数量，我就在椅上休息。将去年我身体的收入同消费仔细算一下（这些数目我总在一个本子记着），我找出总平均是二百磅，所以整年中我的健康不能说有一英两的损失。但是，先生，虽然我费很大劲使我天天都在同样的状况中，保持我身体合宜的重量，现在我却是病恹恹无精打采。脸孔渐渐变得非常憔悴，脉搏低微，身体也水肿起来了。先生，所以请你把我当作你的病人，给我比我已经按照做的更清楚明白的规则，使我有所依从，那么我一定非常感谢你。

你的恭敬的仆人

这封信使我记起一个虚弱者的墓碑上刻有一篇意大利语的墓志："以前我身体是很好的，将来还要好些，现在却是这样子。"[①] 这句话是不能移译的。对于死的恐惧常常可以致命，人们怕死，找法子来救命，这法子倒一些不错地把他们害死。

---

① 这是讥笑那班自夸会养生的人，埋到墓里还觉得他的身体可以渐渐滋养好起来。——译者注

这是一位历史家[1]的感想，当他看到逃走死的比打仗死的还要多几千；这也可以用于那班自己想是有病的人，他们吃药太多，身体弄坏，为的要努力躲开死，反自己丢到死的手臂中去。这种法子不仅仅是危险的，而且是理性的动物所不应该做的。只研究怎样保存生命好像是人生唯一的目的，将保护我们的健康当作毕生的事业，除开养生吃药外什么也不干，这类意思是这样颓衰下流，有玷人性，所以心灵伟大的人宁其愿意死，不甘俯受这类思想的支配。不只对于生命不断的焦虑会将生命一切的滋味损坏净尽，将一层凄惨景象盖在自然的脸孔上，而且在我们时时刻刻只怕丢去的事物上，我们绝对不能够感到快乐。

我前面讲的话的意思并不是凡对健康有相当小心的人们是该责备的。并且，心情的愉快同做事的能力多半是良好身体的结果，因此一个人对于身体的培养保全不会有太小心。但是这种小心既不单单出于常识，而是给责任同本能所激起的，所以不要把我们带到有无根的恐惧，愁闷的杞忧同幻想的疾病，这几种弱点凡是只留心活着、不注意怎么活着的人自然会有的。总而言之，生命的保存应该是第二种重要的事，生活的处理当做最重要的事。我们若使有了这种心境，我们要尽力来保存生命，同时不可对它过于关心；这样就可达到马取鲁所谓幸福最完满的快乐境地，就是既不怕死，也不希望死的来临。

---

① 大概是指 Montaigne（虽然他不是个历史家，而是小品文学的始祖），因为他有一篇小品说起过这件事。凡是爱念小品文者，看起 Montaigne 来，一定会舍不得放下，因为他那种优柔清淡的文体，锐敏通达的心灵，使他的小品成为后世一切小品的模范。凡是做小品文章的题材，差不多逃不出他那一百多篇，一千多页之外。英译本是 Florio 翻的，文字太古；Cotton 译本也不甚高明；最近牛津大学出版部有一种 E.J.Trechmann 译的，达雅两条件俱备，至于信与否，则原文是十六世纪的法文，我连拿来对照看，都没有这勇气。但是劝凡爱读小品文字的人，买一本来看看；因为虽然过了四五百年，他仍然是往古来今做小品文的第一妙手。——译者注

至于这位用英两厘来调剂健康的人，他不顺从饥渴，疲倦思睡同爱运动这些天然的刺激，而受椅子的号令来管理自己，我要说个简短的寓言来回答他。神话家说天帝为要赏一个乡下人的虔敬，允许给他所想要的东西，随便什么都行。这乡下人请求在他自己的土地内能够管理天气。他得到他所求的，立刻照他以为土地所需要的，将雨雪太阳分给他各处的田地。年底到了，他正希望他能够收获得比平常更多，他的收成却反比他的邻人都要差得非常多；于是（寓言上面这样说）他请求天帝仍然把天气收回到手中去管理，不然，他会把他自己弄得倾家荡产哩。

黑衣人①

〔英〕戈德史密斯

我虽然爱和人们认识，却只愿意同几个人弄得很熟。我常常说的那位黑衣人是个我喜欢同他做朋友的人，因为我很钦重他的人格。②真的，他的态度沾染些奇怪的矛盾色彩；他可以说是以举动滑稽出名的人民里一个举动算得滑稽的人。虽然他慷慨到像浪费，他在人前却假装是个鄙吝鬼；不管他说多少顶

① 这篇小品是 Goldsmith 所著《世界公民》（*The Citizen of the World*）里面的一篇。Goldsmith 假设一个住在英国的中国人 Lien Chi Altangi 写给他的先生——那时在北京做礼部官的 Fum Hoam 的许多书信。因为 Lien Chi Altangi 遨游天下，四海为家，所以这部信札集叫作《世界公民》。他这种办法是模仿法国 Montesquieu（孟德斯鸠）的《波斯通信》（*Les Lett rs Persanes*）。借一个外国游历人的口气，来讥讽英国的习俗，同时赞美东方的文化，外国人说英国国情，自然难免有许多笑话，所以在冷静批评里又充满了诙谐的空气，再加上些事实做通信的线索，描写几位奇奇怪怪的人物，点缀在中间，读起来倒觉得非常有趣。当拳匪乱后 Lowes Dickinson 出版了一本《一位中国官的信》（*Letters from a Chinese Official*）也是用这种法子来骂英国文化的缺点，而替中国人辩护的。做小品文字的人最要紧的是观察点（the point of view）。无论什么事情，只要从个新观察点看去，一定可以发见许多新的意思，除去不少从前的偏见，找到无数看了足以发噱的地方。所以做小品文字的人装老，装单身汉，装作外国人，装穷，装傻，无非是想多懂些事情的各方面。近代小品文作家 Arthur Christopher Benson 在他的杰作 *From the College Window* 的第一篇里就说 the point of view，实在是精研小品文学的神髓。许多人都以为 *The Vicar of Wakefield* 是 Goldsmith 的杰作（masterpiece），但是近来批评家却倾向于把《世界公民》当作他最成功的作品。——译者注

② 这篇所描写的“黑衣人”就是 Goldsmith 自己的人格，要知道 Goldsmith 的慷慨仁爱的事情，最好阅读 Washington Irving 所做的 *Life of Goldsmith*，这是一本比小说还要有趣味的传记。——译者注

下流自私自利的话，他的心是满涨了无限的爱。我看过他自认是个人类的厌恶者，当时他的脸却因为同情于人们红得发烧；他面容现出怜悯柔情的时节，我听他口里却说脾气顶坏的人所说的话。有人假装仁爱、人道的样子，还有自夸生来具有这副柔软心肠的；他倒是我所看见唯一的人，会好像对自己天然的慈心觉得害羞。① 他遮盖这情感的努力不下于那班伪君子存起本来冷心肠的费劲；可是在不留心时，他这假面具丢下来了，就是最糊涂的人也会看出他的真相。

---

① 在《世界公民》中有一封信，说明黑衣人为什么会有这种七古八怪的性格。那书里所叙述的，多半同 Goldsmith 生平相仿佛。黑衣人的父亲是一个小牧师，收入虽然不多，但为人极慷慨，于是有一班穷亲友，天天靠他吃饭；他觉得学问品格是真值得贵重的东西，金钱是身外之物，无足重轻，所以他平日只教他儿子应当怎样帮助人，怎地急公好义，却没有替他儿子打算个谋生之道，这老头子死了，给他儿子只是个空空洞洞临死时的祝福。那时这位黑衣人才二十二岁，只好出去问世；他以为结交了好多朋友，一定到处可以得到帮助。起先有人劝他当牧师。他觉得当牧师要穿上那小孩子似的衣服，无聊得很，不愿意干。就依附在一个王公大臣的门下，可是他的性质真不会阿谀谄媚，王公大臣嫌他无用，因而就摈之门外了。他碰了这个钉子，以后便想在爱情里找些安慰，他向一个他平时以为对他有好意的女子求婚，女子说很愿意嫁他，可是她三月前已经嫁给他的情敌了，劝他去向她那又老又丑的姑母求婚，大概总有成功的希望。他万分失望，想去找朋友们帮忙，他从前不是有许多朋友都说愿意帮助他的吗？有一位在城里当书记，从前老说要借钱给他——当黑衣人有钱的时候，现在他跑去借钱，却当面受了他一番教训，并且说，没有钱，来借债的人，将来一定没有钱还债的。他气极了，就到一个他自以为是最知己的朋友处去和他商量，同样地受了一番教训之后，问他要借多少，他说要用三百镑，打算向他借二百镑，其余向另一个朋友想法子。于是这位最知己朋友劝他，不如一起都向那位朋友借去，倒是件省事的办法。他在这穷困不堪的时节，还替一位朋友作保，后来朋友逃了，因而他被抓去关在牢狱里。他高兴得了不得，以为关在牢狱里的人，既都是人生路上的失败者，自然全是老实忠厚，不然怎么会同他一样地来受这铁窗的风味呢？可是，牢狱里人同外面一样，势争力夺，世态炎凉，比外面简直更厉害。他出狱后，还是昏天糊地过着日子，忽然一天遇见他从前一个老朋友，这位朋友非常愚蠢，然而俭朴勤谨，居然成家立业，做起官来了。他忽然悟到要想扶助旁人，非自己先能自立不可（The true way of being able to relieve others was first to aim at independence myself），他立刻改弦更辙，勤俭起来，不到几年，他也成了个在社会上有地位的绅士了。他虽然饱经世故，尝尽人生的苦楚，看破人们的虚伪，但是他仍然是慈爱为怀，所以有这样奇怪的言行之不一致。Samuel Johnson 说，Goldsmith 说起话来，是位智者，做出的事，却是傻子，这是 Goldsmith 的毛病，也就是他人格上最可爱的地方。——译者注

在近来到乡间的旅行里，有一次我们偶然谈起英国对贫民的救济，他好像很惊奇为什么竟有人会心地柔弱地呆到去救济那路上碰着的可怜人，因为法律替他们的生活既然供给得这么完备了。他说："在每个区立穷人院里，穷人都有衣，食，火同睡的床铺，供给得很完全；他们不至于有什么别的缺乏，就是我自己也不想要什么旁的东西；但是他们好像还没有满意。我真奇怪为什么长官不管他们，不把这班连累勤作者的游荡汉关起；我还奇怪天下找得出去周济他们的人们，因为人们同时心里一定会明白，这样干有些像鼓舞人去懒惰、浪费同做假。若使教我去对一个我稍稍有点关心的人说，我一定劝他千万留心不要给他们的假理由哄住；先生，请相信我的话，他们全是骗人的，他们值得闭在监狱里，不合受我们的援助。"

他正要这样地继续往下说，严肃地劝我不要犯那我实在不常犯的毛病，一个老人身上还有破烂的绸衣碎块挂着来求我们的怜悯。[①] 他要我们相信他不是普通的叫化子，他为着要养活一个将死的老婆同五个饥饿的孩子，逼到干这可耻的生涯。我对这类假话，心里早不相信，他的话不能感动我；但是这套话对黑衣人的影响就大不相同了；我看出他脸孔发生变化，最后这故事打断他那滔滔不绝的演说。我很容易看出他心中热烈地想救济这五个饥饿的小孩，但他不好意思在我面前显出他的弱点。当他的同情和自尊两种情绪相冲突、犹疑未决的时候，我故意向别方看，他就趁这机会给了这可怜求乞人一块银洋，同时为着说给我听，他故意教他去工作谋食，不要再拿这无聊的大谎和走路人麻烦。

---

① 可见这个乞丐是个穷困无以聊生的浪子，所以还穿着烂破的锦绣衣服，下面所说甚多，为妻子故才出此下策，自然是句谎言。——译者注

他以为我一点都没有看见，所以我们走时，他还继续同起先一样忿怒万分地骂叫化子；他插说些自己惊人的谨慎同俭啬的故事，和他点破装假的大本领；他解释若使他做了长官，他对叫化子的办法是怎么样，露出他要扩张监狱来收容他们的意思，告诉我两件乞丐抢妇女东西的故事。他刚要说第三样相同的故事，一个用木腿走路的水手又走到我们面前，希望能够得我们的怜悯，祝福我们两腿的健康。我打算走过去不睬他，但是我这朋友仔细地看这可怜求乞人，请我站住，说他要我看他多么容易无论什么时候都能揭穿这类欺骗者。

所以他用一种严重的脸孔、不高兴的声音开始盘问这水手，问他是为了干什么事弄得这般身体残缺，不能再执行他的职务。那水手也同样含着怒气地答道，他从前在战舰上做军官，为保护这班在家里没事干的人，在外面打仗把腿打坏了。听这话，我朋友的那种傲慢态度立刻完全消灭了；他没有话再问；他现在只研究他用什么法子能够偷偷地周济这水手。这事倒不大好办，因为他不得不在我面前保持那坏坯子的面孔，却又要设法去救济这水手来救济他自己心中的苦痛。所以对这个人挂在背后、绳子穿着的几包火柴凶凶地望了一眼，我这朋友问他的火柴卖什么价钱；不等他回答，声音粗暴地向他要一先令的火柴。[①] 水手起初对他的话好像有些惊奇，一会儿心里明白，将所有火柴都给他，口里说："先生，请将我所有的货都拿去，此外我还送你一个祝福。"

我这朋友带着这新买的东西往前走，那种得意神气是描写

① 火柴是非常贱的东西，几个便士就可以买许多，自然用不到花一先令来买，而且在十八世纪先令的价值比现在为贵；所以几包火柴用一先令来买，就是等于给他一个先令。水手起先不明白黑衣人的动机，后来镇静一想，才知道他故意以买火柴来掩盖这慈善的行为。——译者注

不出的。他对我说他坚决相信肯以半价出售东西的人，他的东西一定是偷来的。他告诉我这种火柴各种不同的用处；还说一阵用火柴燃洋蜡比将洋蜡拿到火炉里点会多么节省洋蜡。他用劲地说，若使没有什么对他便宜的地方，他绝不会拿钱给这班流氓，同他不至于拔下牙齿送给他们一样。我不知道他这对俭啬同火柴的赞美要往下说多久，若使他的注意不转到一个比前面两个更悲惨的情形上去。一个衣服褴褛的妇人，手里抱个小孩，后面背一个，勉强地唱些小调求乞，她的声调是这么凄凉的，听的人分不出是唱还是哭。[①]一个可怜人在深深的苦痛里，却要强为欢笑，这情景我的朋友绝对忍耐不下，他的高兴同谈话即刻停住了，这回他也忘记去扮假面目了。甚至于当我面前，他立刻伸手到衣袋里去掏钱来救助她；当他发现他带在身边的钱已经完全给从前两个了，读者，你猜一猜他那时焦急的样子。那女人脸上现的哀容赶不上他面上苦恼的一半。他继续掏了好几次，都没有达到目的，等到最后他自己记起，用种说不出的和蔼态度，他将他那值得一先令的火柴送到她手里。

① 英国穷女人常在街角屋旁，唱着歌谣小调，向行人要钱，有时还弹奏手提琴和着。——译者注

读书杂感

〔英〕查尔斯·兰姆

去注意一本书的内容是拿别人脑里榨出的东西来消遣。我却想一个受过良好教育的上等社会人对自己脑里自由地涌出的思想会觉得非常好玩。

——《重蹈覆辙》剧中福宾汤爵士说的话。

爵士大人这句漂亮的机锋是这么深深地打进了我一个朋友的心坎里，他已经完全不念书，因此他脑里天外飞来的簇新思想大有增加。不管我有没有失去我思想出奇的令名的危险，我总要自己承认我贡献不少的时间，去念旁人的思想。在别人的空想里，我做梦地度去我的时光。我喜欢将自己沉溺在旁人的心灵里。我不走路的时候，就得念书；我不能坐着苦想。书籍替我想一切的东西。

我对书籍没有什么厌恶。沙弗斯伯利[①]的文章，我不觉得

① 十七世纪一位散文作家，著有许多关于伦理的著作，他的文体优柔雅驯是其长处，读起来音调铿锵，但有时失之无气魄，句子太长。——译者注

太细腻优柔，朱黎山·王尔德[1]的我也不以为太下流。凡是我认作是书的，我都能念。有的带着书的外形，我却不能当作是书。

在这“不是书的书”目录里，我可以数出宫廷起居注指南，袖珍书本（文学的除外），装订好而背后写着字的棋盘，科学论文，历书，法典大全；休谟[2]，吉朋[3]，鲁百孙[4]，必提[5]，孙安·金立斯[6]的著作，以及一切所谓“绅士家里书库不可不备的书”[7]；同福利非亚斯·朱西发斯[8]（那位博学的犹太人）的历史，伯黎[9]的伦理学。这些除开之外，我差不多什么东西都可以念。我的趣味能够这么广大并包，我真要庆祝自己。

看这类“穿着书的外衣的东西”栖止在书架上，像假圣人，霸占真正神龛者，侵犯神殿者，反把正当要排在上面的赶了出来，我自认这件事使我很愤怒。拿下一本装订得好像书的东西，心里希望这是个心地温和的剧本，翻开那“像书叶子”的东西，

---

① 十八世纪小说家 Fielding 著的小说，叙述一个流氓由他出世到上绞台的历史。全书描写堕落生活，形容入微，使人看着仿佛有一担阴郁之气压在身上，但是对于性格的描写，确是入木三分，作者气魄之大，任何读者都会佩服。——译者注

② 十八世纪的一个哲学家，历史家兼小品文家，文笔比较枯燥些。——译者注

③ 十八世纪的一个历史家，他的《罗马衰亡史》（*Decline and Fall of the Roman Empire*）是一部不朽的杰作，他的文体雄丽壮伟，辞句波澜起伏，为一代文宗。Macaulay 文体半得之于 Gibbon。但 Lamb 好清新秀逸或巧思奇构之作，如 Walton，Browne，Burton 等之书，故不喜 Gibbon。——译者注

④ 十八世纪的一个历史家。——译者注

⑤ 十八世纪的一个诗人。——译者注

⑥ 十八世纪的一个诗人兼小品文家。——译者注

⑦ 这是书店做广告时用的话。——译者注

⑧ 一世纪的一个犹太历史家。——译者注

⑨ 十八世纪的一个哲学家兼政治学家。——译者注

突然碰到一个憔悴凋零的《人口论》。[①] 希望得一本斯蒂鲁[②]的文集或者法夸尔[③]的喜剧，却遇着——亚当 · 斯密斯。[④] 看到那笨傻的百科全书（“大英”的或“京师”的[⑤]）整部好好地排着，用俄罗斯或摩洛哥皮装饰[⑥]，当那好皮的十分之一就够把我那冻得发战的大书舒服地再穿上一层外衣；使巴纳西鲁沙斯[⑦]面目一新，破旧的来门 · 鲁立[⑧]；也能在世上重复旧观。我每回看这班冒充者，总想把它们的衣服剥下，将这抢来的东西盖上我那穿百结衣的老书，使能得到温暖。

有坚固的背脊，清清楚楚地订着，这是一本书不可少的条件。然后再谈到华丽。就是办得到讲究华丽，我们也不应该毫无分别地花费在一切书的上面。好像，我不情愿把一套杂志穿上整整齐齐的衣服一样。便服或者半装订（老是用俄国皮做背脊）是“我们”的装束。将一本莎士比亚或密尔敦（除非是第一版）盖上艳服，完全是纨绔虚荣爱慕浮华的行为[⑨]。这种浓妆不能增加它们的价值。说来也奇怪，这种外表（这外表是那么普通的）不能引起快感，也不会增加书的主人占有的愉快。

---

① 人口论是说人口的繁殖学说，上面却加上 withering 这形容字，字面的意思是那本书破烂得很厉害，但是这字却与人口的繁殖这字相对，所以是双关意。——译者注

② 十八世纪的小品文家，也可以说是英国定期出版物的开山始祖。——译者注

③ 十七世纪的喜剧家。——译者注

④ 十八世纪的经济学大家，《原富》的作者。——译者注

⑤ 是两部百科全书版本的名字。——译者注

⑥ 俄国或摩洛哥出产的皮，常用作书面。——译者注

⑦ 十六世纪有名的德国点金术家，一个无所不通的大学者。Browning 有一首长诗，歌咏这位以理智为中心的学者，诗之结局说出纯以理智为生命的源泉，则生活必流于空虚无味。——译者注

⑧ 罗马的一个哲学家。——译者注

⑨ 第一版的莎翁集或 Milton 的作品，极不易得，所以可华丽地装订。如果不是第一版的书，家传户诵，任一书肆皆有，用不着用书皮保护。——译者注

还有汤姆生[①]的《四季》这本诗集最漂亮的时候（我是这样主张的）是有些撕破处同折卷的页子。由一个真真爱念书的人看来，“流通图书馆”[②]的老旧的《汤姆 · 朱黎斯》[③]同《威克菲尔牧师传》[④]的玷污的纸页同破烂的外表是多么美丽，而且，若使我们不因为过于讲究而忘却人类的温情，那种气味（俄国皮以外的气味），也是何等地可爱！这些破书指示出曾经有千个手指快乐地翻那页子！——有的由它们得些快乐的寂寞女缝匠（做帽带首饰的，或者勤作的做女衣者）在她长日工作之后，已经入了深夜，她由睡眠里勉强地偷出一个钟头，一字一字地拼出那迷人的内容，好像将她的烦恼浸在一杯忘川的水里头！[⑤]谁愿意这些书少有些污点？我们能够希望它们有什么更好的形象吗？

越是好的书，仿佛越不需要精美的装订。菲鲁丁，斯姆立，斯东，同一切这一类自己老是生下新版的书——“大自然的铅版”——我们看它们个本的销灭，没有痛心，因为我们知道这一部书是“万古不灭”的。但是一本同时又好又难得的书——差不多是海内孤本，当它毁坏了——

---

① 是十八世纪初叶有些浪漫派色彩的诗人，《四季》是他的杰作，中多述乡间故事及田舍风光。——译者注

② 这是十八世纪才有的一种很好的组织，每人按月纳些费，可以向一个共同组织的图书馆，把书拿回来看，这样的机关对于普及教育方面很有用处。——译者注

③ Fielding 所著的一本小说，是他的杰作，有些批评家都承认为英国最好的小说。——译者注

④ 这本书是 Goldsmith 做的，在中国很风行，他的妙处已经用不着说了。——译者注

⑤ 希腊神话，在阴间有一条河，名作 Lethe，那河里的水人吃了可以忘却前生一切的事情，所以 Lethean cup 可以当作“忘忧水”解。——译者注

我们不知道哪里去找普鲁米修斯[①]的火，能够将它的光重新燃起——

这种书，比方像那公爵夫人所做的《新堡公爵传》[②]——我们来敬重，来保存这样一个宝贝，没有珍贵的匣子会说是够得上，没有套子可以算坚固得够用了。

不止这类难得的、又没有再版希望的书值得这样看重；就是菲立·史得利[③]，泰禄主教[④]，做散文的密尔敦[⑤]，茀禄[⑥]等作家的老版子——虽然我们也有翻印本到处流通，人们有时也谈到它们，可是我们知道它们还没有（将来也未必能够）熔化在我们民族心里，所以不能变作通常的书——这类的书我们还是用坚固值钱的皮装起好些。我并不爱第一次对折版的莎士比亚。我倒喜欢雷和汤生[⑦]的版本，没有注解，附上的铜版印得非常坏，只可当张地图或者提起书里说的是什么；并没有野心

① Prometheus 是天上的一个神祇，他为着要帮助人们，从天上偷取了天火，用火把燃着带到地上来，给了他们，但这事后来天帝（Jupiter）晓得了，于是非常生怒，把他绑在高加索山（Mount Caucasus）上，每日教鹰啄食他的心肝，还教许多鬼来磨难他。希腊诗人 Aischulos 著有 *Prometheus Unbound*（《Prometheus 的解放》）一篇悲剧。及至浪漫派极盛时代，把 Prometheus 当作替人类争自由，和抵抗运命的神，将 Prometheus 的火象征地解释作人类智慧的源泉，因此对 Prometheus 赞美备至，最有名的是 Shelley 的 *Prometheus Unbound* 一首长诗。——译者注

② the Duchess of Newcastle 做的《新堡公爵传》，是 Lamb 爱读的一本书。——译者注

③ 英国十六世纪的诗人，他欢喜歌咏牧羊生活，还做有很好的四行诗。——译者注

④ 英国十七世纪的神学家，他做的 *Holy Living and Holy Dying* 是和《天路历程》（Bunyan's Pilgrim's Progress）同样盛行于民间的书。——译者注

⑤ Milton 的散文流传不如他的诗那样广。——译者注

⑥ 英国十七世纪的传记兼历史家，文体奇妙，也是 Lamb 爱读的作家。——译者注

⑦ 是印行莎翁全集的出版者。——译者注

想和原版比赛，所以比那莎氏雕刻木版本还好得多，因为木版本是打算和原版竞争的。我对他的戏剧和国人有共通的情感，所以我爱那最常在人手里翻转的版子。——同这个相反的，堡门和弗烈取[①]的剧本，我非对折本念不下去。八开本看起来觉得恶心，不能使我生出同情。若使这种版本的读者也有念别个诗人通行本的人那么多，那么我也可以喜欢这八开本，不再那么样爱老版了。我没有看见过一个比翻印《愁闷的分析》[②]再麻木不仁的举动。把这古老的伟大老头子的骨头掘起来，用最时髦的寿衣捆着拿来给现代人骂，这又何必呢？哪个不幸的老板会梦想伯敦也有受大众欢迎的日子？[③]——就是下贱的马伦也不能干件再坏的事情，马伦用钱贿赂司图拉福教堂的事务员，让他进去用灰水刷白那带彩色的老莎翁雕像，那像本来站在那里很粗糙地但是栩栩如生地配上颜色，甚至面颊，眼睛，眉毛，头发，他常穿衣服一切的颜色都画出来——无论怎地不完全，这是我们所有唯一的关于莎翁奇怪形容的记载。他们用一层白垩盖上去。我指“——”为誓[④]，若使我是瓦亦克州的法官，我要把他们当作一双瞎闹渎圣的无赖，用足枷将这注书家同事员都紧紧地枷住。

他们——这班捣乱坟墓的聪明人——工作的样子，现在活现在我眼前。

---

① 莎翁同时的戏曲作家，他们二人常合编戏曲，所以有许多剧本后来分不出哪一篇是谁做的。——译者注

② Burton 做的，他行文光怪陆离，想入非非（fantastic），Lamb 好奇成性，所以耽读此书不厌。——译者注

③ 意思是 Burton 的书，一定卖不出去，书店老板免不了赔本。——译者注

④ By——，发誓时用的话，如 by God 等，意思是“上帝鉴之”，此处所以省去代以一横，是因为十七八世纪作家忌用粗熟之语入文，故遇有此类字常略去而代以记号。Lamb 虽然生在十九世纪，他却惯喜模仿英国古人，所以也省去这字。——译者注

我会不会被人们当作胡思乱想的人，若使我老实地说，有几位我们诗人的名字读起来特别甜蜜，听到耳里另有一种滋味——最少，对我是这样子——比密尔敦、莎士比亚都来得悦耳？或者，莎士比亚这名字在普通谈话里太常用了，弄得走味了。最甜蜜的名字，说起来带着香气的是岂·玛禄[①]，都莱敦[②]，何桑登的都拉门[③]和考莱[④]。

读一本书，在“什么时候”同“什么地方”读，都很有关系的。在大餐没有预备好以前，剩的五六分不耐烦的时间，谁会想拿《仙后》[⑤]或者一本安徒留斯主教[⑥]的训语来填这一点的闲空呢？

在读密尔敦以前，你差不多要先听一套严肃的音乐才行。但是密尔敦诗里有他的音乐，那听的人须要有恬静的思想同干净的耳朵。

冬夜——我们同外面的世界隔绝了——温文的莎士比亚不怎么拘礼地走进来了。这时，最好读《暴风雨》或者他自己的《冬夜故事》——

这两位诗人你不得不大声诵读——一个人独念，或者（有时凑巧）有一个人听着。一个以上——那就变作无聊的听众了。

趣味热烈紧张的书，很快地把我们带到说奇事的地方，这种书只好让眼睛溜掠看过去。[⑦]把它读出声是不行的。我就是

---

① 就是 Christopher Marlowe，十六世纪诗剧家，莎翁受他的影响很大。——译者注

② 十六世纪的英国诗人。——译者注

③ Drummond，是十七世纪英国诗人，因为他住在 Hawthornden，所以人家都这样叫他。——译者注

④ Cowley，十七世纪的诗人兼小品文家，他只留给我们十一篇小品，但每篇都充满着微妙的思想、清新的文句，开英国小品文学的先河。——译者注

⑤ 伊利沙白时代的诗人 Edmund Spenser 的作品，文字极华丽典雅的能事，但念起来极其费劲。——译者注

⑥ 十七世纪的英国神学家。——译者注

⑦ 传奇这类书，我们念的时节多半将那普通叙述的地方麻麻糊糊很快地看过，所注意的是那些惊心动魄的事情。——译者注

听人念那比较好些的近代小说，也免不了觉得万分地不耐烦。

一张报纸念出声来是使人忍耐不下的事。有些银行里有一种习惯，（为着省俭个人的时间）让一个书记——他是里头最有学问的人[①]——念出《泰晤士报》或者《纪事报》，大声地把"为公众的利益"的全部内容读出来。用尽肺同演说家的本领，那结果是非常无味的。在理发店同客栈里，一个人忽然站起来，拼着字念出一段新闻，他把这个告诉人家像个新发明。又一个拣他自己爱念的也报告一段出来。这样子整张报一块一块地最后全说出来了。少看书的人看字看得非常慢，若使没有这种变通办法，一群里恐怕没有一个人能够披阅完整张报纸的内容。

报纸总是引起我们的好奇心。可是没有一个人放下报纸时，心里不觉得失望。[②]

在那都俱乐部里，穿着黑衣的绅士拿那报纸看得多么久的年代了！侍者不断地叫着："先生，《纪事报》有人看着。"我真听得厌烦。

晚上到了个客栈——叫好了晚餐——在窗台上找出好久好久以前有些客人一时大意丢在那里——二三本小城的老杂志，带着两人对面的有趣图画——下面写着"伟大的爱人与格 ×× 太太"；屈伏了的唱高调女人与老浪子"[③]——同这

① 这自然是句讥笑话，不过指那在书记里比较懂得些事情的人，可是他在书记里却是"鹤立鸡群"。——译者注

② Lamb 是对现在没有热烈的趣味，而无时无刻不沉醉于过去的朦胧仙境的人，他最擅长的题材是"忆旧"。所以他对新闻报纸没有什么爱好，他说过："I cannot make these present times present to me. "深思好古的 Hawthorne 也说："I cannot understand the newspapers on history till it is at least a hundred years old. "凡是带这种癖性的人，写出的小品都情绪宛转缠绵，意味隽永，经得起我们的咀嚼，所以好的小品文家多半免不了钟情于已过去的陈迹或异代的轶闻，如 Montaigne 就是个显明的例子。——译者注

③ 主张纯粹精神之爱，超乎肉体之爱情，所以精神的爱谓之 platonic love，但俗人讥笑他这种学说，所以把他当作"唱高调"解了。——译者注

一类久已过去了的谣言，天下还有比这个更快乐的事吗？你愿意——在那时候，那样地方——把它来换一本更好的书吗？

最近瞎了眼睛的可怜杜宾对于不能阅览严重作品倒没有什么痛惜——《失乐园》同《可吗斯》这类书他可以教人读给他听——但是他却失去了那用自己眼睛飞读杂志或者滑稽文章的快乐。

我就是在大教堂严肃的甬道里，独自读《戆第德》[①]时候，若使给人看见，我也不怕什么。

我有一回很舒服地躺在草上，在樱草山[②]（她的新使拿）被一个很熟的小姐侦出，在那里读——《拍买拉》[③]，我记不起有过比这个更可笑的惊讶。书里并没有说什么话，使一个男人看起来，觉得真真地害羞；但是当她坐在我旁边，好像决心和我同念，我真望它是——一本别的书。我们很要好地同念几页；她觉得这作家不合她的口胃，站起来——走了。温和的研究人们动机的学者[④]，我让你去猜赧颜（我们中间有一个脸红了）在这两可的情形，到底是属于这位仙女，还是发生在我这

① 法国服尔德（Voltaire）所作，有讥笑宗教的论调，因为Voltaire是个怀疑主义者，此书徐志摩先生有译本。——译者注

② 希腊神话中Venus（青春的神）常到的山，Lamb以这位小姐来比青春的神。——译者注

③ 十八世纪小说家Richardson著的小说，述一女仆名Pamela，她的主人Mr.B.要她做外遇（mistress），她坚执地拒绝，利诱威逼，终不能动。Mr.B.佩服她的贞洁自爱，后来正式娶她。这部小说完全是她写给她父母的信，作文学史的人都认Pamela是英国真正小说头胎娇儿。——译者注

④ 一种于一切的行为专考究良心（动机）为何的人，议论精明，但太近于诡辩。De Quincey有一篇有名的小品，论casrustry，此处只作"研究人类行为的学者"解。——译者注

田舍少年。[1]你绝不能由我得到秘密。

我不大喜欢在户外读书。我不能够收下心读下去。我认得一个主张神位唯一派的牧师[2]，他常常在早上十时同十一时中间，在雪山（师金吕街那时还没有出世）读一本腊得律[3]做的书。这种忘却一切环境的能力，我自认是办不到的。[4]看见一个挑夫的绳结或者一个面包篮会将我所知道的神学全由我脑里赶跑了，使我弄得比不知道五要点还坏。

还有一种路旁书摊的读者，我每次想起这种人我总要动情——那班可怜的先生，没有钱来买书同租书，由那排着书卖的摊子上偷些学问——老板，用他厉害的眼睛，老在那里不高兴地看着，心里想什么时候他们才不看。悬心吊胆地冒险着，一页又一页，无时不在预期那老板会下个禁谕，但是他们又舍不得那种快乐，他们这样子“捡来些充满恐惧的快乐”。马丁·伯就曾这样每天念一点，读完两卷克拉力沙[5]，那时管摊子的冷下他这可赞美的野心，问他（这是在他年轻时候）到底想不想买那本

---

① 英国十七八世纪文人好以牧羊郎自况，来作情诗或他种诗歌，Milton 的 *Lycidres*（吊他大学朋友的哀歌）也是假设一个牧羊郎述他死后同伴哀悼的情形。Lamb 行文以十七八世纪古文家为法，故用此种前朝滥调。但是 Lamb 模仿十七八世纪的作家很能够得他们的神韵，却不至给他们束缚住了。他并且善于运用古文，使生出好多诙谐来，所以他的文章比真正十七八世纪的散文大家的著作更饶兴趣。他那套古色斑斓的意思，好似一定要那种瑰奇巧妙的文体才能表现得出来，理想的文体是种由思想内心生出来的，结果和思想成一整个，互为表里，像灵魂同躯壳一样地不能离开——这种对于文体的学说是英国批评家自 Hazlitt 以至 Spencer, Pater, Middleton Murry 所公认的，也就是 Buffon 所谓“The style is the name”的意思。Lamb 文章所以那么引人入胜，也在于他思想和文体有不可分的关系。可见模仿古文、做古文都是无妨的，最要紧的是不忘丢了自己的性格，而能运用奇怪的文体，将心灵更透彻地表现出，不然，又何贵乎模仿他人的调子，白使读者念时费力，又不能得到什么呢？——译者注

② 反对主张三位一体的教徒。——译者注

③ 英国神道学家。——译者注

④ 这句有双关意，一是牧师独行慢读，和路人毫无接触；一是他驰心于神圣之言，忘却俗世的纷扰。——译者注

⑤ Richardson 著的一篇很长的小说，共九大本。——译者注

书。老马说他一生中无论在什么情形之下，没有念一本书，有那次不安的偷看的一半趣味。一个现代奇怪的女诗人[①]对这问题用两首非常动情，但是很朴素的诗来歌咏：

我看见一个眼睛充满热烈希望的小孩，
在书摊上翻开一本书来，
读时节好似想一气念完；
开书摊人看见这样，
我听见他很快地向少年招呼，
“先生，你从来没有买过书，
所以请你不要在这里看书。”
小孩慢慢地踱开，叹口气，
满望他从来没有认过字母，
他就不会用这老东西的书了。
穷人有好多苦痛，
富的永远没有尝过：
我不久又看见一个小孩，
他脸上好像老是饿着，
那天最少是没吃东西——
他对着酒店的凉肉用着眼睛享受。
我想这个小孩的情形必定更苦，
这么饿着，想着，这样一个便士也没有，
对着烹得精美的好肉空望：
他免不了会希望他生来没有学会吃东西。

① 指 Lamb 的姊姊 Mary Lamb。——译者注

青年之不朽感

〔英〕威廉·黑兹利特

没有年轻人相信他将来会死，这是我兄弟的话，真是一句妙语。年轻人总觉他是能够长生不老，这情绪就可以赔偿我们一切的苦痛。青春时期的人可以说是个神仙。一半的光阴固然是用过去了——但是我们还有另一半预备着给我们用，包含了无穷的宝贝，因为我们不能够划清一条线，说下半生是那时截止，而且我们的希冀同愿望又是没有限度的。我们把将来都算作是我们的——

我们前面浮现有浩大无边的风光。

死同老变成没有意义的字，不过是梦幻的东西，和我们满不相干的。旁人挨过或者现在正受死老的苦——我们却像有一种神秘的生命，敢对这些无聊的空想嘲笑。像一个快乐旅行开始时节，我们睁着热烈的眼睛前望——

向远处的美景欢呼。

我们走时，新东西接连地现在眼前，好景后面又有好景，简直没有尽处，同样地在我们生命起首期间，我们有不尽的愿望，我们以为满足愿望的机会也是无穷。我们还没有碰到障碍，不想歇步，仿佛我们可以永久这样前进。我们环视这充满生机进步不停的簇新世界，自己觉得也有精神力气可以跟它同走，我们现在看不出什么预征来推测将来我们会落后衰颓到变作老人，最终坠到墓里去。这是青春时我们知觉的感单性，也可以说是抽象性[①]（我们可以这样讲），使我们同自然合一，（因为我们经验既少，情感又强）使我们想能够同自然一样长存不朽。我们痴痴地恭维自己，以为我们这种和生命暂时的结合会永久不破。像小孩微笑着睡觉一样，我们在期望的摇篮中[②]荡漾着，被环绕四旁的世界声音弄得静默地住在梦想的安全无忧境界里——我们焦渴地去饮生命之杯，并没有饮完，快乐同希望好像老满到杯缘地盛在杯中——一切东西紧紧地围着我们，我们心中只去想这些东西的广大复杂同它们引起的欲望，所以我们没有空去想到死。我们这种醒时做的好梦太新鲜灿烂了，我们的眼睛太迷眩了，我们因此看不见那躲在远处等着我们的暗淡影子。就是说我们看见了，生命是这样紧地把我们擒住，它也不许我们分心那里去。我们真太给现在的物事吸引了。当青春的精神还完好无缺地存着，在“生命的酒饮干”[③]以前，我们好似喝醉了酒，或者有热病的人，给自己强烈的感情带着走：一定要等到对当前的事物，开始觉得乏味，爱干的事也灰心了，最密切的关系也割断了，我们才渐渐地忘却这世界，感

① 年轻人多半偏于理想，对于一切事情缺乏具体的了解，所以说“年轻人情感的抽象性”。——译者注

② 年轻人整天在希望里做梦，虽然世上波涛汹涌，也能够快乐地嬉笑过日，所以希望是我们的摇篮，使我们获得片刻的安眠。——译者注

③ 把生命比作一杯酒，我们一天一天过去，好像是一口一口细尝着人生的滋味，及至真懂得人生味道的时候，杯已干了，死的时期也到来了。——译者注

情也没有那么猛烈地抓着将来，我们慢慢开始惨淡地想我们同世界永久分离的可能性，好像由一面镜子里看出。在那时期以前旁人的例子不能影响我们。不测的变故，我们避着不想；老年慢步地袭来，我们对他要捉迷藏。像斯天[①]书里所说那个傻胖的厨子，听到他主人蒲伯死的消息，他唯一的感想是“我却没有死”，我们通常也是这样。提起死这观念不仅不能把我们这自信摇动，倒反将我们现在享有生命的自觉增加力气。别人可以落叶般死在我们的四旁，蔓草也似的被“时间”的镰刀割下[②]；这些话由那不假思索意气飞扬的耳朵同自负不凡妄加臆断的青春听来不过是几句漂亮的比喻就是了。非等到“爱情”、“希望”、“欣欢”的花一朵朵枯萎在我们四周，我们是不肯弃去以前引着我们向前走的幻影，到那时横在我们面前的空虚无趣的将来才使我们假说地不怕那坟墓里的寂静。

生命的确是一个奇怪的礼物，它的好处是非常神妙的。[③]所以这事用不着纳罕，当这礼物初给我们时候，我们的感谢、赞美同快乐阻止我们记起我们本身的空虚渺茫，或者想到生命有一天会讨回去。我们生来第一次最深的印象是由对着我们开展的伟大自然得来的，我们不自觉地将自然的永存不灭性同壮丽辉煌处全移到自己身上。才得到世界，我们自然谈不到同它分手，最少也把这想头老是迟延着不提。好似在市场游玩的乡下人，我们心里充满了奇怪同高兴，并不想回家或者天快黑了这些事情，我们只能够根据自己去了解生命，我们又把知识同

① Sterne，十八世纪的英国的小说家，著有 *Tristram Shandy* 等书，以诙谐多感（sentimental）著名。——译者注

② 神话中“时间之神”拿着一把镰刀，表示许多东西随时消灭，好像给镰刀刈去的一样。——译者注

③ 所谓生命的“特权”，就是生命所给我们的各种趣味同快乐。——译者注

它的对象混在一起。因此我们同自然打成一片。若使不是这样子，那种幻觉，那种请我们去吃的“理智之宴同心灵之酒”全变作有意的讥笑同残酷的侮辱了。通常看戏要等最后一幕演完了，灯快灭了，我们才走出戏院。“自然”神仙般的宠儿老是美丽照耀在宇宙的舞台上：在这出戏闭幕以前，或者当我们还看不清做的是什么时候，我们也得被召了去吗？像小孩一样，我们被“自然”，我们的继母，捧起看一下西洋镜，不一会仿佛捧我们她也要费什么力气，又将我们放下了。可是，天下没有一件好东西不显在这镜里，像一个宇宙的跳舞或者大宴会。

看蔚蓝的苍天，金黄的太阳，舒卷的大海；走这碧绿的大地，做千种生物的主人；由张开大口的悬崖下望，或者远眺向阳的山谷；看世界像张地图展布在我们脚下；用天文仪把星拿近些来瞧；由显微镜看最小的昆虫；阅读历史，细想国家的革命同时代的递变；听到泰尔，锡顿，巴比伦，同苏沙的功绩，口里说这些全在我以前，现在却全化作乌有了；讲我是活在这一时期，这一地方；做这常动不停的世界舞台的观客，同时又扮一个角色，观察春夏秋冬四季的变换；尝到冷热苦乐美丑善恶的不同；感觉到自然界的变更；细味那耳朵眼睛给我们的伟大世界；静听深林里斑鸠的歌调；旅游高山同泽地；午夜里默聆颂圣的乐声[1]；到灯烛高照的大厅，或者赞美那壮大教堂的沉郁气象[2]，或者坐在拥挤的戏院里看生命本身拿来嘲笑[3]；

---

① 指圣诞之夜礼拜堂里的唱歌班。——译者注

② 大礼拜堂进去很深，光线多半不好，所以有阴郁沉雄的气象。——译者注

③ 把真真的人生缩小起来放在舞台上，岂不是同人生开玩笑？此句或可解作“悲剧里面，命运故意和人们捣乱，冷酷地在旁嘲笑我们的孱弱无力”。——译者注

研究艺术品，将审美能力磨练得使自己苦痛；崇拜名誉，梦想长生；瞻礼教皇的皇宫，诵读莎士比亚的戏剧；积起古人的智慧，再去探索将来；听战场的鼓角和凯旋的欢呼；根据着历史来考察人心的演化；找求真理；主张人道，俯视世界好像时间同自然倒出它们的宝贝在我们脚下——做这么复杂一个人，干这么多事，刹那间化作乌有——这么多的东西像幻影或者要把戏的东西忽然由我们夺去！[1] 由这么复杂的境地一变变作什么都没有，这一转真够惊吓我们，沮丧那满涨了希望同快乐的少年热血，所以我们远避这令人不安的思想。当开始享乐人生时候，我们丢开这欠债同追偿的恐惧，就没有想起我们最后要还“自然”这笔大债。[2] 学是无涯，这我们晓得；我们恭维自己说生也是一样地无涯。我们知道要干一件事，我们遇着无限的困难同停顿；尽美尽善的地步是慢慢得到的，那么我们应当有时间去完成工作。我们所仰慕的大人物的盛名是不朽的：可是我们这班默想这盛名的人也能得些那什么也灭不了的灵气吗？屋能勃兰[3] 所画的或者“自然”所表现的一个皱纹，我们要花好几个整天才把它分析清楚，了解中间柔松尖硬的程度；我们陶炼那完好的东西，发阐出自然的奥妙。将来要干的事情有多少！我们已经动手做的工作是多么伟大！在事业没有成功以前，我们要被阻止吗？这样用去的时间，我们不把它算作丢了，这样花的劳苦，我们不说是白费；我们没有灰心，也不厌倦，而且对这做不完的工作，我们的力气日日增加。这些我们已经动手，和“自然”也说好了，要干的事情，“时间”会鄙吝地

① 变戏法人能够将东西忽然变丢了。——译者注

② 我们的身体本来是大自然给我们的，所以死去等于“将这笔债还给大自然”。——译者注

③ 一个阴影画得工巧的画家。——译者注

不给我们光阴去弄完成吗？这功败于垂成之际以后的时间，为什么不送给我们呢？我曾经连着几个钟头细看一张屋能勃兰的图画[①]，不觉时间的飞过，只是每回都带着新的奇怪同快乐想，不仅我这一生，就是再有一生也可以这样地过去。这种高雅微妙的生活似乎是不会有终止的，没有限定日期，也并不包含有衰颓的分子。我这个看画的人化作蠕虫的食料后，这画还可以留存好久。死这回事像个完全不合理的，我们平常的健康、力气、嗜欲没有一个情形对这死的观念不是相反的，一定要等到我们的幻觉毁灭，我们的希望冰冷，我们才预备去相信天下有死这一回事。年轻时节一切东西因为新鲜同别的原因特别有力整个地印在脑上，我们以为没有东西可以抹去或者破坏这些印象。这些印象钉在脑中，由我们看来是我们的一部分了。我们相信要去丢这些印象必定用暴力，天然的朽腐是不行的。我们这种信力坚固时，我们好像将长生的快乐在意想中提前享来。所以靠着强烈的领悟，我们熔化几十载做了一刻，用了这关于未来的推测，我们来抵抗时间的蹂躏。那么若使我们生命里一刻就值得几十载，我们对生命全体的价值同长短还要加什么限度吗？我们不是有时对自己的生命没有终点这样事很有把握，当一个人独在一块心里不耐烦想翻些新花样时候，我们对这由我们看来同爬着一样慢的时间步伐真觉厌倦，私下打算倘然时间老是这般蜗牛似的无聊地移动，这时间简直过不完？我们心爱东西还没到手时节，我们多么愿意牺牲这中间的时光，一点也没有想到不久我们会感到时间走得太快了。

---

① Hazlitt 对图画嗜好甚深，关于该画写有几篇很好的小品，小品文家爱谈画的除了 Hazlitt 之外，要算那位爱狗的医生 Horal Subsecival 和《闲时》的作者 Dr.John Brown 以及现代著名的小品文家 E.V.Lucas 了。——译者注

至于我自己，我生在法国革命时期，我活到——唉呵！——看见它的终局。可是我并没有预料到这结果。我的生命跟这自由的曙光同来，我从前没有想到多么快这两件东西都要沉灭。[1]这给人们以热狂的新刺激也给我心一种同样的热情；那时我们都意气雄壮，大可以同跑一趟光荣的路，我万想不到在我的生命还没有尽以前，自由的朝阳居然早已化作赤血或者又落到专制的黑夜里。我自认从那时候起我就不再觉得自己是个青年，因为我的希望跟着也倒下了。

以后我转过心来，把早年事的回忆想零零碎碎地收集起来，写下备我自己有时翻看。我向将来的前进被截止了，我只好向过去找些安慰同鼓舞。[2] 所以当我们发觉自己实实在在的生命渐渐离开了我们消灭，我们就努力在思想里去得一个反映的，可以拿来做代表的生命[3]：我们不愿全部沦亡，希望最少我们的名可以传到后世。当我们能够使旁人心里想到我们心爱的思想同切己的事情时候，我们并不像完全退出这舞台。我们在旁人心中还占有地位，对他们生出影响，化作尘埃的只是我们的身体；我们喜欢的思想还是受人欢迎，在世人眼中我们有

---

① 当法国革命开始时，英国文人如 Wordsworth，Coleridge，Southey，Hazlitt 等，对它都表示热烈的同情，Wordsworth 甚至亲身跑到法国，幸亏他的亲友设法把他找回来，不然他也上了断头台了。以后法国革命弄得一塌糊涂，民众只知乱杀，拿破仑窃取政权，做起皇帝来，于是从前抱着满怀希望的文士一个个心情都冰冷下去，反变作守旧派了。Wordsworth 灰心事业，跑到山里做他的田园诗，Hazlitt 也壮志顿消，失意地骂骂人。后来 Browning 提到这回事，说 Wordsworth 忽然换个色彩，这种矛盾行为是不对的；还做了一首 *Our Lost Leader* 的诗来讥讽他，那未免有些冤枉这位老诗人了。——译者注

② Hazlitt 把“过去”看得比“现在”还重，他是一个恋着肉化血枯的骸骨的人，曾做过一篇绝妙的小品文，论“过去与将来”。本来回忆是小品文作家的一种好法子，不管什么东西，经过时间宝库的贮藏，拿出来都觉得带有缥缈蕴藉的气概，格外有趣，那种妙处正如白云罩着半露天外的远山一样。Charles Lamb 最善于做这种文章。——译者注

③ 我们的过去同我们的思想都是我们全人格的一部分；把这些写下，也可以做我们的代表。——译者注

同样的地位，或者比生时更要出色。这样子，就可以满足我们自爱的要求，一个紧迫毫不放松的要求。而且若使我们知识的优长能够使我们肉体死了，精神不死，那么用我们的道德信仰，我们亦可达到对别人发生趣味，自己生活也可以有更高尚的境界，这样子我们同时能做天使同人们的伴侣①。

自然之声是从坟墓之中出来；

他们昔日之火焰仍存在我们的灰烬之中。

我们年纪一大，我们明显地感觉到时间的宝贵，真的，别的东西全没有什么重要。我们老是奇怪，已经有过的为什么会变作没有。我们知道许多东西总是一样地丝毫不差，那为什么我们会变老呢。这念头叫我们加紧地抓着现在，使我们深感到我们看见的一切是空虚幻假。失丢了在初尝生活同一切东西时候那种丰满流畅的少年精神，什么都是平凡无味——世界变作一个粉饰的坟墓，外面是漂亮的，里头充满了蠕虫争食同一切的不洁。世界是一个女巫，拿假玩意儿来骗骗人。但是青年的老实，不疑的期望，无涯的欣欢全消散了：我们只打算怎样好好地走出世界，没有碰什么大麻烦或者大祸患。②幻觉的灿烂丢了，就是那怡然自乐，对过去的快乐同已灭的希望的回忆也找不到；若使我们办到能够没有受侮辱地走出生命行列，身体也无大损伤地逃出，在归到大虚以前心境可以修养得同槁木死

① 人虽然侧身在神仙之列，心却仍留连于人间的祸福。——译者注

② 这篇文章由少年英气勃勃的情怀说到老年万念俱灰的心境，那种对人生的疲倦，真是人生的缩影，和 Andreyeo 剧曲《人的一生》可以比较一下。——译者注

灰一样地恬静安宁——这就是我们最大的希望。[1]我们不在死时完全死；老早我们已经渐渐地腐朽了。机官随着机官，趣味随着趣味，一个个癖好继续掉去；我们活时节，生就已由我们身上剥去，岁岁年年人不同，死不过是将从前的我们的最后剩下的残碎搁在墓里。我们这样次第销磨下去，一直销到没有，用不着什么惊愕，因为在我们年富力强时期，我们最深的印象也不过暂时留在脑中，我们本是受细微环境支配的动物。我们一生中最好的时期中，所读的书，看的事情，受的刺激对我们生下的影响是多么少呀！试想读本好传奇（比方说，司各德的[2]）时候，我们当时感情的经验如何；多么壮丽，多么有趣，多么使人心碎！你一定猜这些情调可以常留不灭，或者将你的心化作同样气质腔调：我们念时节，好像天下没有什么事情能够搅乱我们这心境，或者使我们感到麻烦。但是一走到街第，脚上沾污了的第一块泞泥，被人骗去的第一个两便士就够使我们的情调由心中完全隐没去，我们变作微末、麻烦的环境的战利品了。[3]我们的心虽然向高尚卓越处飞翔，它却总是和卑污的、可厌的以及微小的事情熟识。然而我们还是奇怪老人身体会衰弱，爱发牢骚——少年人的青春会萎谢凋零。实在说起来，天上同人间这两世界合起来，也不容易满足我们过度的希望同骄傲。

① 不只对现在不感到趣味，对将来不存些希望，就是火炉之旁、树荫之下的静默的回忆，也不能使这麻木的心灵有些许的高兴；到这种地步，真可说你来我去的世界是毫无足留恋了。——译者注

② Sir Walter Scott，十九世纪英国浪漫派的小说大家，著作甚多，以写历史小说（偏于苏格兰及中古时代的）名于世。——译者注

③ 读者千万不要误会 Hazlitt 是主张唯物史观的，他在另一篇小品《思想与行为》里曾主张意志万能的学说。——译者注

更　夫

〔英〕利·亨特

看我们这四便士一份的议论[1]的读者，用不着通知，自然晓得我们是没有家车的。我们爱看戏，又有几个不小心的朋友，时间越迟，越玩得高兴，一直到晚上一点钟才止，结果我们变作深夜回家的步行大家，所以我们和更夫、月夜、泥土的光，同这有趣时候别的东西都非常熟识。很侥幸，我们本来爱夜里步行。这样事不一定对身体有益，但是这并不是时间太迟的罪过，是我们的错处，我们应当生得强壮些；因此我们要客客气气地由这不得已的情形中找出我们所能得的好处。这是“大自然”奇怪的一点，我们所知道她最和蔼可亲的一个地方，当你向四面一望，又明白了那时的情境，若使你心里是快活，这一看就可报偿给你许多趣味。[2]“大自然”是一个大画家（艺术同社会也是她的作品），若使对她极细微的一笔能够鉴赏感动，

① Leigh Hunt这篇文章载在他所办的小报叫作*Companion*上面。*Companion*所登的都是轻快有趣的文章。Leigh Hunt故意说是lucubrations，是一种说反话的滑稽。——译者注

② 这句可表现出Leigh Hunt对人生的态度。他一生痛快淋漓，无往而不自得，有一回他做文章不小心，骂皇太子几句，给地方官抓去关在狱中，他却将囚室墙上挂了许多图画，还排了好几架书，室外小地又遍栽花木，爱说笑话的Lamb跑去狱中望他，看见他这种安乐神气，冲口说道，若使世上有天堂，那一定就是这里了。——译者注

我们快乐的材料就丰富得多了。[①]

我们也承认在二月晚上步行回家有好多地方会被人指摘，说有毛病。旧伞有它的坏处，泥土同大雨的量可以超过好景致。一个软的泥块错当作硬的，弄得满鞋是土，特别在出发时候，无论如何，要算作使人难堪。然而你应当穿长靴。的确伦敦街上有些事情，无论什么哲学也不能把它变作可爱；那类事情说起来太严重了，不合在我们这纸上讨论，可是我们要声明，我们走的路程带我们离开城市。我们所走的街道同近郊绝不是那最糟的。然而就在我们走的地方，若使我们要伤心，也有伤心的可能。我们走到乡下走得愈远，我们会觉得愈疲倦；若使我们完全是陪朋友走，我们不能不承认（我们的一位朋友就有这样情形过），两只酸痛脚上的慷慨会使人感动为善本身就是快乐这句话用的地方不能普遍[②]，同时我们可以很有理由地“诅那班舒服的人们”，他们窗上的灯光照出他们正到暖和的床铺去，互相说道——“今晚在外面走的人真苦呀。”

假设我们的健康同别的安适的准备都还可以，我们可以说，你若想去找些好处，夜行回家也有它的好处。最苦的部分是在出发时候——大门把同你分别的慈爱脸孔遮住时候。但是他们的话同面容有时却可以带你好好地走一大阵的路。我们经验过一句话够我们想了整个归程，一个面容使我们做梦地走到家里。譬如由一个正在恋爱热狂中的人看来，没有道路是坏的。在大雨昏黑里面，他只看见一个脸孔，就是在暖和房子灯光底

① 许多小品文作家的目的，不过是把我们的趣味增加，所以对于世上各种物事，常用一种特别眼光来看，为的是这样可以将我们趣味的范围扩张，并不一定有什么“立异为高，逆情于誉”。——译者注

② 就是“慷慨”的化身，两脚酸痛地，却要陪人走路，恐怕也会不高兴吧。——译者注

下所看的脸孔。这总是跟他走，在他眼睛的前面；设使世界上顶可怜的憔悴脸孔忽然现在当前，用这对爱情最可悲的嘲笑来吓他，他为她的缘故也会仁爱地看待。但是这一大阵话是用靠不住的事拿来当大前提。一个爱人压根儿就不走路。他既尝不出走路的快乐，也不知道什么苦痛。他踏着云走；在好像严酷苦痛的环境里头，他有一条光明的路，铺着天鹅绒让他皇帝一样地走过。

回过来，让我们像普通的人谈一谈夜行吧。深夜的好处在于什么东西都寂默着，人们熟睡在床上。全世界因此有一种恬静的气象。情感同思虑现在全睡得同死的东西一样地安定。人们像房屋同树林不动地躺着；悲哀是停止了；你心里打算只有爱情才清醒吧。请神经灵敏的读者不要害怕，我们对应当奉为神圣的东西①不想侮慢；我们在这时候所想的既然全是最好的，我们所说的爱情也是最纯洁的；不是那种合法或者不合法的没有真心的爱情；只是那配得上跟星光同时醒着的。

至于那些焦虑呀，帐中说法呀，同这类伤害夜里安宁的事情，想到它们，我们特地记起诗人等等说的佳言，什么“甜香的安眠”呀，“创伤的心的慰抚”，同“悲哀的疲倦送人到忘却一切的境地”这类话。大多数人在我们说的这个时候一定是教堂似的安息；其余呢，我们也是为这大多数的利益没有去睡的工作者②；因此我们有特权可以暂时忘记他们。唯一引起我们留意到他们的东西是那红灯，远远地照在药铺门口的上头；这灯发光时候，使我记起这大多数若使要得救助，可以来这儿

① 不论是经过法律手续或者没有经过法律手续也好，只要是真心相爱就是神圣的婚姻了。——译者注

② Leigh Hunt 晚上出去闲逛，观察夜间景色，描写来供读者鉴赏，所以他可算是一个晚间工作的人了。——译者注

找。我现在看见那医生脸色苍白，眯着眼睛，压下那对把他叫醒的学徒的不合理的生气[①]，麻麻糊糊走出房子，声音粗哑，穿件大氅，私下打定主意用圣诞节开账要钱时数单的甜蜜来报偿他这刻的辛苦。[②]

这么说下去，我们要说太多房子里面的事情了。这时候野鸡马车全离开它们常站的地方；他们今天挣到钱的一个好现象。几个厨房的燃屑中，到处可以听到蟋蟀叫。一条狗跟我们走。没有法子可以使它“滚开”吗？我们躲避它，白费了力气；我们跑着；站住对它“嘘”；禁止时还带了劝戒的姿势同假假地捡块石头。我们拐一弯，它还在那里缠绕我们的衣裳。它简直逼得我们愤怒地怀疑我们不让它随我们到家，它会不会挨饿。若使我们能够弄跛它而不带一丝残忍，若使我们是地方管事人[③]、吏役或者卖狗皮的人，或者一个想狗是不必需的经济学者，那是多么好呀！[④]啊，好；在基角处它拐弯了；走去了；我们觉得看得见它身体消瘦龌龊在远处飞跑；我们的心中却难过得很。但是这不是我们的错；它走时候我们并没有嘘他。它这样离开去是很侥幸的，它把我们快乐变作狼狈两难情形；我们这篇“文章”会不知道怎地处置它好。这些困难情形，有同情心的人都很容易遇到。现在我们再走我们的路，独自孤单地；因为这时除开我们从来不会忘记的渺茫朋友，我们的读者外，我们没有别的伴侣。把个真的手臂插在别人手臂里，已经不是要想法子才能快活的步行了。因为那已经是很好了。一个步行

① 医生被徒弟叫醒，心里一团不高兴，想向徒弟发脾气，但自己知道这不是徒弟的错，所以只好吞下气了。——译者注

② 英俗各店铺在圣诞节收账，所以他们的圣诞节等于我们的除夕。——译者注

③ 区里管事人，可以发命令捕杀野狗。——译者注

④ 这是讥笑那班经济家无论对什么事情，只看有用没有用，全不想到别的方面。——译者注

的同志就可算伴侣了，可以等于你才离开的那群朋友；一路有说有笑，用不着什么奋斗了。但是孤单单地凄风冷雨里要走一程长路，这才用得到毅力同耐性支持着；于是我们穿上长靴，紧紧扣起衣衫，撑着伞，雨滴打到伞上，灯光照小沟发亮；还有“泥块的光”，一个艺术家，我们的朋友，常常一团不高兴地说这两字。现在，步行不能找一个再坏的环境了；但是若使你高兴地干去，这些麻烦都不值什么。打倒个障碍本来是个快事，仅仅动作已经可得快乐，想象更添上许多趣味，血脉的加快流转同精神的努力活泼互相影响，渐渐地使你气壮，心里觉得胜利。每回你踏了一步，于你的脚你会有些敬意。伞拿在手中像个咆哮的战利品。

我们走到乡下了：雨雾过去了；我们碰着我们的老朋友，更夫们，他们大概是身体肥重，态度安闲，什么也不关心样子，整个人衣衫的成分比身体还多，好像想什么，实在并不想什么东西，年纪很老而不会叫人见而生敬，一点用处也没有。不，他们不是没用，因为住在屋里人想他们是很中用的，他们的用处也就在给人以这种思想。我们并不像往常那样可怜更夫。老年人多半不注意按时的睡眠。他们在床上或者还睡不着，可是在床上他们不能够挣钱。他们所能得的睡眠或者因为是在更棚里偷偷地得来的，特别甜蜜①；他们自己觉得很重要，对住户有各种特权，还加上他们的大氅同更棚，难怪他们自视是个“人物”。他们在个人职业外，加上这公家的职务。汤金斯同他们一样做补鞋匠，但是他却不是更夫。他不能够谈“夜里的事情”，

① 更夫晚上应当清醒，在更棚里偷睡，自然是一种违法的痛快事情。——译者注

也不能“用皇上的名字叫谁站住”[①]。他没有得孱弱的老人家同醉汉的小钱同感谢；没有说，“让先生们走过吧”；他不是“教区的人员”。教堂里的执事不对他说话。不管他如何常排在这“大洋铁匠”面前，他绝不会问，“汤金斯，你好吗？”——“一个老年安静的更夫”[②]。莎士比亚时代，更夫是这样，现在更夫还是这样。老年，因为他没有法子能够不老；安静，若使能够不安静，他也不愿意；他的目的是要办到四处都是寂寂的安宁，他自己的心也包括在内。所以他叫钟点并不叫得太大声，也不故意捣乱地说得太清楚。没有一个人会真听到叫“三”点，心里害怕，睡得不稳。他说的声音，听的人们觉得怎么解释才合适，就可那样解释，三点，四点，一点都行。[③]

就是更夫里也有性格的分别。他们不只是大氅、笨大的躯体同满不关心的神情。却说，他们普通所想的是什么呢？他们由一点钟到两点，两点到三点一直下去，怎么样来变换他思想的单调呢？他们是不是把自己同没当差事的补鞋匠比较；想明天午餐吃的是什么东西；回忆六年前自己的情形；嗟叹他们的命运是世上最苦的（无聊的老人常爱这样想，为的因此可以享那发牢骚的快乐[④]）；或者想起在小钱外还有别的利益；安慰自己，他们虽然不在床上，他们的老妻却安歇着？

关于更夫的特别性格，或者说不同的性格还好些，我记得几个。一个“公子式的更夫”，他在牛津街公园邻近走来走去。

---

① 更夫晚上遇着行人，就用这句话叫他站住，盘问后才放他走。——译者注

② 在莎士比亚所著的《亨利第六世》（*Henry VI*）第三部第四幕中，有一个角色是更夫，莎士比亚说他是“an ancient and quiet watchman”。——译者注

③ 更夫麻麻糊糊地叫点，听的人爱把它当几点，就可以当作几点，岂不是个双方都方便的事。——译者注

④ 活画出老头子的精神，不是什么不舒服，才发牢骚，因为爱说牢骚话，方去找些理由来。——译者注

我们称他是公子，为的他说话的声音与众不同。他说话半吞半吐，past 这字中间的 a 当 hat 这字中间的 a 念[⑤]——说话以前，先预备地咳一下，等一会才说出他的“过——了——十——点”，那文雅的不留心样子[⑥]，好像只讲他也觉是这时光吧。

另一个是铁打的更夫，他也在牛津街向着汉诺瓦广场巡行，他声音似喇叭的响亮。他除声音外没有别的奇特处，不过在更夫有一些特别处，也就算难得了。

第三个是在柏底福广场叫更的，他的叫声简短洪大得奇怪。那时候他们这班人有一种新时髦，就是略去“过了”和“点钟”几个字，只唤出数目来。我不知道我对从前一个晚上事情的记忆是完全事实，还有没有我以后想象为可能的成分杂些进去；不过我的印象是当我同一位同学在基角拐弯到广场的时候，正在谈论同弯数目有关系的问题，我们忽然好像得到答案地，给一个简短颤动的叫声——壹——吓着了。这一段应当放在页底，这个“壹”字也当突然地印在纸角上。

第四个更夫是一个非常特别的怪人，一个看书的更夫。他有一本书，借他灯笼的光念着；可是他不能给你快感，反使你替他难过。将一个居然有想象力打算赶丢愁闷的人搁在这许多困苦缺乏之中，真像件残忍事情。只有一种懒洋洋毫无思想的样子，才同更夫合适。

但是最古怪的是一个溜行的更夫。试想一下在严霜深冬的道上走着，沟里有长条的冰，上面雨雪霏霏，再画一个像白袋子的人，手里拿个灯笼，遮着雨伞，向你滑溜过来。这是苦工

⑤ 纨绔子弟、时髦人物说话时故意装出一种特别腔调。——译者注

⑥ 时髦人爱排出无精打采、什么事也不足关心的样子给人看，以显他是个超乎一切的角色。——译者注

同享乐、青春和老年最奇异地混在一块！但是这种结合使人看得高兴。什么事只要能够带劲有彩就好；我们这壮健不屈的更夫倒似拉伯立书里的人物。[①]“时间”像个山羊给他赶得东奔西跑。[②]他这一溜仿佛可以溜过整个半夜；他兴致一来，就由他的更棚同那陈腐的势力里溜出，好像在那里说，“什么事情全着心境；——现在我这职务的全部压迫一些也没有了。”

可是我们走近家了。树林多么寂静！旷野睡得多么甜蜜！这条往上走的花径配着那寒冷的白色天空，现出多么美丽的严肃又含着夜色！小心的居民安置在离他们大门一里路内的好多更夫同巡查向我们祝“早安”；——这句话没有我们有意把它当作的那么客气；因为我们不该在外面逛得这么迟；这班像父亲式的老头子擅自拿这句带讥讽话来提醒我们。有的家禽本来很奇怪地栖在树上，我们走过时鼓翼飞去；——别的站在山上，毫不退让；还有几个在平地上跨行；在那个地方，那个同我们有特别关系的窗子里有那个我们所熟识的光，那是屋里恳挚亲爱的人的眼睛——人们的家庭。家庭，这个字对每人所引起的感想是多么不同，然而又多么普遍地感动人心；它是多么一些不错地将每个人安放在他自己的巢窝里！[③]

---

① Rabelais，十六世纪法国文学家，他最善滑稽同讥讽，荒诞不经的故事，来作外表；这个更夫浪漫古怪，所以说配放在Rabelais书里。——译者注

② 他溜来溜去一下，时间就过去了，所以说时间好像是个羊，给他赶得东跑西奔了。——译者注

③ 各人的家庭不同，所以说起家庭，各人有他自己的观念，但是我们由家庭所得的安慰是非常普遍的，天伦之乐，谁也是一样的。——译者注

玫瑰树

〔英〕洛根·皮尔索斯 · 史密斯

这位老太太对她园里那株大玫瑰树总是很自夸，老爱说给人听，这株树是怎样由一个砍下的枝干长大的，那枝干是在好几年以前由意大利带回来的，当她才结婚时候。她同她的丈夫坐马车由罗马回来（这是在发明火车时期以前），在丝莺娜南边，一块不好的道路上，他们的车子坏了，他们不得不在路旁一个小屋里过夜。房里的设备自然是很马虎；她整夜没有睡好觉，很早就起来，围着东西，站在窗前看朝阳，那时凉风向她脸上吹着。经过了这许多年，她还记得那明月底下的青山，同怎么样在很远一个山峰上的城镇渐渐地变成白色，等到月亮看不见了，那高山给上升的太阳的红光照着，忽然间那城镇像点着火地发光起来，一个窗户跟着一个窗户抓到，又反射出去太阳的光线，最后全城在空中闪烁着，辉煌着像一窝的明星。

那早上，知道当他们马车正在修理时候他们要等着，他们就坐地方用的车到山上那个城镇去，据说在那里他们可以得到更好的住所，在那里他们就滞留两三天。这是意大利小城之一，有高耸的礼拜堂，傲慢自得的大方场，几条狭窄的街道同几处小小的宫殿，整整齐齐稠密地栖止在山巅上，城墙围着一块比英国菜园大不得多少的地方。但是这城是充满了生命同嘈杂，整天整夜地回映出人们脚步同说话的声音。

他们所住的那个简朴小旅馆的咖啡室是那小城里名人聚会地方；市长，律师，医生同几个做旁的事情人；他们注意到里头有一位面貌秀美，身材瘦长的好说话老人，一对发光的黑眼睛，雪白头发——体格高而直，还带着少年的态度，虽然那侍者很得意地告诉他们这位伯爵是个年纪很大的老人——真的，第二年就要八十岁了。他是他家里最后剩下来的一个人，侍者继续着说——他家从前是很有声望，很富的——但是他没有子孙；真的，那侍者很愉快地说，好像这是个那地方人民觉得很荣耀的故事，说这位伯爵曾经失恋过，从来没有结婚。

但是，那老绅士却很高兴的样子，一看就知道，他对于生人感觉有趣味，想和他们认识。这个和蔼的侍者立刻替他将这事办好，谈了一会，这老人请他们到他的别墅同花园去逛，那是正在城镇的城墙外面。所以第二天下午当太阳开始下降，他们由门口窗口瞥见棕色的山上已经有蓝的影子在那里开展着时候，他们去拜会他。那别墅并不大，一个近代式石灰墙的小别墅，连着一座铺着石卵的花园，里面有一个石池，养些无精打采的金鱼，还有一个月神像，旁边刻着她的猎狗，都靠着围墙。[1]但是使这个园光荣显赫的是一株伟大玫瑰树，这树爬到房子上面，差不多把窗口塞满，使空气充

---

① Diana，月神。希腊神话：月神爱打猎，所以她像旁有猎狗。——译者注

满了它的芬香。当他们赞美这树的时候，伯爵得意地说，这确是一株好玫瑰树，他要同这位太太谈这株玫瑰的故事。当他们坐在那里，饮那他请他们喝的酒时候，他用种老年人快乐的不关心态度提到他的情史，那随便的样子，仿佛他以为他们已经听过了。

"那位姑娘住在那山过去的谷里。那时我是个青年，因为这是好些年前的事情。我常常骑马去会她；路是很长，但是我骑得很快，因为年轻人总是性急，这点太太一定知道。然而那姑娘心肠很硬，她要让我等，啊，好几个钟头；有一天我等得好久，生气了，当我在那她告诉我她要会我的园中踱来踱去的时候，我折断她的玫瑰，折了一枝下来；当我看清我所做的事情，我把这枝存在我衣服里面——像这样子——我回家时，就将这枝栽下，太太，你看现在长得多大了。若使太太赞美这玫瑰，我一定要送她一枝，也栽在她的花园里；我听说英国有美丽绿色的花园，不像我们这给太阳烧焦了的花园。"①

第二天当他们修理好了的马车来接他们，他们正开始由旅馆出发的时候，伯爵的老仆人拿着清清楚楚包好的折下来的玫瑰枝走来，说她主人祝他们一路快活平安。镇里人聚集着看他们出发，小孩们跟着马车跑，跑过小城的城门。起先他们听见后面有匆忙脚步的声音，但是不久他们深深进到山谷里面了；那小城同里头所包含的嘈杂和生命是高高地站在那山巅。

她将这玫瑰栽住家里，这树老是生长发达得奇怪；每年六月时候，那一大堆的枝叶还是送出充满香气同红色的热情华丽

---

① 意大利居欧洲的南部，天气暖和，晴时甚多，不像英国那么常下雨。——译者注

气象，好像在树根树心里还燃烧着这位意大利爱人的愤怒同失望。自然，这位老伯爵一定是死了好几年了；她忘却他的名字，而且起先在早上看见在空中闪烁着像一窝的明星，后来她住在里面的那个山上小城，她也忘记是叫作什么名字了。

采集海草之人

〔英〕威廉 · 亨利 · 赫德森

太阳下山时候，海里吹来的烈风开始使人感觉到寒冷，我站在个沙丘顶上，看底下一个老妇人在低湿的地上匆忙地走来走去——那是一块近海的平地，隔个沙陂就是海；我心里觉得很奇怪，因为她的样子是个衰弱的老妇人，但是她走动——我差不要说，飞动——过那平湿地面的样子是轻快得出奇，有时停住弯下腰，由地面捡些东西。可是我不能够看得很清楚，使我自己满足：太阳正落到水平线下，空气的朦胧同日暮的冷风，当这又是年暮时候，把一切东西都弄模糊了。走下到她那里，我看出她是个老年人，没有戴帽子的头上有稀少灰白的头发，脸孔瘦黑，形容端正，灰色的眼睛并显不出老气，不动地瞧着我，她这种神情使我忽然间感到一种莫名其妙的悲哀。因为那是没有笑容的眼睛，表现出一种说不出的悲情，头一下瞥见时，我是这样觉得；或者她现在并不悲哀，那不过是悲哀留下在眼睛里的一个影子，当一切人生的快乐同兴趣，跟着一切的情感全舍她了，她也不再怀着什么回忆同希望了。这或者只是我的瞎猜同幻想，但是若使她是个由别一世界来的人我也不会觉得更奇怪。

我问她这么迟时候在那儿干什么，她用种悄悄的没有什么高低的声音（那声音里也带了影子）回答说她是采集那生在平坦盐泽的海草，那草的叶子像葱，暗绿色，汁很多。她告诉我这时节刚好采集腌着，搁起来整年都可以用。她带个桶子来装这草，手里拿一把餐刀，把小树连根掘起，她还有一个旧布袋，她碰着的每条干树枝同柴碎都丢在里头。她还说她每年八月底在这同一地方采海草已经有好多年数了。

我将我们的谈话延长下去，问她许多话，对她那机械式的答话故意当作有趣味地听着，同时我却想法去探测这对不含笑容、没有人气、不动地望着我的眼睛。

我们谈不久，一阵嘈杂的人声传到我们耳朵里，我们半转过身来，看见一群（说一队还好些）打棒球人由那沙丘旁边他们吃茶的棒球房里走来。女的同男的打棒球人，四十多个左右，零零落落的，有一对同行，有几人一组，望着那边海滩上的“棒球旅馆”走；这是一群非常漂亮的人物；肥肥的快乐脸孔，衣服很讲究，高兴得很的样子，随随便便谈天说笑。有些在旅馆里住，其余的人，有二十来辆汽车在旅馆门口等着，预备送他们回到内地的家里，或者他们暂住的房子。

当他们在离我们站的地方三码以内走过时候，我们的谈话暂时停止了，他们走后，我心中记起他们午后游玩的那块沙丘的历史。那块地方是属一个很老的世家；有人说，从诺曼民族征服英国的时候起，他们就占有这块地方；但是这家家长现在穷了，没有房产在伦敦，没有煤矿在威尔士，除租给人耕种的二三万英亩田外，没有别的收入来源。实在说起来，就是这样子他也不会穷，若使没有那班儿子，他们爱城市里的快乐生活，在那里他们或者有私房子。最少，他们养有比赛用的马[①]，自己有汽车，天天在最好的俱乐部过活，年年他们要这忍耐的老父替他们还赌债。把这么可敬的家长处在这样情形中，这真是苦痛的地位，他的朋友邻居都很可怜他，说他是那郡里最好最老的世家的一个好代表。但是他逼到不得不尽他的能力弄成个出入相抵，他因此所干的小事之一就是建设这沙丘上面一英里来长的棒球场，位置在海同沿海的老村中间，还盖座棒球旅馆，吸引各地的来客。这样子偶然地把村里人到海最短的旧路截断了，那个荒野的沙丘，从前可以算是他们的空地同游戏场，他们当公地用已经好几百年了[②]，现在也由他们手里夺去。人们警告他们，吩咐他们到海岸要用另一条路，那路由乡村走起要走半英里多。而且他们一向是驯良听命，没有露过怨声。真的，那管理田地人要他们相信，他们有许多理由对地主应当感谢，因为偿补他们所受的些许不方便，他们有打棒球人在这里，有些村里小孩会被雇去当拿球棍的差事。然而我看出他们并不感谢，只是以为他们受了人们的欺侮，这件事使他们痛心。

当打棒球人流水般走过时候，我记起这么多事情，心中想不知道这个可怜妇人会不会和她的同村人一样对这班人秘密地怀一种恶感，因为他们剥夺了村人们沙丘的使用权，在那松松的黄沙上面，荒草丛中步行，闲坐或者躺着，村人已经成个习惯好几代了；他们又截断村人到海最近的路，那里村人每天去找些柴同海浪抛上岸的一切东西，这些对他们穷苦的生活都有帮助。

---

① 英国的贵族常养骏马，于赛马时下注和人赌输赢。——译者注

② 英国于城市、乡村，皆有公地，供人民随便使用，这样的地就叫作common。——译者注

我暗自忖着，若使她会存些恶感，那看到这群高兴快乐的打棒球人向着他们的旅馆，汽车同奢华的家庭走时候，这一对不变的眼睛一定会有变化。

但是我虽然很近地注意她的面容，一些变化也没有，就是恶感或者任一情感的顶微痕迹也找不出，只是以前在眼里的悲哀影子还在那里，她那固定的眼睛好像一个囚着的鸟兽的眼睛，注视着我们，然而又不像是看我们，倒是看穿过我们，看到我们背后的东西。[①]他们都走过了，我们也谈完了，我把钱放在她手上，她的神气老是那么样子；她没有笑容地对我道谢，那悄悄的没有什么高低的声音同她答应我问她关于海草时是相同的。

我又走那山顶，向下望又看她像我起先看她一样，不过更模糊些，轻快地像飞蛾或者像鬼魅行动着或者飞动着，在那低平盐田上面，还在冷风里采取海草，那时我心里想的是，这个我正看见，起先对谈过的人是一个非常像鬼的人，无论如何是一个描写不出的灵魂，像风景画家没法描摹只好置之不理的一种水天大地所生的空气气象一样。为自卫起见，风景画家练出一种本领，叫作“眼力的迟钝”[②]：可以说他用手指塞着耳朵，免得听到那跟着他，讥笑他可怜的有限能力的嘲笑声音。用笔来传达印象的人是差不多同样地不能成功：像上面所说这件事，尽他力之所能只是努力将他当时心中所引起的情感传达出来。

让我现在说一种人，他练习他的眼睛（不如说他的眼力

---

① 形容她眼睛渺茫得什么也不注意，对于客人的衣服等毫不关心，老是那么盯着望，好像要看穿过客人的身子。——译者注

② 因为看到美妙的东西，又画不出来是件非常难过的事情，倒不如装傻装盲，免得自己受苦。——译者注

不知不觉里自己练习），他要由他所碰的多数脸孔里去探出些他们的内心生活，不管多么微小。这样人不能够走完司特能街同弗立街或者奥士福街，而不很惊奇地遇着一种脸孔，那里面所包含的悲剧同神秘分子和那半露出的奇怪消息会缠绕他的心中。但是这印象不会盘占他的思想很久；另外一个使他不得不注意的脸孔跟着来，一会儿又有一个，这么多的印象不久却全由记忆里消散去了。可是有时，隔了好久时间，或者五年一回，他会逢着一个脸孔，老是缠绕他心中，那明显的印象好几年都不会丢失。这种脸孔同眼睛和我那清冷的黄昏所碰的采集海草的女人是同类的；但是那里面的神秘始终还是个神秘。[①]

① 此句结束全篇，使读者感到有悠然不尽之意。当代小品作家和十八九世纪小品作家不同的地方，在于从前作者常把话说得清楚明白，现在许多小品作家却多在涵蓄这点下功夫，使他们的作品耐人寻味。这还是近代文学的普通趋向，偏于 suggestive 这点，什么话只说半句，其余让聪明的读者自己去领会。散文如此，近代诗也是如此，所以近代诗特别讲究音乐和印象，因为这两样东西最富有 suggestive 能力。但是十八世纪小品那样纯练精净的恰到好处和十九世纪小品那种痛快淋漓、一泻千丈的气魄，都有它们千古不磨的价值。当代小品文家的作风不过是想另外开一条路，我们可以把它们看作美的种类不同的作品。这不过是概括地说，其中各人有自己的风格。千殊万变，有待个别的研究，而且也不是我这样对近代小品文学涉猎不多的人所能够详细讨论的。——译者注

躯 体

〔英〕罗伯特 · 林德

报纸里偶然有些新闻使我们看时停住，引起我们去考察我们关于一个问题的态度，好像这是第一次才想到的样子。这类新闻的一个是爱多亚 · 马丁遗嘱的公布，他是爱尔兰独立运动者，乔治 · 摩尔[①]的表兄弟，照他的遗嘱，他的尸体要给一个医学校做解剖用，剩下的同别个解剖过的死尸一样将来埋在贫民冢里。谁念了这段，不会转过来问他自己能不能忍受他身体被医学生拿去开刀（虽然已经没有知觉了）的结局？真的，只有几个人对这事能够毫不关心。若使一个人对他死后躯体的际遇，一些也不留意，像苏格拉底一样，人们想这是一件奇特的事，值得记进他的传里。在一切人们里基督教徒或者应当最容易达到这种快乐的洒脱心境。[②]但是就是灵魂不灭的信仰也很不容易使人们把死尸看作同已由黑暗爆出花了的外壳一样地不值钱。以至于基督教徒一向好几百年对死体表示敬意，好似死体比活人要高贵些，好多穷人从来没有路人向他脱帽，要等

① Mr. George Moore，爱尔兰独立运动者，他又是一个小说家兼批评家，为英国的一个当代文豪。——译者注

② 基督教徒相信灵魂不灭，肉体不过是暂时的皮囊，所以应当看轻躯体才是。——译者注

到变成死体由街上过去时候，才有人对他致敬。[①] 在好多年代之后，那久已做了蛆虫同时间的捕获品的躯体，一听到号筒声音，会真真地由地下起来，再合成像个生人，[②] 对这种思想，我不知道现在基督教徒相信的程度有多少。或者现在没有几个人会坚决地说出关于这事的意见。但是从前许多人相信死体绝不是灵魂永远丢下的无用衣服，而是灵魂升到天堂时所要穿的衣服。就是那班看不起活的肉体的基督教徒，对死了的肉体却很尊敬，一个圣人生时饿他的身体，也不把它收拾干净，以为是个连鄙视都不值得的东西，他死后的躯体，人们却崇敬得像包含有神圣力量，能做神迹的东西宝贝。[③] 这事看起有些，实在是，很反常，但是活人站在死人面前所生的敬畏情绪，凡有反省能力的人自然会有的。我们听说有些野蛮人对死人的肢体表示敬意，是怕不是这样，死会跟他们捣乱。但是没有这种恐惧的文明人也是同样地尊敬死体，或者因为他在死体上看到一种预兆，一件奇事，把他世界的外状变化，带他一直到他自己生命神秘的门前。[④]

---

① 英国人凡是在路上遇着出葬，不管死的是王公大人或者是乞丐奴仆都是一样地脱帽致敬。小品文学家 Alexander Smith 在他小品集《梦乡》（*Dreamthorp*）里面有一篇《死和死的恐惧》（*On Death and the Fear of Dying*），就拿这件事来证明死有种神秘能力，把人们的位置提高，他说："Death makes the meanest beggar august，and that augustness would assert itself in the presence of a king. " Smith 这篇论死的小品是他最得意之作，也是关于死的一篇千古绝妙的文章，想研究"人死观"的人，不可不拿来细细咀嚼一番。Smith 最爱说死的性质，差不多没有一篇文章不说到死，他只活三十多岁就短命地死了，所以有人以为有谶兆的。——译者注

② 基督教徒相信在世界末日时候，喇叭一吹，死的都由坟墓里出来，受最后的审判，好人就升天堂去。——译者注

③ 有一部分基督教徒极端地鄙弃肉体，以为是阻止灵魂向上的东西，是灵魂的囚狱，可是他死后，人们或者偶像地崇拜他，以为他的一毛一发都具有神秘的能力了。——译者注

④ 死是人生之谜的中心点，只要对于死的性质能够明了，我们也可以看透人生的真相了。——译者注

不管是根据什么理由，世人心里还是觉得死人应当受人尊重，不该像废物一样看待。大战时候，人们以为德国有种“死尸工厂”，在里面将死的兵士化作有用的油或者化学原料供给军械厂用，那种大声疾呼的反对不单是宣传反德者的假仁假义的表现。[①]德国人也是人，我们若使去相信他们居然许可干这事情；这相信当然是太荒诞了；但他们若使真办了这事，我们自然会相信他们没有什么人性。可是，倘然为医学的目的，用死人的肢体是没有错的，我们找不出一个合乎逻辑的理由为什么为战争目的，用死人的肢体，就成个罪恶。真的，还可以这样辩驳说战争的需要是更急迫的，所以“死尸工厂”对我们应当没有解剖室那么可怕。其实，解剖室会把我们吓得更厉害，若使我们没有将那无亲无友的穷人躯体拿来算作国家的（或者市区的）公物。[②]当解剖家送他们的喽啰到基地去掘那死时债还得清清楚楚的死人时候，死人的朋友大家联合起来，晚上守那死尸，一直等它在土里腐朽了才止。我们多少人幼年时光是在一千零一个偷尸故事的空气里长大的！[③]这班偷尸人同拐子是多么像魔鬼！听到他们的冒险是多么惊心动魄！我们可以像听蓝胡子的犯罪一样[④]笑他们，可是我们是多么不舒服地笑着。但是再过一千年人们或者会将这偷尸人同拐子当作科学功人，

---

① 要宣传旁人的坏处，自己免不了要装作是个神经敏锐、慈善为怀的君子。——译者注

② 英国没有亲友的穷人死后，尸体给政府拿去，发给医学校做解剖之用。——译者注

③ 《天方夜谭》是含有一千零一个的故事，所以我们说故事很多时，就说有一千零一个。——译者注

④ 欧洲一种传说：蓝胡子杀了许多个妻子，后来又娶了一个，一天他出外去，把锁钥交给妻子，告诉她有一间房子千万不要开，他走后，他的妻子好奇心动了，偏去开那房子，里面存的却是前几位太太的尸首。她吓得心惊手战，锁钥丢到地下，沾了血迹。她用尽法子洗，总洗不去，蓝胡子回来看到钥匙上的血痕，正要杀她，她的兄弟刚好来看姊姊，于是把这专会杀人的恶丈夫杀死了。——译者注

伯克同黑尔[①]或者尊视作殉道者。我并不想人们将来会这样办，但是科学的进步或者是他们罪恶的结果。允许解剖室有时到坟地去找尸体同给它权利在那没有人领的养贫院[②]穷人身体上用刀，是有同样坚固的理由。但是我们大部分人希望我们同我们朋友就在这生活昂贵的年头也不至于死在养贫院里，所以我们对现在这种妥协办法觉得满意，我们简直不去问当天下找不到穷人时候，解剖室要由哪里得来材料呢。当然天下有不少男女，对科学有这样宗教式的热心，在他们遗嘱里，他们自己献身给解剖室用。但是当征求这种甘心自荐的人们时候，我们头一个本能是退缩走开，像避一个苦痛的牺牲。

我就是一个不容易将我的身体赠送到医学生乱七八糟手里的人。我不知道这是什么理由，除非是我免不了有些把我的躯体当作我整个的自己。苏格拉底到底是个真哲学家，能够在他死的前晚，把他身体看作个虚壳，对自己说，“那不是我”。可是我们多数人虽然在我们理智里可以承认我们的躯体不就是我们，在想象中却总是继续把躯体算作就是自己。无论我们的本质是什么，我们是用这躯体来到地球上，一切使生命这样值得活、使我们希望再活下去的经验都不能和我们躯体分开。不管我们是到礼拜堂或者上酒馆，在大地向阳的山腰里或者家庭火炉旁得到的快乐，在育婴房游戏或者足球场上当王，在恋爱热狂里或者受世界上公众的大奖，我们的躯体最少是我们不可分的伴侣。我们一生里没有一个经验能不赖手，脚，心，肺，脑，口，眼，耳而实现。圣弗兰西斯[③]在弥留时对他躯体道歉，

① 英国有名偷尸首同拐人的两个犯人，后来都被绞死了。——译者注

② 贫穷又无处依靠的人所居住的地方，每天照例做些工作，来换他们的衣食住的费用。——译者注

③ St.Francis，他能够对鸟儿讲道，好比中国使顽石点头的生公。——译者注

因为待遇它太坏，这事是没有什么奇怪，因为没有躯体，圣弗兰西斯这人也不会存在了，鸟儿也失去了他们唯一的教谈，麻麻糊糊地死了。那么，我们对这样一个同伴，怎么能够不关心呢？若使山上石头盖的教堂由连带关系变作神圣东西，所以人们进去时候，因为对这上帝的庙宇表示尊敬，要脱下帽来，那么一个人对他那肉和骨做的躯体的运命会关心，这事更用不着奇怪了。好多人甚至于留下话来，要人们对他们死体有种礼遇，那是他们生时所没有要求过的，像亚鲁斯特地方一个主张联合主义者，他要大英联合帝国的国旗包着他的躯体，拿出投到不列颠尼亚海里。有些人比较愿意死些，因为他们知道他们的遗体（话是这样说）会葬在一个特别地方——小山的顶上，或者在那墓地，那里鬼气阴森的墓碑黄昏时可以由海里看见或者在半荒弃的孤村里老教堂树下的一块地。若使我想起将来会埋在撒哈拉沙漠，或者就是埋在一个殖民地里，我自己会感到悲哀；设使有人对我预告，说我必定葬在异乡里，我会很久地觉到刺心的苦痛；甚至于在故乡哪个地点长眠，我都要讲究。我不知道我现在有没有从前那么开心。我想我对于要葬在地下这回事（不论是什么地方），我反对的程度日日增加。火葬的结局，我也不爱。当我们看我们躯体还是个活东西时候，我们差不多想不出一个结局，而不是同解剖桌一样地可怕。把尸体老是保存着，做个木乃伊——谁愿意这样子呢？在基督教徒的墓里快快地给土洗净成个骷髅倒还好些。我刚离学校，想自己是个泛神主义者时节[①]，我像别的小孩所干过一样；我想起将来好花会由我坟里生出，我有一种痴心的欣欢。我甚至于爱想为这花，我要化作养料去把土弄肥沃。我现在不能这

① 泛神论者，相信宇宙整个就是神，我们也是神的一部分，大地上一花一木都是神的表现。——译者注

么容易来安慰自己，虽然若使我想起那花匠有时对我这永久的盖被会费点心，我心里还是会高兴些。可是真的，我对地下世界并无爱好，倘然是办得到，我想我永不会自己到那里去，只是在这乐土的地板上继续地滞留着，滞得同“游荡无所归的犹太人”一样久。[①]据说人老了对这躯体生了厌倦，很愿意离开去。我想有这种心境的人的精神是比我勇敢。我生性是爱在家里住着，我一生无时不住在里面的唯一的家是我的躯体。虽然命带土星，我却都还快乐，不想将我的躯体去换一个更好的。若使我愿意做个更好人，我还是希望新灵魂在这旧躯体里住，因为虽然我这个躯体并没有照什么建筑的高贵格式做的，没有人会把它拿来自夸，我对这躯体却很惯了，有各种的同情把我同它捆起。我对它的看护却没有尽我的能力。我让这躯体沉到破毁倾颓的状态，所以我身体已经未老先衰了。但是一个弯背的人，有个弯身的猫子，或者在那弯颓的小屋里住得很快乐，不是受强迫，还不愿意离开屋子。所以若使相信末日到时躯体会飞过空中，再做在更好世界灵魂的房子的基督教徒是对的，虽然我不能够同他们有同样的信仰，我也是很高兴，我并不替自己辩护，或者妄说这是个可赞美的态度。真的，我羡慕苏格拉底同一切看轻躯体、只当作是一个脆弱的瓶子或者会枯的草的人们，但是我不得不承认我不是他们的俦侣。

有些人因为想起雨点在夜里打到他们，冷了他们无知觉的骨头，心里难过，所以更退缩怕到坟墓去，这种人我却也难同他们合伙，最近在某一本书上，我念到一件故事，说当他所爱的女人死后，林肯在个风雨夜差不多疯狂了，为的想起这时候

---

① 犹太人侮辱了耶稣，耶稣就罚他们老在大地上东跑西走，没有片刻的休息，一直等到世界末日才止，这事耶稣做得实在不高明。——译者注

风正怒号着雨正狂打着在她墓上面。别人告诉我他们也有这类感觉，我认得一个人，他说他不愿意她在一个坟地里，因为那里土“很潮湿”。但是那时他正患风湿症。[1]然而他这个反对同我们大多数不愿躯体不全有皮无肉地放在解剖桌上教授眼前有同样坚固的理由。我们将好多生人的羞耻心同感觉放在我们尸体上，我们想到尸体受那只在我们生时才能损害我们的事情时，我们没有理由地战栗。这样在想象中我们给自己一种生命的延长。我们好像对活值得活比死值得死应当更有把握些。但是就是在死这回事，我们还存有希望的余地。

---

① 痛风症多半由潮湿得来，这位先生怕他死后又会患这病，所以不愿意葬在潮湿地方。——译者注

吉诃德先生[①]

〔英〕沃尔特 · 雷利

一个西班牙的武士，大约五十岁年纪，在拉曼差村中度着非常穷苦的生活，拼命地念那谈游侠的浪漫小说，这种书他收集了好多，最后竟把他头脑弄糊涂了，没有事情能满足他，一心想要骑了他那老马到外面去，提着长矛，戴起甲胄，当一个游侠，去冒一切的危险，来伸雪世界上数不尽的不平事件。他引诱了一个邻居，一个又穷又傻的农夫，名字叫作山差 · 邦札，骑一匹很好的驴子，跟他当从卒去。这武士只有从他所爱的浪漫小说这面镜子里看到世界；他把小旅馆错当作魔堡，风车错当作巨人，又把乡村姑娘错当作流落在外面的公主。他的豪气同勇敢始终不衰，但是他的幻觉却带了无穷的麻烦给他。用保障公道同游侠精神的名义，他把自己插入在他所碰到的人们里面，凡是他以为是拿权力来做压迫或者横暴用的人们，他都要殴打他们。他同那可怜的从卒到处挨打，受鞭挞，被骗，受人

① 林琴南先生译过，书名译作《魔侠传》。关于这部书周作人先生有几篇很有趣味的文章，散见《自己的园地》同《语丝》。在中国小说里，要找出和吉诃德先生相像的人物，很不容易。我想了三天三夜，才想出《儒林外史》里风流儒雅的杜少卿，这篇里许多批评这位仗矛飞马奔走风尘的骑士的话都可以用在河房里啸遨湖山的贤公子身上，可惜王胡子实在比不上山差 · 邦札，吴敬梓先生到底逊西班牙文士 Miguel de Cervantes Saavedra（1547–6161）一筹。——译者注

们的嘲笑，等到最后靠着他村里老朋友的好意，同那些被他幻觉所含有的可爱而慷慨的性质所感动了的几个新朋友的帮助，这武士才医好了他的瞎想，给人带回到他故乡家里，以后就死在那里。

这是《吉诃德先生》这本书的本事；这好像是一个琐屑的骨子，在可以叫作世界上最聪明，最伟大的书面上讲起来，没有什么虚说。这是一本老年人做的书，里面包含着已经懂得忍耐的热烈心的一切智慧。莎士比亚同塞文狄斯是同日死的，但是若使塞文狄斯的命也只有莎士比亚那么长，我们就不会有《吉诃德先生》这本书。莎士比亚自己没有写过什么东西，有这样充满了经验的各色材料，这样恬静稳健地照出温和的智慧，对于世界的力量有这么明亮地看到；就是替雄豪心肠人辩护说话时候，莎士比亚也不能比他勇敢。设使请把拉替力亚的地方官[①]来裁判这两位大作家的案件。他的判决词常是简单明白得出奇。或者他要规定，因为莎士比亚是五十二岁死的，塞文狄斯比他多活十七年，一个人所以要整天整夜念莎士比亚，等他活到比莎士比亚死的时候年岁还大，以后，做他暮年的安慰，他可以到塞文狄斯所开的更严肃的学校去。然而不是每个人都能够比莎士比亚命长，而且有那么长寿命的人里，不是每个人都学到随着年岁长进的法术，所以照这个规定，这位西班牙先生的熟朋友一定比不上那斯徒拉福高等典吏儿子[②]的范围那么广。他确是没有那么多好朋友；但是他那得天下人的欢迎的力还是一样地不会失丢。他老是，将来还是一样地摄引一大群读者，当这班读者看到这位糊涂的武士先生所受的可笑苦难，人

① 《吉诃德先生》书里一个人物。—原注

② 莎翁的父亲是做Stratford地方的高等典吏。——译者注

家同他捣乱的诡计，他那种多愁多难的古怪外表，他所听见的情史恋歌，他所碰到的各样各色人物，他每到一个地方立刻生出来的许多灾祸事故（一大堆有趣的事情），他们得到一种简单纯粹的快乐[①]，或者他们同样高兴地读到他的挨打，受捶，脸孔给人家抓破，同在泥洼里打转，这些他天天尝着的事情。这就是说，不大注意或者毫不留心吉诃德先生本身的人们也可以由那书里的活泼热闹情境得到趣味，他的书却是充满了这活泼热闹的情境。

我们对塞文狄斯自己一生的经验没有什么充分的记载，他的经验是结晶在这本书里，他最伟大的著作。我们知道他是个军人，在拉朋吐地方同土耳人打仗，他的左手受伤变成了残疾；过几年他又给摩尔人监禁起来，在亚鲁格尔斯受了五年的囚奴生活；他同旁人合伙想法逃走，被人发觉，当受审问时候，他将全部责任推到自己身上；最后借他家族同朋友的力量赎回来，回到西班牙去，在那里勉强地过一个穷文人的生活，有时干些政府给他的差事，就这么样子再活了三十六年。他做过十四行诗同戏剧，把他家里东西拿去上当铺过，还很知道监狱的内容。在一六〇五——就是说，在他五十六岁时候——他出版第一部的《吉诃德先生》，从此以后享了盛名，虽然他的穷困还是继续着。在一六一五，第二部的《吉诃德先生》出版，在这部书里作者很有趣味地将他那第一部书拿来开玩笑，把它当作是这故事里面的人物全都知道的一本书。第二年他死了，穿个佛兰西斯教徒的衣服，埋在马德力的一个“三位一体派跣足尼姑庵”里。没有碑石指出他的墓，但他的精神已化作了一个现实同理

① 人们对于旁人很滑稽受苦，一定会觉得好笑，这是自然而然的，并不是出于残忍。——译者注

想两境界里最温文秀雅的君子[1]，在世界上逍遥着，碰着人谈论时，他还是主张世界上最需要的东西是游侠，去尊敬妇女，替被压迫的人们争斗，代天下人打不平。“先生们”，我们还可以听到他说这，“这就是当游侠，我所谈的就是武士派，我已经告诉你们过，我虽然不是完人，我却拿这个做我的专业，干这班有名侠士所干的事情，所以我要旅行这些荒野同寂寞地方，去冒各种危险。我曾考虑过，下个决心，为着要扶弱济贫，我愿将我这手臂同身体贡献给命运呈现在我面前的最大危险。”世界是仍然多惑而且杂乱。“由他们所说的几句话看来，”作者对前面那篇话加个按语说，“旅客们完全相信吉诃德先生有神经病了。”

有句常说的话，好多研究塞文狄斯的人有时也提到，就是说他写《吉诃德先生》的大目的是要消灭武士浪漫小说的影响。真的，他那时候时髦的读品是这些浪漫小说，里面好多是没有价值，有许多是有害的没有价值的东西，这也是真的，就是《吉诃德先生》这部书的布局也把这类小说的弱点痛快淋漓地暴露出来，他这本书的真意可以在检查书籍那件事情里看出，那回牧师，理发匠，管家人，同甥女把他所藏的浪漫小说大部分用火烧去。但塞文狄斯怎样会这么清楚地知道这些浪漫小说，说到它们里面的事情时又是津津有味，详详细细呢？而且，好几本没有受这次普通火葬的，他特别提出名字来，这也是值得注意的事。《高鲁的亚马的斯》留着，“因为这在那类书里算是最好的”。《英吉利的帕鲁买林》也得同样的赞美；牧师自己都说《白贮能提》是快乐的宝库，消遣的富源。

① 指吉诃德先生。塞文狄斯虽然死了，他的精神却包含在吉诃德先生性格里，天天与读者会晤。——译者注

> 真的，我要告诉你，教母，论这本书的文体，这是世界上最好的书，在本书里武士们也有吃东西，睡觉，死在床上，死以前也做好他的遗嘱，还有旁的事情，都是这类书别本所没有的。

但是塞文狄斯对最好的浪漫小说的敬重，我们可以由他常将它们的书名同荷马和维即鲁的诗连在一块提起这点上更显明地看出。所以当他们住在石於拉穆冷拉旷野，吉诃德先生教导山差·邦札时候，他提出优尼谢斯[①]做谨慎同耐心的模范，意尼斯[②]算作最大的孝子能将，亚马的斯却真做"被一位贵女迷住了的勇敢武士们的北极星，启明星同太阳，这班武士在爱情同游侠的旗帜下打仗，都是我们的好榜样"。若使一部这么大胆，想象崭新的著作，大部分目的却在破坏方面，那真是一件奇事，而这本书也只像个清道夫，不能得我们什么大敬礼。实在因为这本书的方面极多，一切趣味信仰都能由里面抓到一个根据。这书的真髓是一种讥讽，但是太深了，只有几个读者能够看透。好像一个矿，深处下面还有深处；许多好宝贝在容易走到的那层也可以得到。一切讥讽来批评人类不对的意思同理论时，不是用一种另外更不对的意思同理论来代替，只是将事实放在那理论旁边，做个没有说出、看者自知的评语。"宇宙之王"是个讥讽大家；人类也可以分得些他这种用事实洗净理论的快乐。比较孱弱好争的人们常常要事实来帮他那无聊的理论的忙。像塞文狄斯这样一个严肃精深的人知道事实是不能忍受这种奴使。它们不肯由那要它们下个判断的人那里得到命

① Homer 所做史诗里的英雄。——译者注

② Virgil 所做史诗里的英雄。——译者注

令，它们也不愿只在人家要它们说话时节说话。它们常常非常惊人，毫不相干地忽然冲进那人们细心料理得很好的计划里。它们不是解释得丢的，好多人自己以为很有把握不会受惊，却给爱情同死亡吓住了。[1]

《吉诃德先生》书里最浅的那层讥讽，谁也看得到，谁对这容易了解的讥讽，也感到趣味。这位糊涂老先生想把他那老旧的思想在这忙碌自私平庸粗俗的世界上应用，就是由知识能力最下等人看来，也觉得是一个可笑的人物。但是再想一下，我们的轻浮乱笑就会有一个制止了。天下所有的道德好心是不是都同吉诃德先生在同样的情形中呢？作者到底是不是要说，世界已经很好了，所以这班想去把它再变好的人们是错的？若使这是他的意思，为什么在我们念这书时节，我们一步一步地觉得这位武士先生更可爱，等到最后我们对他的爱敬简直是无限量的？书中所含的批评会不会像个两边都是锋利的刀[2]，而我们看着很高兴地狂笑的事情会不会就是世界上的缺陷呢？

塞文狄斯写这部小说时的一件奇事是他那绝对忠实同坦白的态度。他并没有什么事情说得半吞半吐。他书里的世界的一切动作是像一个日常事情给个疯子捣乱得乱七八糟的世界。失败接连着失败跟在这可怜的吉诃德先生脚后，他当时又没有

---

① “爱”和“死”是小品文家最喜欢讨论的题材，尤其是“死”，因为死这题目可以容纳无限幻想，最合于捧着烟斗靠在躺椅时的沉思默虑。Bacon，Montaigne，Addison，Steele，Leigh Hunt，De Quincey，Smith，Belloc等都有很好的关于“死”的作品。Stevenson，一个句斟字酌的近代小品文家，在他的小品集《赠青年少女》（*Virginibus Puerisque*）开头四篇里讨论结婚和爱情。凡是对于结婚顾虑到将来的幸福而不愿轻率从事的人们，最好把这四篇文章仔细玩味一下，无论如何，总可得到不少的启示和帮助。Stevenson也说过：“There is only one event in life which really astonishes a man and startles him out of his prepared opinions.”——译者注

② 两面俱利的刀，此处指一方面我们笑吉诃德先生的受骗，一方面笑世俗的卑鄙。——译者注

什么赫赫虚名可以补偿他这物质上的灾祸。“凡是把我这个人拿来写成一本书的人，”这位武士先生当他同单身汉森卜新谈论时候，他沉思地说，“只能使极少数人高兴。”这位单身汉替他找出的唯一的安慰只有这点，就是天下愚人的数目是无限的，他们却都喜欢他冒险故事的第一部。做一个例来说明塞文狄斯写小说的方法，让我把一个这武士最初的冒险故事拿来述一遍，就是那回将小孩安特烈斯由压迫者手里救出的事情。当吉诃德先生成了武士的第一天，那时他还没有一个从卒，他骑马离开了小旅馆时，吉诃德先生听到邻近丛林里有悲诉的呼声。他谢谢上天这么早就给他一个履行他职务的机会，把马转到那里去，在那里他看到一个农夫打着一个小孩。吉诃德先生用了武士那一套礼节，将那农夫叫作懦夫，挑战他来两人对打。[①]农夫看到出现了这样一个罕见的怪物，心里害怕，就解释说这小孩是他的仆人，粗心得很，每天总要丢了一只羊。这事最后解决的法子是农夫恢复小孩的自由，答应还给小孩他所欠的工钱；这位武士心里很高兴地骑马走了。农夫就将小孩重新捆起，比平常更厉害地打他一顿，最后才松开绳子，叫他去找他的保护者再来伸雪。“因此这小孩哭着走开，他的主人站在后面大笑；勇敢的吉诃德先生是这样子替人抱不平的。”后来当这武士同从卒在旷野时候，刚好那里偶然有一群人，那个小孩也在内，吉诃德先生就述他关于救人的故事，做游侠给世界以利益的一个例子。

“您老爷所说的，全是真的，”那小孩子答应，“但

① 按骑士习惯，必先受人侮辱然后才比武，所以吉诃德先生故意骂农夫一句，给农夫一种比武的借口。——译者注

是事情的结局同你老爷所想的大大相反。”“怎么相反？”吉诃德先生说，“以后他没有还你的钱吗？”“他不但没有还我钱，”那小孩说，“而且你老爷一走出森林，只剩我同他两个人的时候，他重新把我缚在起先那个树上，鞭打我那么厉害，使我简直变作同圣巴所落苗一样地剥去一层皮[①]；每打一下，他就说几句滑稽或者轻蔑的话，来嘲笑你老爷；若使我不是受那么多苦痛，我对他所说的话简直会笑起来……这么多事情全是你老爷弄出来的，因为若使你走你的路，不管旁人的事，我主人打我一二十下，也就会打够，以后他会把我解下，还我他所欠的钱。但是因为你老爷侮辱了他，骂了他好多话，把他的怒气激起来了，他因为不能在你身上报仇，就把他全部的雷霆发在我身上了。”

吉诃德先生悲哀地认了错，自己说他应当记着“没有坏人会践言的，若使他觉得不大方便照他所答应的话干”。但是他允许安特烈斯，说要替他报复；听这话，小孩又害怕起来了。“为上帝的爱起见，游侠老爷，”他说，“若使你再碰着我，看我给人砍作碎块，请你也不要救我，也不要帮助我，还是让我挨苦痛好；因为无论多大苦痛，总不及由你老爷帮助我以后，我所受苦痛那么大——我愿上帝使你同一切生在世上的游侠都倒了霉！”说着他就跑开了，吉诃德先生听这故事自己觉得很惭愧，所以其余人要很小心没有笑出来，免得使他难堪。

书里没有一处地方，塞文狄斯使读者忘记了这样的事，就

① St. Bartholomew，是被人剥皮弄死的。——译者注

是说，替人打不平的人在这世界上绝不要希望得到成功同赞美。真像查理斯·兰姆所说，这个文雅英武的好汉所受的一大堆侮辱差不多使读者看得都不高兴。他挨打，被踢，牙齿也遭打落，只好自己安慰，心里想这些苦痛都是干这种事业的人所常受的；他脸上被人满满地涂上泥，他很严肃地答应那愚弄他的人们的嘲笑。当他在旅馆里骑在马背上做哨兵来保护那些睡眠者的时候，管马厩的一个女仆马力多尼斯，把他的手伸到上层窗口，或者也可以说是草棚的围墙上一个圆洞，在那里她将一个活结滑到他的手腕节，那绳子就坚固地结在草架里面的一个杠子上。若使他的马走开，他就有一只手吊着的危险，在这样情形中，他一直站到天亮，那时有四个旅客在客栈门口打门。他立刻向他们挑战，因为他们这样打扰他所保护的睡觉者实在是个无礼行为。就是和他很有感情，照顾他的公爵同公爵夫人也很愿意同他开些粗野的玩笑。这是当他做他们的客人时候，他脸孔给故意赶到他房里的一群惊慌的猫全抓破了。村里的朋友对待他还好些，但是他们带他回家时，用杠子抬个有格子的笼，将他像个野兽放在里面，给群众观赏，他自己想，“因为我是世界上一个新武士，是头一个将这已经忘了的游侠举动恢复起来，这或者是一种新发明的用魔力囚闭人的法子。”他的精神总是超在一切患难之上，他的心始终是像云净天空一样地晴明安静。

但是人们可以反对说吉诃德先生是疯了。这里塞文狄斯的讥讽是更深了一层。吉诃德先生是个心境高超的理想主义者，他用他自己的先见来照看一切东西。由他看起来，每个女人都是美丽可钦的；无论对他说的什么话都值得很注意很尊重听着；每群人就是随便在客店聚集的客人们，都是根据了互相关心同看重的严格原则而成立的社会。他的行为是由这些意思脱胎出来的，所以人们笑他挨了许多苦，但是他有一个从卒山差·邦札，这从卒却是个实际主义者，爱吃贪睡，用常识来看世界的真状。我们或者会想山差·邦札是神经健全的，可以当个标准来量他主人神经错乱的程度。简直不是这么一回事；山差·邦札在他特别方面是同他主人一样地疯的。若使那个是给幻想弄糊涂了的，这个便可以说是被常识弄糊涂的了，那可笑的行为是同样的。这种情形可以在那海岛的问题上很清楚地看出，那海岛是当吉诃德先生得到王国时候，要托山差去管理的。虽然任何胡闹的生意人的大话山差都可以看穿，他却立刻承认他主人是没有私心，诚实不欺，对他所说关于海岛的事情完全相信。他对于这海岛计划用了好多的心思，发表了许多的批评。有时他宣布总督的地位同他很不合适，说他的老婆一定做不出一个很大方的总督太太。有时他却热烈地说好多才干不如他的人都做了总督，天天用银盘吃饭。后来他听说若使得不到海岛，会赏他大陆上一块地，他立刻先行说好他的领土要在海边，为的他可以在他的人民身上发财，把他们卖了当奴隶去。说山差是疯了，并不是替塞文狄斯辩护；这种含蓄的意思在那本书里也可以看出，而且有意地重复说着。“真真的，”理发匠对从卒说，“我开始想你应当跟他同在笼里；你同他是一样地给什么东西迷住了。在一个不幸的日子，你心中得到他那给你做海岛总督的允许，当你所心想的海岛这个观念跑到你头里时候，这是个可以悲哀的时间。”

所以这两个人由他们邻居看来都是疯的，但是这书里大部分的聪明思想都是他们的，当他们都不说话的时候，那书就降到仅仅平常的作品了。这意思在书的本身里面也常常承认过，点了出来。有的是武士，有的是从卒说的话使听的人觉得奇怪，说话说得这么聪明公平、透彻的人，做事竟会傻到那样子。真的，那本书是有趣谈话的天堂，书里什么题目都是用一种新眼光来谈论，用新外表呈现在我们面前。戏剧式的背景，就是说这本书的真意是永远不会忘记的；但是所说的话是那么好，就是由那背景里拿了出来，那话也是很夺目的，虽然没有放在书里时候那么灿烂。什么当他自己想着将来同一位基督教或者异教的公主求婚的名义，什么话能够比吉诃德先生谈到门第问题时所说的更妙呢？“世上有两种门第，”他说，“那不同的地方是——有种人现在虽然不阔，而从前却是阔过的，还有是从前虽然不阔，现在却阔起来了的；所以当考究这件事情的时候，我也可以成为一个由高贵著名的门第出身的人，使那国王，我将来的丈人，一定会满意。”什么话能比山差辞总督之职的报告更聪明呢？“昨天早上我离开那海岛，岛的情形同我到的时候是一样的，街道房屋盖瓦还是那么样子。我没有向谁借过钱，自己也没有跑去混钱，虽然我想定几条可以挣钱的法律，但是我怕这些法律不能实行，那就同没有定一样，所以我一条也没有定。”这对英雄在漫游中所碰的人们里好多给他们的谈话迷住了。不止这样，而且这两个漫游人所住的想象世界现出来这么可爱，他们思想的传导是这么强烈，所以还没有到末卷时候，一大堆不同的人们，由公爵、公爵夫人一直到村里人，早已把自己的事情搁在一边，来弄这以假为真的把戏，变作吉诃德先生迷梦里面的人物。世上找不出一个像把拉替力亚的国，但是知道山差的人们非常想知道他当总督时候的行动，所以公爵为这个目的，借个乡村给他，把这村布置得很好，也设有国家官员预备弄这个把戏。这样子，这两位说空话者的幻想差不多能够实现一些出来，找不到的幸福，就由吉诃德先生的梦来制造。

书里面没有一件事比武士同从卒渐渐地互相亲爱，互相赞美这回事更为动人。每个人深深地尊敬对方的智慧，虽然吉诃德先生因为在说话上爱那温文有致的官话，好几次不满意山差那种一大堆的俗语。[①] 每个人都受对方的影响；骑士坚持着用平等的礼遇对待他的从卒，使那可怜的山差最后声明就是把世界上所有的国家都拿给他管理，也不能引诱他使他离开，不再伺候这可爱的主人。那么对这嘴里随便说聪明话的两个傻子，我们要作何感想，创造这两个人物的作者又要作何感想？“你要注意，山差，”吉诃德先生说，“天下有两种美——灵魂的美同肉体的美。知识，谦恭，良好的行为，慷慨，以及好教养，这些好处都是属于灵魂的美的；一个外貌很丑的人可以有这么多美德……我很明白，山差，我长得不漂亮，但是我也知道我没有残疾，一个有体面的人只要不像个妖怪也就行了；若使他有我上面所说那灵魂的好处，他便会得人家的敬爱了。”有时，当他的疯狂到了极点，这位武士差不多像个得了灵感的人。所以当牧羊人招待他以后，他为着要谢他们，献身来坚决地主张牧羊女郎的令名和美丽，去反抗一切有旁的意思的来人，他还说出他那关于感谢的奇怪的短篇演说：

> 大概，赠与的人是比接受的人高一等；因为上帝是个超乎一切人之上的大赠与者，所以上帝比一切人都要高一等；人们的礼物不能够同上帝的礼物相比，因为中间有无限长的距离；接受的人的感谢可以补偿人们礼物的有限

① 山差是常识发达的人，所以熟语特别多；吉诃德先生豪爽英迈，步步模仿古宫廷中的武士，所以出语文雅。——译者注

同不及的地方。

这种疯癫，我们只怕其不多。当单身汉森卜新穿上“银月武士”的衣服，在争斗中打倒吉诃德先生的时候，亚东尼乌先生骂他的话一些也不错：

> 啊，先生，你想把世界上最可爱的疯子变成个明白人，你这种损害全世界人类的罪过，希望上帝能够赦你！你看见没有，把吉诃德先生医好后所得的利益绝对赶不上他疯狂所给我们的快乐？

若使全世界不像吉诃德先生那样疯起来，也不像山差那样发财疯，却是有一种平凡乏味的疯狂，一个在信仰同怀疑中间将就的折中妥协办法，那岂不是更糟吗？一切人性质里都带点吉诃德的气脉。在好多事情里，我们可以算出他们是计较利害，按照习惯，跟着老路走，等到忽然间来了问题，那时他们不肯再去计较利益；他们采取一种主义，坚持到底同金刚石一样地硬。一切人都知道自己有山差这种心情，当山差说：

> 我曾经听到说教师说我们应当爱上帝本身，不要给光荣的希望或者苦痛的恐惧所动而去爱上帝；但是，就我个人而言，我是因为上帝能够替我干什么事情，才去爱上帝的。

这两种心情，吉诃德的心情同山差的心情，好像将人生大部分的光荣同大部分的安逸，一边分一半去。给一种心情完全占住了的人是很不容易找出来的。一个从头到底总是怀着这老不长进的山差的心情的人会成个无赖汉，虽然若使在一切动作中他还保持一种好脾气，他倒是一个有趣味的无赖汉，一个存吉诃德心情的人会变作很像一个圣人。世上基督教会的圣人们对这位拉曼差的武士的性格不会觉得有什么莫名其妙看不清楚的地方。有些圣人或者会比吉诃德先生知道得更明白，相信塞文狄斯所编的吉诃德先生动作的全部记录是对圣人性格的一个贡献，同一个批评。他们一定会看出这部书里宗教的真髓，好像世俗人当很容易地相信自己的高明时候，忽略过看不出一样。他们懂得谁失丢了生命就会救这生命；他们一定不觉得困难去了解为什么吉诃德先生同在他相当程度的山差自己愿意当傻子，为的是这样子，他自己同世界能够变成聪明些。最重要的是他们会鉴赏吉诃德先生那更龌龊的灾祸，因为不像那班根据光轮来认识圣人的群众，他们这些圣人只知道他们所拣的路是受人侮辱的路，基督教是在马槽里养育起来的。

小品文选

序

自从有小品文以来，就有许多小品文的定义，当然没有一个是完完全全对的，所以我也不去把几十部破书翻来翻去，一条一条抄下。大概说起来，小品文是用轻松的文笔，随随便便地来谈人生，因为好像只是茶余酒后，炉旁床侧的随便谈话，并没有俨然地排出冠冕堂皇的神气，所以这些漫话絮语很能够分明地将作者的性格烘托出来，小品文的妙处也全在于我们能够从一个具有美妙的性格的作者眼睛里去看一看人生。许多批判家拿抒情诗同小品文相比，这的确是一对很可喜的孪生兄弟，不过小品文是更洒脱，更胡闹些吧！小品文家信手拈来，信笔写去，好似是漫不经心的，可是他们自己奇特的性格会把这些零碎的话儿熔成一气，使他们所写的篇篇小品文都仿佛是在那里对着我们拈花微笑。

小品文同定期出版物几乎可说是相依为命的。虽然小品文的开山老祖 Montaigne 是一个人住在圆塔里静静地写出无数对于人生微妙的观察，去消遣他的宦海余生，积成了一厚册才拿来发表，但是小品文的发达是同定期出版物的盛行做正比例的。这自然是因为定期出版物篇幅有限，最宜于刊登短隽的小品文字，而小品文的冲淡闲逸也最合于定期出版物读者的口味，因为他们多半是看倦了长而无味的正经书，才来拿定期出版物松散一下。所以在这集里，我忽略了奸巧利诈的Bacon，恬静自安的遗老Izaak Walton[①]，古怪的Sir Thomas Browne同老实的Abraham Cowley[②]虽然他们都是小品文的开国元勋，却从Steele起手，因为大家都承认Steele的*Tatler*是英国最先的定期出版物。中国近代的文坛岂不也是这样吗？有了《（晨报副刊》，有了《语丝》，才有周作人先生的小品文字，鲁迅先生的杂感。我只希望中国将来的小品文也能有他们那么美妙，在世界小品文里面能够有一种带着中国情调的小品文，这也许是我这样不顾鲁拙，翻译这部小品文的一些动机吧！

现在要把这二十位作家约略地说几句。在这二十位里，四位是属于十八世纪的，四位是属于十九世纪的，其他那十二位作家现在都还健在。Steele豪爽英迈，天生一片侠心肠，所以他的作品是一往情深，恳挚无比的，他不会什么修辞技巧，只任他的热情自然流露在字里行间，他的性格是表现得万分清楚，他的文章所以是那么可爱也全因为他自己是个可喜的浪子。他的朋友Addison跟他很不同了。Addison温文尔雅，他自己说他生平没有接连着说三句话过，他的沉默，可想而知，他的小品文也是默默地将人生拿来仔细解剖，轻轻地把所得的结果放在读者面前。约翰生[③]不是小品文名家，但是他有几篇小品文是充满了智慧同怜悯，《悲哀》这篇就是一个好例子。Goldsmith和Steele很相似，不过是更糊涂一点。他的《世界公民》（*The Citizen of the World*）是一部我百读不厌的书。他

① 以萨克·沃尔顿（1593—1683），英国作家。《钓客清谈》一书作者。——译者注

② 亚伯拉罕·考利（1618—1667），英国诗人和散文家。——译者注

③ 今译约翰逊，即塞缪尔·约翰逊。——译者注

的小品文不单是洋溢着真情同仁爱，并且是珠圆玉润的文章。Washington Irving[①]就是个私淑他的文人，还只学到他的一些好处，就已经是那么令人见爱了。以上四位都是属于十八世纪的，十九世纪的小品文多半是比十八世纪的要长得多，每篇常常占十几二十页。Charles Lamb 是这时代里的最出色的小品文家，有人说他是英国最大的小品文家，不佞也是这样想。他的 *Essays of Elia* 是诙谐百出的作品，没有一个人读着不会发笑，不止是发笑，同时又会觉得他忽然从个崭新的立脚点去看人生，深深地感到人生的乐趣。William Hazlitt 是个最深刻不过的作家，但是他又能那么平易地说出来，难怪后来的作家像 Henley，Stevenson 对他总是望洋兴叹，以为不可复得。他写有好几本小品文集（*Sketches and Essays; Table-Talk; Plain Speakers; Winterslow: etc.*）同许多批评文字（*Spirit of the Age; Lectures on the English Poets*；*Lectures on English Comic Authers; Characters of Shakespeare's Plays; etc.*）。他又是英国文学史坐头把椅的批评家。Leigh Hunt 是整天笑哈哈的快乐人儿，确然他一生里有许多不幸的事情，他的人生态度在他这篇《在监狱里》很可看出。他的下牢是因为他在报纸上攻击当时皇太子。他著有一部很有趣的《自传》。John Brown 是个苏格兰医生，有一回霍乱盛行，别的医生早已逃之夭夭了，他却合不得病人，始终是在病城中服务。他是个心肠最好的人，最会说牵情的话，他的杰作是一部散文集 *Horae Subsecivae*。他自己喜欢狗，谈起狗来娓娓不倦，他那篇 *Rab and his friends* 是谈狗的无上佳文，可惜太长了，不能收在这

① 华盛顿·欧文（1783—1859），十九世纪美国最著名的作家，被称作美国文学之父。——译者注

本集里。近代的小品文又趋向于短篇了，大概每篇总过不了十页。含蓄可说是近代小品文的共同色彩，甚么话都只说一半出来，其余的意味让读者自己去体会。Chesterton[①]的风格是刁钻古怪，最爱翻斤斗，说似非而是的话的，无精打采的人们念念它很可以振作精神。Belloc 是以清新为主，他最善于描写穷乡僻处的风景，他同 Chesterton 一样都是大胖子，万想不到这么臃肿的人会写出那么清瘦的作品。Lucas[②]是研究 Charles Lamb 的专家，他自己的文笔也是学 Charles Lamb 的，不过却看不出模仿的痕迹。Lynd 的小品文是非常结实的，里面的思想一个一个紧紧地衔接着，却又是那么不费力气样子，难怪有人将他同 Hazlitt 相比。Gardiner 的文字伶俐生姿，他在欧战时候写有许多小品文，来排遣心中的烦闷，《一个旅伴》也是在那时候写的。以上五位差不多是专写小品文的，自然也有其他的作品。此外 Galsworthy[③]是英国当代五大小说家之一，有时也写些小品文，出版有二三部小品文集子 *The Inn of Tranquillity; Castles in Spain*。他的笔轻松得好像是不着纸面的，含蓄是他的最大特色。Murry[④]是英国文坛宿将，一个有数的批评家，他极赞美俄国近代文学，对于 Dostoyevsky[⑤]尤为倾心。他的名著 *The Problem of Style* 是一部极难读而极有价值的书。这篇《事实与小说》是从他的小品集 *Pencillings* 里选出来的。其他几位比较不重要些，下次再谈吧！

去年此日，正将去年春天所译的十篇英国小品文注好，交

① G.K. 切斯特顿（1874—1936），英国作家。文学评论家，被誉为“悖论王子”。——译者注

② E.V. 卢卡斯（1868—1938），英国作家、出版家。——译者注

③ 约翰·高尔斯华绥（1867—1933），英国小说家、剧作家。——译者注

④ J.M. 默里（1889—1957），英国二十世纪早期的重要批评家。——译者注

⑤ 陀思妥耶夫斯基（1821—1881），俄国著名作家。——译者注

开明书店的老板去，当时满想写一篇三万字的序文，详论小品文的性质同各代作家，人事草草，结果是只写出一千多字的短序文。今年开始译这部小品文集时候，又动了这个念头，还想了不少意思，打了许多腹稿，然而结果又仅仅是这么几句零碎的话。对着自己实在有点难为情，真是“人生何事说心期”！

十八年八月十三日于福州

伉俪幸福

〔英〕理查德 · 斯梯尔

我的妹夫脱兰启拉斯离开了伦敦，要好几天才能回来，我的妹妹真妮遣人传话，说她想来望我，和我同餐，所以最好是没有别人在座。我就照着她的话办去，看她端庄地，俨然一家的主妇样子走进房来，我心里的确非常喜欢，我想这种态度于她是很合宜的。我一看就晓得她有好多话要对我说，从她的眼睛同脸上的神情，我很容易猜出她心中是十分满意，正欲说给我听。但是，我已经下了决心，要让她自己讲出那一套话，因此她不得不用千般小计同暗示，希冀我会向她提起她的丈夫。一看到我是决意不说到他的名字，她只好自己先说出来。“我丈夫，”她说，“问您的好。”我仅淡淡地答道：“我希望他也很好。”不等她的回话，立刻又谈到别的题目上去了。最后她真生气了，微笑着，含嗔带恼样子，我从来没有看见她有这样可喜的风姿同豪爽的气概，她对我说：“我真没有想到，哥哥，你的性情是这么乖僻。我一进了门，你就知道我是一心一意打算来同你谈论我的丈夫，你却偏不肯给我一个机会，这也未免太狠心了。”“我不知道，”我说，“也许你讨厌这个题目。你总不至于以为我是一个陈腐古板的老头子，款待一位年轻姑娘时候，会用她的丈夫来做谈话题目，我晓得她所最喜欢听的是谈论她的未婚夫，但他变成了她的丈夫，我们去谈论呵，（就要讨没趣了！）真的！真妮，我并不像你所想的那样子不懂礼节。”听着我这几句调侃，她稍稍有些不悦神气；从她这种昂头自许，愤愤不平里，我看出她期望人们此后不再看她是真妮·的斯塔夫姑娘，却是以脱兰启拉斯太太之礼待她。她这种新心境我也很喜欢；跟她闲谈几件事情，我免不了觉得她丈夫的癖性同态度很显明地现在她的论断里，她的辞句里，她的声调里，甚至于她脸上的表情里。这使我感到不可言喻的快乐，不单是因为我替她所找的丈夫能够教她这许多值得赞美的举动，并且因为她这样模仿他我认为是她整个心儿爱他的最好表征。这种推测我未曾看见有不应验过，虽然我记不起有谁说过这个意思。女性天生的害羞使她不便向我明说她自己的爱情是多么热烈；但是当她描摹他的性格给我听时候，我很容易窥出她的真情。“我所能希望的好处，”她说，“脱兰启拉斯真是完全具有；你先前告诉我一个良好的丈夫会给他的妻子以爱人的眷恋，父母的慈爱同朋友的亲密，这些快乐我全能够由他那里得到。”我不禁狂欢，看她说时候双眼满溢着挚爱的泪。“好妹妹，”我说，“得到这样一个人是不是比在跳舞会里，集会里，穿着妖娆的衣服做出小小的胡闹快乐得多，我从前却费了天大的劲才劝服你看轻那些东西。”她微笑地答道：“脱兰启拉斯在几个星期里说得我痛悔前非，变成另外一个人，虽然我恐怕你就是劝了一生也做不到这样地步。老实地告诉你，我现在只有一个恐惧徘徊在我心里，常常当我在万分满意之中，使我顿然感到烦恼：你一定知道，我怕的是在他眼里我不能够永久保存像目前这么可喜的模样。你知道，毕克司达夫哥哥，你有魔术家之名，若使你能够传给你妹妹一种驻颜的秘术，我的快乐真是胜过于我做了大千世界的主人，就是你在星夜里指给我看的——”“真妮，”我说，“用不着向魔术求助，我要教你一个简单的法则，绝对能够担保你在像脱兰启拉斯那样钟爱你的性情又温和又合理的男人眼里始终是一个可喜的人儿。努力于取得他的欢心，你就一定会得到他的欢心；永久保存着你现在求这种秘术时候的心情，我敢包你绝对不会有需要这种秘术的机会。一种不可侵犯的贞节，欣欢的心境同温和的性情在标致庞儿的各种娇媚引力失丢之后，仍然能够继续存在，并且会使她的爱人看不出她容颜的渐渐衰老。”

关于这点我们谈了好久，我俩同样地喜欢讨论这个问题；我要承认，因为我很深切地爱她，所以当我为着她的好，去教导她时候，我觉得非常快乐，她自己接受这些教训时也是同样地快乐。因此我就将这类意思恳切地开导给她听，告诉她我自己偶然晓得的一段奇怪事情的经过。

有一回，我们几个人正在乡村的一位朋友家里宴饮，教区里礼拜堂的下级职员稍有些惊愕神气走进房来，告诉我们，当他在圣坛旁边掘墓时候，他的鹤嘴锄轻轻一击，却打开了一口朽烂的棺材，里面有几张写着字的旧纸。我们的好奇心立刻动起来，就走到这位下级职员刚才工作的地方，看见一大群人围着墓旁。内中有一位老妇人告诉我们埋在里面的是一位贵妇，至于她的名字，我觉得不便提起，虽然这段故事没有一点不是增加她的荣耀的。这位贵妇过了几年伉俪之爱的模范生活，她丈夫去世后没有多久她也跟着死去，她的丈夫在道德同感情两方面可以说都配得上她的性格，她弥留时要求他所写给她的信，结婚以前同以后，全要埋在棺材里，同她在一块儿。我检查后，知道所说的信就是我们面前这些旧纸。有几封因为过了这么久的时间，变成破碎不堪，我只能东鳞西爪地瞧出几个字，像“我的灵魂！白百合！红蔷薇！最亲爱的天使！”这类的话。有一封是全篇都可以看得清楚的，内容是如下：

小姐：

若使你想知道我的爱情是多么热烈，请你想一想你自己是多么美丽。你那如花的庞儿，雪般的酥胸同婷婷的身材，无时无刻不是回绕在我的想象里；你那双眸的光明阻碍我不能关闭我的眼睛，自从前次同你会面时起。你还能够用嫣然一笑来增加你的美丽。你一皱眉就会使我变成世界里最可怜的人，因为我是世上最热烈的情人。

拿信里所描状的话同本人现在的情形一比较，大家都觉得悲来填胸，因为现在只剩得几块将变成齑粉的残骨同一小堆快要崩解的尘土了。费了很大的劲，我又读出另一封信，开头是，“我亲爱的，亲爱的妻子。”这触起我的好奇心，想去看一看结婚后所写的同求婚时写的文字有什么不同。我真是非常惊愕，看到眷恋之意却倒增加好多，并没有减少，虽然所赞美的是另一种的好处。信里的话是如下：

“在我们这次小别之前，我真不知道我实在是这么爱你；虽然那时我也以为我是尽了爱的力量爱你。我现在非常恐惧，只怕你会有什么麻烦，我却失丢了分忧的机会，我自己也不想有什么赏心乐事，当你不能和我共享的时候。我求你，我亲爱的，好好保养自己的身体，若使不为别的，那么就为着你知道倘然你有什么不测，我是不能独生的。人们当离居时候，常常会说我心匪石，梦寐不忘这类的话，但是对于像你这样值得怀念的人，我的忠实几乎不能算是一个难能可贵的美德，尤其是这不过报答你待我的种种诚恳，自从我们初次认识以来，你是不断地常常给我你挚爱我的证据。——你的……”

当我念这封信时候，刚好这对贤良夫妇的女儿站在旁边。一看到这口棺材，里面躺着她的母亲，放在她父亲的遗体邻近，她简直化作一个泪人儿。我曾经听过人们说她的德行非常好，现在又看到她是这么纯孝，我摆不脱我的老癖性，总爱教导年轻人们，所以我就对她说出一番话。“年轻的小姐，”我说，“你看‘自然’很慷慨地给你的那类美姿容的据有期间是多么短促的。你晓得你眼前这个悲伤的景象同你刚才所听的关于这件事的第一封信的话是完全冲突的；但是你可以说赞美你母亲的节操的第二封信居然能在这里发现，倒可以证明你母亲的贞洁诚挚。不过，小姐，我应当告诉你，不要想躺在你面前的死体是你的双亲。你要知道，他们真挚的爱情得到了酬报，他们实现有比这种同穴更尊贵的结合，他们处在极乐的世界里，不会有第二次离别的危险同可能的。”

恶作剧

〔英〕约瑟夫 · 艾迪生

我要将下面这封信刊登出来，做读者今天的消遣材料。

先生：

你很知道我们是世界里最负盛名的产生所谓“怪人物”同“滑稽家”的国家；所以人们说英国喜剧里人物的新奇同复杂是无论哪一国的喜剧也赶不上的。

我们国家所产生的数不尽的种种怪人物里面，我看起来最觉得奇怪有趣的是那班异想天开，弄出很特别的把戏，替自己或他们的朋友们寻开心的人们。我的信要单述一种怪人物，他们最喜欢召集一班具有同样特点的客人，使人们看着会觉得滑稽可笑。我要用下面这个例子使大家来明了我的意思。前代有一位滑稽家拥有很厚的财产，他却以为开玩笑花的钱是用得最值得的。有一年他住在巴斯[①]，看到那一大群的时髦人们里面有好几个是长下颏的，他自己脸上的这一部分也是很出色的，他就宴请十位这种出色的人物，他们的嘴都生在他们脸孔中间。

① 英国 Somersetshire 的都会，那里有极好的温泉，是十八世纪里英国时髦人们聚集的地方。——译者注

他们一坐在桌旁，立刻开始彼此睇视，想不出他们怎么会聚在一堂。我们英国的俗谚说过：

满堂都是胡子，
大家一定笑哈哈。

我现在所说的这群人也是一样的，他们看见当饮食谈话的时候有这么多脸孔的尖锐下颏老是摇动着，又看到在会这许多的下颏常常在桌的中央相碰，每人都了解了内中滑稽意味，大家非常高兴，从那天起他们变成很好的朋友，有什么事彼此也帮忙得很周到。

这位先生后来他又聚集一班他所谓送秋波的人们，就是那班带有不幸的斜视眼的人们。他这次的开心是在观看这许多破碎曲折视线里的一切射眼箭，误会的表示同不经意的目许。

这位哈哈笑先生的第三次大宴会是请口吃的人们，他集有够坐满一桌的人们。他先叫他的一个仆人坐在布幕后面，将他们酒桌上的谈话记下，这是很容易可以办到的，用不着速记的帮助。由所记下来的看起，虽然他们的谈话没有停歇，食第一道菜时候他们还说不到二十字；等二道菜捧上时候，有一位在座的整整费了一刻钟工夫，只说小鸭同龙须菜都很好；还有一位花了同样久的时间宣布他也是这样子想的。可是这次开玩笑的结果没有前回那么好；因为有一位客人是个勇士，一肚子的愤怒不知道怎地发泄好，走出房子，送来一张写的挑战书给这位诙谐主人，虽然经过朋友们的从中斡旋，这个决斗也就取消了，但是他也因此停止了这类好笑的宴会。

先生，我敢说你一定会赞成我的意思，以为这类开玩笑既然没有寓了什么深意，是应当阻止的，认作这全是不幸的举动，并不能算为诙谐。但是我们会自然而然地将别人所想出的东西渐渐地修改好，并且单单一个人，不管他有多大本领，总不能够既发明出一种艺术，又使它达到尽美尽善的地步——我现在要告诉你我所认识的一位忠厚绅士，他听到前面所说的那种滑稽，自己也来干一下，却努力于使它变作有益于人类的东西。有一天他宴请六七位朋友来，谁也知道他们个个都喜欢在讲话时用几句特别的赘语，像“你听到我的话没有”，“你知道吗”，“这就是说”，“所以，先生”。每个客人常常用他特有的这些雅句。坐在旁边的人看来自然觉得很可笑的，于是这位邻座人会想到自己，觉得自己在别人眼里一定也是同样地可笑：这么一来，他们没有坐多久，每个人都是万分谨慎地谈话，小心避免他们心爱的冗字，他们的谈话因此丢去了多余的词句，包含有更多的意思，虽然没有那么多的声音。

这位好心的绅士后来又聚集另外一班朋友，他们是沉溺于咒诅这个坏习惯的。为的是要指出给他们看这种习惯的荒谬，他就使用前面所说那个妙法，在房子里看不见的地方安置一个书记生。喝完了两瓶酒，人们不拘地说出心里的话时候，我这位忠厚朋友看出他们坐下酒桌后在他家里说出好许多响亮震耳的废话，他们失丢了不少有意思的谈话，全因为他们要乱说这类用不着说的词句。“他们一定可以集了一大笔的款给穷人们，”他说，“若使我们实行一种法律，彼此互相监督，说一句咒诅就要罚款。”他们都是没有生气地接受这句温和的谴责。他跟着就告诉他们，因为他知道他们的谈论不会有什么秘密，所以他叫下人记下，为着好玩起见，要将写下的念出，若使他们愿意。一共有十张，折实起来只有两张，设使没有我前面所说的那种可恶的插话。冷静地念出来，那仿佛是魔鬼聚会的谈话，不像是出自人的口里。总而言之，每人恬静地听到他在谈话的兴高采烈，毫不留意时候所说的咒诅，个个都战栗起来。

我只要再说他的另一次宴会，他用同样的妙策去医好别一类的人们，他们是文雅谈话的烦累，他们的白费时间是不下于前面所说的两种人，虽然他们是比较天真些；我指那班爱说故事的无聊人们。我朋友找到六七个相识的人，他们全染有这个奇病。第一天，他们里面一位一坐下来就说到那慕尔[①]的被围，一直讲到下午四点钟止，那是他们离别的时候。第二天，所有的谈论全给关于苏格兰人的故事所占有，简直没有法子使他停止，当他们还坐着谈天时候。第三天也是同样地费在一篇同样长的故事的叙述里。他们最后想到这种互相对待未免太野蛮了，因此他们从这类昏睡里醒来，他们患这个毛病已经有好几年了。

因为你在某一篇文章里曾经说过人们古怪奇特的性格是你所最喜欢的野味；我又觉得在这类观察人情的作家里你是最伟大的猎夫或者可说是一位宁禄[②]，若使你肯让我这样称呼你，所以我想这封信里所说的新发见你一定是很愿意听的。

先生，我是你的……

① Namur是比利时的一省，接近法国。——译者注

② 宁禄，“为世上英雄之首。他在耶和华面前是个英勇的猎户”（见《圣经·创世纪》）。——译者注

悲　哀

〔英〕塞缪尔 · 约翰逊

关于扰乱人心的种种热情，我们可以说，它们是自然而然地急趋于自己消灭之途，因为它们鼓励同加快它们目的的实现。比如恐惧催促我们的逃走，希望激发我们的向前；若使有几种热情或者因为受了我们的放纵，弄得丢失了它们达到目的时候所该有的好处，贪婪同野心就常常是这样子，然而它们目前的志向还是想得到幸福的工具，那幸福又是真正存在的，大概是可以望得见的。守财奴总是以为有个数目能够使他心满意足；每个野心家，像皮洛士王[①]一样，心里有个最想占有的东西，得到这个东西，他的穷苦就告终止，此后他的余生要在舒服或者作乐，休息或者虔信里过去。

悲哀或者是胸中的唯一情感，不能够应用这几句概括的话，所以值得那班想干保持心境的平衡这个艰难工作的人们的特别注意。其他的热情的确也是种毛病，但是它们必然地使我们得到适当的医治。人会立刻感到苦痛，知道应当用的是什么

① 皮洛士是希腊的伊庇鲁斯（Epicurus）国王，又是亚历山大的亲戚，他早年就有征服意大利同西西里的计划，以为若使能够达到这个目的，他是不会再有别的野心了。他在公元前二八〇年侵犯意大利，打了两回胜仗，在公元前二七五年在贝尼温陀（Beneventum）被罗马人打败了。——译者注

药，他会更快地去找这个药，因为所以需要这药的病是这么苦楚的，因此，靠着那永不会错的本能，会将自己医好，好像伊恩力亚人[①]所说，克里特岛[②]上受伤的鹿会自己去找治创的野草。但是关于悲哀，却没有什么天生的治疗，因为悲哀的产生常是由于无法补救的意外事情，它又使人们注意着那已经不在的，或者是情形已变的东西。它绝没有希望能够得到它所需要的，它需要自然律会取消去，死者可以复生或者既往可以追回。

悲哀不是对于失检或者错误的惋惜，那倒可以鼓舞我们将来的小心或者勤作，也不是对于罪恶的痛悔，不管那罪恶是如何无可挽回的，我们的“创造主”却答应肯将这种痛悔当作赎罪；从这几种的缘因所引起的苦痛还有很大培养精神的效力，并且靠着认清祸根而痛改前非，我们能够时时刻刻减轻这个苦痛。悲哀却是一种特别心境，那时我们的欲望全放在过去上面，没有往前向将来去着想，不断地希望有些事情从前会不是那么样子，对于我们已经失丢，无法再能得到的几种欢娱或者所有物，怀有一个急迫难忍的需要。许多人沉到这类惨痛里，因为他们的财产忽然减少好多，或者他们的名誉意外地遭瘟，或者是丧失了子女或者朋友。他们受此一个打击，就让自己一切对于快乐的感觉全归于毁灭，终其身再也不想去找别个对象，来做替身，填补这个遗憾，甘心度个苦闷愁郁的生涯，消磨自己于无益的自苦里面。

但是这个情感的确是深情挚爱的自然结果，所以不管它是多么苦痛的，多么无用的，在相当的情境之下，若使我们没有感到悲哀，那又是该受责骂的；悲哀的势力又老是那么广大，

① 是古希腊三大民族之一。——译者注
② 是地中海里隶属于希腊的一个岛。——译者注

那么持久，所以有些国家的法律，和有些国家的习俗对于因为亲密人们的死亡同一家骨肉的永诀所产生的悲哀的露泄于外的时期，有一定的限制。

大多数人们好像都以为悲哀在相当程度之内是值得赞美的，因为它是胚胎于爱的，或者最少也是可以原谅的，因为它是人类弱点的结果；但是我们不应当放纵它，让它滋长，要在一定的时期之后，勉强从事于社会上的义务同人生日常的职务。起先原是无法避免的，所以我们只好让它去，无论我们是愿意不愿意；后来也可以看它是我们对于逝者的敬爱的一种适当亲切的证据；既是天生有情，当然免不了受了感触，并且我们的哀戚，还可以使世人看出逝者的价值。但是在悲情爆发同严肃仪式之外的悲哀，那不只是无用的，而且是有罪的，因为我们没有权利将上帝派给我们用来做分内的事的时间，牺牲在无益的渴望里面。

然而这样规规矩矩地开头的悲哀太常弄得坚固地霸占着我们的心，以后简直没有法子把它驱逐出去；那群惨然的观念开头是蛮横地印到心上，后来是愿意地吸收进去，垄断了我们全部的注意力，因此压下一切的思想，遮暗欣欢的心情，搅乱推想的能力。一个变成习惯的悲哀捉着灵魂，所有的感官全范围在一个对象里面，这对象没有一回想到时，不是引起绝望的痛心。

从这样沉闷的心情里是很不容易升到欣欢喜乐的境界，所以许多厘定精神健康的法则的人们都以为预防剂是比疗病物容易奏效得多，教我们不要倾心于喜欢的享乐，也不可尽兴地去钟爱人们，却是要使我们的心老是超然地悬在冷淡的境界里，那么我们四围的对象尽可变迁，我们却不会感到不便，或者有甚牵情。

一字不差地守着这条法则或者可以帮助我们得到恬静，但是绝不能够产生幸福。他既是对于谁都没有关切到怕失丢了他们，这样的人一生里也尝不到受人们的同情和信任的快乐；他一定是感不到柔情的爱恋同慈悲的热心；有些人有本领使人们高兴，跟着自己也得到应当得到的快乐，这种乐趣他也是没有份儿的。因为没有人配索取比他所给别人的更多的情谊，所以他该丧失他本来应得的人们对他的小心翼翼的殷勤好意，那是只有爱才能向人要来的，同宽恕仁慈的恳挚情感，靠着它爱才能减轻人生的苦痛。他是该受心中有更多的热血的人们的忽视同怠慢；因为谁肯做他的朋友，若使不管你怎地专心地去求得他的好感，替他干了多少事情，他的主张却不让他同样地来报答你，并且当凡是好意所能做的事情，你全干完了时候，你充其量只能使他不做你的仇敌？

想保持生活在冷淡中立的状况里是一种悖理无谓的举动。若使单单将欢乐赶出，我们就能把悲哀摒之户外，那么这个计划是值得很严重的注意；但是既然，不管我们怎样不准自己享受幸福，祸患还是找得出许多的进口，虽然我们可以不受快乐的引诱，免丢因此而起的苦痛，苦痛的来袭还是会迫得我们不能不注意，我们有时真该努力将生活提高到麻木无情这个水平线之上，因为它既是无论如何有时总会沉到悲哀的深渊里去。

但是固然因为怕失丢幸福而不去求幸福是很不合于道理的，可是我们一定要承认，得时的快乐是多大，将来失时，我们的悲哀也是成正比例的；所以这是道德家分内的事，去研究我们可以不可以将悲哀很快地减轻消灭下去。有人以为将心中烦闷一扫而空的最靠得住的办法是用强力将它拖到欢乐场中去。有人却觉得这种转移是太猛烈了，倒是主张先把心慰藉到安宁的境地里，用的法子是使它看到别人的更可怕更可悲的苦痛，将我们那很容易紧紧地盯着自己的乖运的注意力，移到别人的苦难上面去。

这是很可以怀疑的，到底这些药方里有没有一个是够有力量的。快乐这个医法并不是老是容易尝试的，至于耽纵于悲哀，恐怕这是属于那一类药，设使偶然不能医好，是反会致死命的。

做事可说是驱逐悲哀的又安全又普通的解毒剂。我们常常看见，在兵士同水手里面，虽他们也是很慈爱的，却只有很少的悲忧；他们看见他们的朋友中弹死了，并没有像在安逸懒惰里的人们那样恣情哀毁，因为他们已经是自顾不暇了，谁能够使自己的思虑同样地忙碌，他对于无法挽回的丧失会同样地无动于衷。

人们常常说时间可以磨掉悲哀，这种效力的速率绝对可以增加，若使事情的递迁能够加快，事务的范围又能扩大，更形出变化多端。

> 你还得等了许久，时间才能够减轻你的悲哀；
> 飞到智慧那里去吧，她很快就可以给你安慰。
>
> ——鲁逸思

悲哀是心灵上的一种铁锈，每个新念头经过心中时，都可以帮助磨去一些。它是停滞的生活所生的腐朽，只有劳作同活动才是最好的医法。

快乐多半是靠着性质

〔英〕奥利弗 · 戈德史密斯

当我回忆到我年轻时候在乡下里所过的无野心的幽隐生涯，我免不了感到些悲哀，想起那种快乐的日子是不可复得了。在那个僻静的地方，一切自然的东西好像都能够产生快乐；那时我对于享乐并不讲究，粗俗游戏的笨拙举动也能使我开心；我那时以为互相猜哑谜是人类诙谐的极度，拿问题同命令来相难是消夜的最合理游戏。那是多么有幸福呵！若使这么美妙的幻觉能够还是继续存在着。我看出老年同知识只是使我们的脾气更见乖戾。我现在的享乐也许是更讲究些，但是它们的可乐程度比从前的乐事是差了万万倍了。加立克[①]所给我的快乐绝不能同我从前看到一位模仿教友派信徒的说教的乡间滑稽家时所得的快乐相比[②]。马泰[③]的音乐可说是不悦耳的声音，一比到我从前所感到的，当我们的榨取牛奶的老姑娘唱着《约呢 ·

① David Garrick（1716—1779），他是约翰生的学生，十八世纪里最有名的戏子，他自己又会编剧。——译者注

② Quaker是教友派的信徒，此派意大利人George Fok在一六五〇年所创立，自称作Society of friend。因为他们提到上帝时候，常常全身战栗，自认为受到了灵感，所以别人讥笑他们，说他们是quaker，就是“战栗的人”的意思。他们说教时用了很多有力的姿势。——译者注

③ Mattei是十八世纪一个音乐家。——译者注

阿姆斯特郎最后的告别》或者《巴巴刺·阿伦的残忍》[1]，唱得叫我流下泪来。

每代的作家都曾努力指示给我们看，快乐是在我们的心里，并不是从我们的娱乐品得来的，若使我们的精神是很快乐的，任一东西都变作可乐的事情，世上差不多没有愁苦这个字了。每件事情从我们眼里经过好像是一个赛会里的人物；有些或者是很难看的，还有些也许是穿得不整齐；但是除开了傻子没有人会因此同这仪式的总管生气。

我记得曾经在法兰德斯[2]堡垒里遇到一个奴隶，他简直不像感觉到他自己的地位。他的四肢被人们残害了，他的躯体变成畸形，还给铁链锁住；他被迫从黎明工作到黄昏，并且是判定了终身是这样干着；可是，虽然有这么多显明的苦痛情况，他却唱着调儿，若使他不是缺了一个腿，一定会跳舞，看起来真是全要塞里最高兴、最快乐的人。这是多么伟大的一个实行哲学家！一个快乐的性质给他的达观的思想，虽然好像是一点智慧也没有，他却是个真有智慧的人。没有什么学识同研究来点破他四围的仙境。每件物事都给他一个发噱的机会；虽然有人从他这样不感到苦痛推想他是个傻子，然而他这种傻子或者是哲学家所想模仿而模仿不来的。

有些人们像他这样能够将自己放在种特别的境界，在那里一切物事都化为可笑的，有趣的，这种人们从每一个事件里都能找出怡情悦意的地方。最不幸的事体，自己的或者别人的，不能带来什么新的悲哀；由他们看来，全世界是一座戏院，在那里专演着喜剧。一切豪勇英武的慌忙或者野心勃勃的狂言不

① 这是英国两首民歌的题目。——译者注
② 是欧洲从前一块独立区域，现在分属法、比两国。——译者注

过用来增加剧中的荒谬意味，使里面诙谐更添锋芒。总之，他们对于自己的困难，或者别人的苦情，没有什么伤心，好似代人经理葬事的人，虽然也是穿着黑的衣服，在埋葬时没有什么悲哀。

我在书里所曾碰到的人物里，有名的累兹主教①具有最高度的这种欣欢的性情。他既是个倜傥风流的男子，看轻一切挂起道学的酸腐脸孔，所以无论哪里有欢娱出卖，他常是最肯出价的。他是女性的一个普遍赞美者，当他发现一位姑娘太忍心了，他常常就爱上了另一个，他期望从她可以得到一个更好的待遇；若使她也拒绝了他的殷勤，他绝不会想起退隐到沙漠去，或者在绝望的苦痛里憔悴着。他劝自己不要想自己现在是爱着那姑娘，只当作他从前曾爱过那姑娘就是了，这么一来什么事也没有了。当"命运"戴上她最愤怒的脸孔时候②，当他最后落在他最凶恶的敌人，马萨林主教③手里，变作严重禁锢的囚犯，关在瓦兰遏尼斯堡时候，他也绝没有想用智慧或者哲学来支持他的苦痛，因为他并不自命自己有智慧或者哲学。他笑他自己同磨难他的人，好像万分喜欢他这个新环境。在这个苦痛的房屋里，虽然同他的朋友隔绝了，虽然剥夺人生的一切娱乐同甚至于衣食住的利便，时时被那班雇来看守他的坏蛋的无礼所戏弄，他仍然保存着他的好脾气，笑他们一切无谓的怨毒，开玩笑到写出他的狱卒的传，来当作报复。

骄傲的人们的智慧所能教我们的是在不幸事体之下倔犟

① Cardinal de Retz（1611—1679），是Montmirail地方的人，进教会后，很快就飞黄腾达起来，爱做很热心的政党中人，专同Mazarin作对。——译者注

② 此处将"命运"拿来人格化，这是十八世纪文人所最喜欢弄的把戏。——译者注

③ Mazarin（1602—1661），他是路易十四朝的宰相，有好几年简直是法国的实际君王。——译者注

着或者默默地愠怒着。这个主教的例子却教我们在最苦痛的境遇里欣欢着。我们的好脾气，别人会不会认为是感觉迟钝，或者甚至于白痴，这全是不碍事的；对于我们这总是快乐，除开了傻子没有人会用世人的意见来量自己满意的多少。

狄克·魏尔德戈斯[①]是我所知道的一个最快乐的傻家伙。他是属于那类性情温和的人们，据说他们没有害谁，只是害了自己。每回狄克堕到什么悲哀的时候，他总是说这是“见世面”。若使他的头被一个轿夫摔破了，或者他的袋子给扒手光顾了，他就去学轿夫的爱尔兰土话或者扒手的更时髦的口吻，借此来安慰自己。由狄克看来，天下里的事情是没有错的。他银钱事体的不当心激怒了他的父亲，以致朋友们替他的从中斡旋都是无结果的。老绅士是在弥留的时候，全家人，狄克也在内，全围着他四旁。“我给我的第二儿子安德鲁，”临死的守财奴说道，“我的全部财产，希望他知道勤俭。”安德鲁用悲哀的声音，在这种时候就例是这样子，“祈祷上天延长老人的寿命同健康，使他自己能够享受这个。”“我将西门，我第三个儿子，托他的哥哥照呼，此外还给他四千金镑。”“唉！父亲，”西门喊道（绝对是很沉痛地），“愿上天给你寿命同健康，使他自己能够享受这个！”最后，转过向可怜的狄克，“至于你，你一向是一个整天嘻嘻哈哈的人，你是永不会变好的，你是永不会发财的，我给一先令做买吊绳用。”“唉！父亲，”狄克喊道，没有露出什么哀情，“愿上天给你寿命同健康，使他自己能够享受这个！”除开说这句话外，财产的失掉对于这位无忧无虑的粗忽家伙简直是没

① Wildgoose此字译意是“野鹅”，英国人以为鹅是傻的东西，这位先生又是野性难驯的。所以这个名字实在有意义的。——译者注

有影响。可是，一位叔父的软心肠补偿了父亲的冷淡；狄克因此不单是脾气极好，并且也都还富有。

总之，世界尽可以讥诮一个出现在跳舞场里的破产者，一个把说他是个蠢货的公众付之一笑的文学家，一个对着庸俗的责难微笑的将军或者一个不管人们怎样造谣，始终保持着她的好脾气的太太；但是这些是他们所能做到的聪明办法，用消散来抵制灾难绝对是比拿着理性或者决心的武器来抵制灾难高明得多了！用第一个法子我们忘记了我们的苦楚，用下一个法子我们只是将苦楚隐藏起来，使别人看不见；并且同不幸去奋斗我们在冲突时一定会受些创伤。竞争得胜的唯一好法却是逃走。

一个单身汉对于结了婚的人们的行为的怨言

〔英〕查尔斯·兰姆

我是一个单身汉，一向费了好多时间，去记下“结了婚的人们”的缺点，借此来安慰自己，因为他们告诉我，我始终过现在这种生活，是失丢了许多高尚的快乐。

我不能说人们同他们妻子的吵嘴曾经给我什么很深的印象，或者怎样地更坚固我这类与社会组织相冲突的主意，这类主意我是早就打定的，却是为着一个更结实的理由[①]。走到结了婚的人们的家里，最常使我生气的是一种和这个大不相同的错误——那错误是他们太相爱了。

也不是太相爱了：这句话不能够说清我的意思。并且，我何必因此生气呢？他俩为着要更亲密地彼此相伴，把自己两个同世上别人分开，单单这种举动早已含有他俩彼此偏爱胜过世上一切人的意思。

可是我所不满意的是他们那样不隐藏地现出他们的偏爱，

---

① 兰姆在二十一岁时，比他长十岁的姊姊玛利·兰姆一天忽然发狂起来，拿桌上的餐刀要刺一女仆，当她母亲来劝止时候，她母亲却被误杀了。玛利此后每年中常有一两月发狂，其余的时候又是很好，所以兰姆不忍把她关在疯人院里，情愿自己一生不娶亲，一心一意地去招呼她。因为他知道自己一结婚，对于他的姊姊就不能那么尽心了。——译者注

他们那样无耻地在我们单身汉面前排场，你只需同他们一起一会儿，他们绝对要使你觉到，用些间接的讽示或者分明的直言，“你”不是这个偏爱的对象。有些事情当暗暗地含在意内或者仅仅姑以为然时，并不会开罪于人；可是一说出来，那就存有不少的侮辱意思了。若使一个人跑去招呼他最初认识的长得不漂亮或者穿得不讲究的年轻姑娘，蠢钝地对她说她的容貌或者财产配不上他，这种人真该挨踢，因为他太无礼了；可是这个意思也同样包含在这件事实里面，当他有向她求婚的路子同机会，却始终没有想向她求婚。这位年轻姑娘也会很明白地知道了这个意思，可是没有个明理的年轻姑娘会想拿这个来做吵嘴的理由。同样地一对结了婚的人们没有什么权利，配用话或者同说出的话差不多是一样地分明的脸孔来告诉我，我不是那种有幸福的人——姑娘所中意的人。我自知我不是那种的人，这已经是很够了；我不爱受这样继续不断的提醒。

炫学同夸富可以弄得使别人很难堪，但是它们还能够有点好处。特意搬出来做侮辱我用的学问或者偶然会增长我知识；在富人的屋里，在许多古画中间——在他的猎苑同花园里——我最少有暂时享用的权利。但是结婚幸福的夸示却连这些聊以减轻苦痛的好处都没有；那是种十分道地，没有补偿，没有限制的侮辱。

结婚，就是从最好的方面去着想，也只是一种独占，而且是一种最易招忌的独占。一般得到什么独享的权利的人们常有一条狡计，他们尽力地使人们看不到他们所占的便宜，这么一来那班运气赶不到他们的人们既是不大看出他们所得到的好处，或者会因此不大想去争这个权利。但是这群婚姻上的独占者却反将他们的独享权的最可憎的部分强放在我们面前。

天下里我所最讨厌的是新婚夫妇脸上射出的十分自得同满意——尤其是在姑娘方面。那是等于告诉你，她在世界上已经得个归宿，“你”不能够再对于她有什么希望了。的确，我是没有希望的；也许我并不希望。但是这是属于那类事实，应当，像我前面所说的，认为大家知道的，不该明说出来。

这班人们常拿出顶骄傲的神气，以为我们没有结过婚的人们对于许多事情是没有经验的，若使这种神气不是那样子不合理的，却会叫我更感到不快。我们肯承认他们对于本行的神秘，是比没有福气享受那权利的我们更懂得透彻；可是他们不甘于拘束在这个范围里面。若使一个单身汉敢在他们面前说出自己的意见，虽然是关于最不相干的题目，他们会立刻止住他的口，以为是个没有说话资格的人。不，我认得有一个结了婚的年轻姑娘，最可笑的是她出嫁还不到两星期，当讨论一个问题时候，我不幸同她的意见相反，那是关于销卖给伦敦住民的蚝要怎样培养才是最适当的，她居然冷笑一声问我，像我这样一个老单身汉怎配说也懂得些这类的事情。

我前面所讲的可说是算不得什么，若使拿来同这班东西后来的气焰一比较，当他们开始生了小孩子时候，他们多半是会有小孩子的。我一想到小孩子是多么普通的东西——每条街同死胡同里总是有一大群的小孩——最穷的人们在这方面常常是最富有的——结婚了而得不到这种宝贝的人们是多么少数的——多么常见，这班小孩子长大时候变坏了，使他们父母的一场痴望终于落空，走上罪恶的路，结果是穷困、丢脸、上绞架等等——我实在说不出，就是要我的命，也是说不出生了小孩会有什么值得骄傲的地方。若使小孩子真正是雏凤，世界上一年只生一个，那还可以有个借口。但是当他们是这么普通——

我并不是说到生了小孩子后，她们对于丈夫的居功。这件事让他们自己去管。但是为什么不是她们的天生奴隶的“我们”也该献上香料，没药同乳香——我们的贡物同表示我们赞美的敬礼——我真是莫名其妙。

“少年时所生的儿女，好像勇士手中的箭”：我们“诗篇”里指定给女人产后感谢式时候用的优美的祈祷文是这样说[①]。“箭袋充满的人便是有福”：我也是这样说；但是可不要让他将满袋的箭朝着没有武器的我们发射；——就让他们化作一束的箭吧，可是不要来擦伤我们，刺杀我们。我常常看出这类箭是带有两个箭镞的：它们有两个铁叉，这个打不准时，那个一定会打准。比如，当你走到一个住满了小孩子的家庭，若使你刚好没有去睬他们（你或者心里想着别种事情，不去理他们天真的拥抱），他们就断定你是个顽梗的，怪脾气的，小孩子的厌恶者。反过来说，若使你觉得他们是特别有趣的——若使你爱上了他们可喜的态度，认真地来同他们一起乱跳乱闹，他们的父母一定要找出些理由，将他们调动出房外：故意说他们嚷得太厉害了，或者是喧闹得太过了，或者说——先生是不喜欢小孩子的。用这个，或者用那个铁镞，那支箭总能够打伤了你。

我能够原谅他们的猜忌，情愿不去玩弄他们的小孩子，若使他们因此感到什么痛苦；但是我想那是很无理的，要我去“爱”他们的小孩子，当我看不出有什么可爱的地方，要我盲目地去爱全家的人，或者八个，或者九个，甚至于十个——去爱所有顶乖的宝宝，因为小孩子是这么有趣的。

我知道有句俗谚说：“若使你爱我，请你也爱我的狗。”

---

① 此祈祷文来自《旧约·诗篇》第127篇，有改动。——译者注

这不是老是那么容易实行的，尤其是若使那狗受了唆使来跟你捣乱，或者咬你来开玩笑。但是一只狗，或者一件更细微的东西——随便什么无生命的东西，像一件纪念物，一只表或者一个指环，一棵树，或者当我朋友将出外要好久才能回来，我们最后握别的地方，我能够因为我爱他，而设法去爱这些东西，以及凡是会使我记起他的东西；不过这些东西本身要没有什么意义的，容易接收想象所给它的色彩才行。可是小孩子们有一个实实在在的性格，他们自己有个不可磨灭的本性：他们是可爱的，还是不可爱的，全靠他们自己的价值；我爱他们或者嫌他们，一定要照着我看他们的性质内有什么可爱或者可嫌的理由。一个小孩子的性格是太重要的一件东西，绝不能够把它只看作别人的一个附属品，跟着来受我的爱憎：据我看来，小孩子却有他们自己的价值，像大人们一样。嗬！你又要说，但是他们的确是正在可爱的时期——小孩子在稚年时候真有种迷住我们的魔力。不错，所以我对于他们格外苛求得厉害。我知道一个甜蜜可爱的小孩子是自然界里最甜蜜可爱的东西，甚至于比他们的幽娴纤弱的母亲还要可爱;但是一类的东西越是悦意，我们越想得到那类中间最悦意的分子。一朵雏菊在艳丽方面跟别一朵没有什么大的分别；可是紫罗兰却该找那色香都是最精美的——我对于所认得的女人同小孩子也总是喜欢这样子加以挑剔。

但是这还不是顶坏的：最少她们先要让你同她们很亲密，她们才能说你对于小孩子的冷淡。她们总还让你去拜望她们同相当的来往。可是若使那丈夫没有结婚以前一向同你是很有交情的——若使你不是从他的妻子而认得他——若使你不是偷偷地跟着她的裙裾到那家里，却是那家里的一个老朋友，素来是过从非常亲密的，那时他们的婚事简直还没有想到——可是你要当心——那个屋子的享有权你是随时有被夺的危险的——还不到一年，你就看出你的老朋友对于你渐渐冷淡了，态度也变更了，最后他就去找个机会来同你破裂。在所认识的结过婚了的朋友里，我能够信得过他们的恳挚的，几乎没有一个不是在他“结婚时期以后”我才和他生出交情的。在相当程度之下，她们能够忍受这类交情；但是若使丈夫居然敢同人结下了严重的友谊关系，而未曾向她们商量过，虽然那时她还没有认识他——他们现在是夫妇了，那时却还没有见过面——她们觉得这是不可忍耐的。每个有很久历史的友谊，每个靠得住的老交情都得拿到她们的公事房里，按着她们的制度重新盖印过，好像一个皇帝下令将前朝（那时他还没有出世，或者谁也没有想到将来会有他这个人）铸的良好的老钱要重新印过铸过，加上他的朝号，然后才让它通行世界。你们可以猜出在那些“新铸的人物”里面像我这样一个锈色斑斓的古板家伙常常会碰到什么运气。

她们有数不尽的法子，来欺侮你同瞒骗她们的丈夫，使他对于你失丢了信任。无论你说什么，她总是装作很惊愕的样子大笑，仿佛你是个会说俏皮话的怪物，但是的确是“一个奇人”——这是一个法子；——她们有一种特别的睇视专做这个用；——她们的丈夫本来是很顺从你的主张，愿意忽视你的意见同态度上有些古怪的地方，因为他看出你通常的想头（也不十分粗熟）倒还不错，现在却开始怀疑你到底是不是一个完完全全的滑稽家——那种人是他当单身汉时候的好伴侣，但是若使介绍给姑娘们，却有点不大好。这个可以叫作“睇视”的法子，是最常用来抵抗我的。

此处还有个“形容过实”的法子，或者可以叫作“反语”的法子；那是当她们看出你是她们丈夫所特别看重的人；知道他那种坚固的交情不是这样容易地可以动摇的，因为那是建设于他对于你的尊敬上面；于是你每回讲一句话或者做一件事，她们就拼命地言过于实地赞美，她们的丈夫也很明白这全是为着要悦他的意，心里自然很感激她这么慷慨的举动，等到后来他对于自己不断的感激生了厌倦，就将他的友谊放松一些，把他对于你的热情降下几度，一直堕落到对你只存一种普通的好感，只具有个适度的尊重——一种“相当的感情同皮面的厚意”；这种态度她才能够跟他同情，不至于损害到她的至诚。

还有一个法子（她们达到这么可爱的目的的法子是无穷的）是假装天真无知的神气，老是故意看错她们丈夫起先所以会爱你是为了什么。若使他是为钦重你的道德，才来同你结缔她现在所要打断的关系，她会随意发现出你的说话是太不俏皮了，高声地叫道：“我记得，我亲爱的，你说你的朋友……先生是一个大滑稽家。”反过来说，若使他是因为你的谈吐好像很有些妙处，才开始来喜欢你，因此愿意宽恕你在道德方面细微的不轨，她却一看出你这些毛病，就立刻喊道：“我亲爱的，这是你所谓道德完好的……先生。”我曾经大胆地对一位太太理论，说她待我的礼貌有差，没有把我当作她丈夫的老朋友看待，她倒是很老实地向我自认，她在没有结婚以前常听到……先生说我，她就很想同我认识，但是一见到我，却大使她失望；因为从她丈夫所说的关于我的话，她造成一个观念，以为她要看到一个漂亮的，长得很高的，有军官的仪态的男子（我用她自己的话）；而事实却刚刚是相反的。这可说是很坦白的谈话，我却有点客气，没有去报复她，问她怎么会忽然间对于她丈夫的朋友的外貌有一个同她丈夫自己的外貌这样不同的标准；因为我朋友的身材同我是再相近也没有了，他穿着鞋子时候有五尺五寸高，我却占了便宜，比他差不多高了半寸；他在态度同脸孔上是同我一样地没有现出什么英武性格的表征。

这些不过是我傻瓜地跑去拜访他们时候所挨的侮辱的几种。要想把那许多的侮辱一个一个说出，那是办不到的事：所以我现在只将结了婚的姑娘们最常患的一种失礼稍为提一下——那是待我们仿佛是她们的丈夫，待她们的丈夫又仿佛是她们的客人。我是说她们对我们很随便，对她们的丈夫却很客气。比如忒斯他西亚[①]有一天晚上使我等到比我通常晚餐时间迟两三个钟头，她在那里所焦急的，却是……先生还没有还家，弄得那晚上所吃的蚝因为放了太久，全变味了，可是她总不肯对她的丈夫失礼，在他还未回家以前开宴。这是把礼貌的意义弄颠倒了，因为礼貌的产生是为着要免去一种不安的感觉，那是当我们知道自己在别一个人的眼里不如另外一个人那样可爱可敬时候所感到的。他在细微事情方面对你加倍殷勤，想用此来补偿在重要地方他那种可妒忌的偏爱却是不能给你。若使忒斯他西亚将蚝留着给我吃，拒绝了她丈夫的先行开宴的要求，那么她的举动是非常合理的。我不知道在贞娴态度同端庄举止之外，做妻子的对于她们的丈夫还要拘什么别的礼貌：所以我一定要反对塞拉西亚的为虎作伥的饕餮，她在自己家里的餐桌上，将我吃得正津津有味的一碟摩勒拉斯地方的樱桃拿去，送到坐在桌子那端的她的丈夫面前，却换一盘没有那么神妙的洋莓给我的没有尝过结婚乐趣的味觉。我也不能原谅那种轻佻的

① 兰姆对朋友妻子所起的拉丁文假名。下文还有“塞拉西亚”类同。——译者注

无礼，那是一位——

可是我已厌倦于这样用罗马的古名[①]来将我所认得的结了婚的朋友——揭示出来。让他们自己去悔过，改换他们的态度，否则我是要把他们真名字的英文字母全写出来，使这类横行无忌的罪人将来有所忌惮。

① 兰姆前面所提的几个名字都是罗马人们所用的名字。他把真名隐去，用这些假名来代。据说全是实有其人，惯会疏注名家文集的学究们都能一一举出真名字来，他们还因为所举的人不同而互相吵架，总之是一百年前的几位死鬼而已。——译者注

死的恐惧

〔英〕威廉·黑兹利特

“我们短促的生命是以一场大睡来结束的。”[1]

死的恐惧的最好医法或者是去想生命是有一个开头的，好像它是有个结局。有个时期我们是没有存在的，这却没有使我们有什么难过——那么，为什么我们要觉得烦恼，一想到将来有个时期，我们的生命会告了终止？我并不希望一百年前，在安女皇[2]朝代；我就已经活在人世，为什么我要那么惋惜，心中那样哀伤，一想到一百年后，在我不晓得是谁的朝代里，我是已经去世了？

当毕克司达夫[3]写他的小品文字时候，我并不晓得他写的是什么题目；不，还要近代些，好像就是前天的事，在乔治第

① 这是莎士比亚名剧 *Tempest* 里名句。——译者注

② Queen Anne（1664—1714），英国的女皇，她在位时，英国文人极盛，英国的散文可说是在她朝里才成为完善的文学工具。说也奇怪，英国的诗是在伊利沙白女皇朝达到尽美尽善的境界，英国的小说是在维多利亚女皇朝才有名家辈出。诗、散文、小说三种文学都是在女皇时代大放异彩，真是仿佛女皇同文学的发达有特别的关系一样。——译者注

③ Bickerstaff 这个名字是刻毒的 Swifi 用的假名，当他写文章同一个做历书的人为难时候。后来 Steele 写小品文时，也常常自称为 Mr. Bickerstaff，《伉俪幸福》中他的妹妹就叫他作 Bickerstaff，所以这里是指 Ricbard Steele。——译者注

三朝代，当哥德斯密①，约翰生②，柏尔克③常在环球酒馆相会，当加立克④正在极盛时期，当棱诺尔咨⑤埋头在他的人物写真里面，当斯腾⑥将他的《特立斯特蓝·禅底》分年出版时候，这许多事情都未曾征求过我的同意：我丝毫也不知道当时有什么事情正在进行；下议院里关于美国战争的辩论同邦刻山上⑦的开火也没有扰乱着我的方寸。可是我那时并不觉得这样情形有什么不对——我也没有吃东西，也没有喝酒，也没有拼命作乐，但是我一句怨言也没有说：那时我还没有看到这个生气勃勃的世界，但是我也是好好地过去；世界没有我，并不感到什么不方便，同我没有世界，也不感到什么不方便是一样的。那么，为什么我要做出这许多凄呼惨号，因为将同这世界离别，又回到从前的境地里去？回想起在某一时期，我们是还没有来到这世界里，并不会使我们“胸中作呕”——为什么我们会起反感，一想到将来免不了有一天我们要走出这个世界？死去只是恢复到我们出世以前的境界；可是没有人觉得什么追悔，或

---

① Oliver Goldsmith（1728—1774），他是十八世纪里最可爱的文人，年轻时候浪迹欧洲，靠着吹箫、雄辩等杂技度日，后来回到英国行医，没有生意，只得借卖稿混日子。他著有一本谁也晓得的长篇小说《威克斐尔牧师传》（*The Vicar of Wakefield*），二篇长诗，几部戏剧，几百篇绝妙的小品文（我们前面也有一篇）同许多数不尽的七古八怪杂书，那是专为钱而写的，现在只剩个考古的价值了。——译者注

② Samuel Johnson（1709—1784），他是十八世纪里那个出色的大胖子，他著有一部字典，写了许多批评文字《诗人传》同不少的小品文（《悲哀》就是他写的）。——译者注

③ Edmumd Burke（1729—1797），他是英国一个大演说家，他还著一部批评名著 *Sublime and Beautiful*。——译者注

④ 十八世纪英国名演员，也会编剧。

⑤ Sir Joshua Reynolds（1723—1792），英国皇家学会第一任会长，当时最有名的画家，他又是约翰生的好朋友。——译者注

⑥ Laurence Sterne（1713—1768），英国一个大小说家，他的杰作 *Tristram Shandy* 是一部怪书，里面有许多猥亵话，却又含有好多极精妙的对于人性的观察。——译者注

⑦ 是美国革命首先起事的地方。——译者注

者惋惜，或者憎恶，当他记起他曾有个未到世界的时期。那个时期倒是一个很好的休息，使我们的心灵可以轻松一会儿，真好像我们的放假时期：我们那时用不着走上人生的舞台，去穿红着紫或者挂一件百结衣，去大笑或者哀啼，受人们的嘲骂或者捧场；那时我们偷偷地隐居着，舒服得很，远离开人世的灾难；我们睡了万万年，还不愿意被人叫醒；平平安安地，一些忧虑也没有，度过悠长的幼稚时代，我们那时的酣睡是比小孩子的睡眠还要深沉，还要恬静；隐存在最温柔，最美丽的尘埃里面。我们现在所怕的最坏的却是一个短促、烦恼、发狂也似的生涯之后，在许多空虚的希望同无谓的恐惧之后，又沉到最后的安息里，忘却了人生这一场恶梦！……你们这班武士，十字军骑士，睡在古老的腾普尔礼拜堂[①]的石廊里，在那里地上的空气是静寂寂的，在那里地下却有个更深沉的静寂（隆隆的琴声也达不到地下），你们睡在那里，还会有什么不满意吗？你们还想走出你们这个老家，再去加入“神圣的战争”[②]吗？你们会不会诉苦，说苦痛也不来拜访你了，疾病已经是无法再来和你捣乱，你也还给自然这笔最后的债了，你不会再听到敌人的密密围来，或者你心爱的姑娘情谊日淡；并且当地球走它这个永久不停的循环时候，没有什么声音会穿过地面，来扰乱你们这最后的安眠，那是同你们墓上的大理石一样地坚固，同收容你们的坟墓一样地没有气息！还有你，唉！你，我心中所念念不忘的你，只要我的心还有感觉，我总不能够忘却的你，你的爱情是白用了，你第一次的叹气也就是你最后的叹气，你是不是也安宁地长眠（或者你还会从潮湿的土床里对我哭着诉

① 伦敦城里一个大教堂。——译者注
② 神圣战争就是十字军战争。——译者注

怨）当现在你那黯淡的心也不会还感着黯淡，那个悲哀，因为要你感到那么悲哀，才叫你降生人世，也是已经消灭了。

的确，前生这个观念并没有含有什么，会像死后生活的预期那样子激起我们的希望。我们并没有什么不满！以为我们的生命开始得太迟；我们没有更早些出发的野心；我们觉得就从我们出世的时期起，一路奋斗下去，我们已经是够有事情干了。我们当然不能说："我们记得很清楚奈因皇的战争，那时苍老的亚沙腊卡斯同神圣的印那卡斯也曾加入。"[①] 我们也不希望能够说这类话：我们愿意单在故事里碰到他们，站起来，睁着眼睛看他们同我们所相隔的，茫茫似大海的悠悠岁月。那是太早的时代！世界还没有"晒好"，不配给我们居住：我们不想那时就已起床，去外面东跑西走。我们不把我们未出世以前的六千年世界光阴算作我所失掉的：对于这件事我们是一点儿也不关心。我们并不悲悼我们不凑巧，生得太晚，看不到这个长时代里人类生活的假装跳舞同形形色色的游行；虽然我们觉得心酸，因为我不得不走开我们站的地方，当这个大赛会还没有走完之前。

这两个态度的不同，或者有人要用下面这个道理来解释：我们从各种的记录同传说，能够知道安女皇朝代里，或者甚至于亚述[②] 各朝里所发生的事情，但是我们没有法子去知道将来的事情，只好等着那件事情发生，我们的期望同好奇心会愈见热烈，愈是我们对于那件事情是莫名其妙的。这种说法是完全错误的；因为如果真是这样子，那么我们一定常常想到格林

① 智有所不明，数有所不逮，神有所不通，这两句里的三个人名，译者是有所不能注了。——译者注

② 亚述是美索不达米亚平原北部的一个国家，开国于公元前七五〇年，公元六〇六年被波斯马太加堤联军所灭。——译者注

兰[①]或者月球去探险，而我们通常却绝没有想干这些事情。说句真话，我们也没有怎样罣虑廑怀地去窥探将来的神秘，那不过做个延长自己的生命的借口是了。并不是因为我们怎样有意于在一百年后或者一千年后还活在人间，好像我们并不想在一百年前或者一千年前就已出世：真正的理由却是我们大家都希望现在这个刹那能够永久地延长下去。我们爱维持我们的现状，也希望世界能够老是这样子不变，为着来讨我们的欢心。

“今天的眼睛只盯着今天的东西——”占有着，紧紧地抓住，当能够办得到的时候，不管有多好的交换条件，总不愿意被剥夺去这个东西，什么也没有剩留下来。那是同尘寰永诀，放松我们的紧握，至亲密友，一旦分离，素志未酬，赍恨没地等等的苦痛才产生出这种对于去世的厌恶，“苦难因此得到长久的寿命”[②]，我们的确常常宁愿挨着苦难活在人世。

呵！你这个英武的心！
世界和你立下有这样一个盟约
你们真是不愿意分离呀！

所以生命的爱惜不过是一种已成习惯的依恋，并不是一个抽象的原则。单是“活着”不能“满足人们天然的欲望”：我们切望能在某时期，某地方同某环境内活着。我们更愿意活在现在，“在时间之流的这边河岸和浅滩”，不大愿从将来里挑

① 是北美洲以北的一个大岛。——译者注
② 这是莎翁的*Hamlet*剧里 Prince Hamlet 有名的独语里的一句。——译者注

出一个时期，不大愿，比如，从“千福年”[1]里拿出五十年或者六十年一部分。这可以证明我们的依恋并不是对于“生存”或者“良好的生活”的；却是因为我们有个根深蒂固的成见，总觉得我们目前的生活，像现在这样子，是最值得留恋的。山居的人不愿意离开他的岩石，野蛮人不愿离开他的草屋；我们也是不愿意弃掉当下的生活方式，包含一切它的好处同坏处，去采取任一种可以代它的别个方式。没有一个人，我想，情愿将他自己的生活同别人掉换，不管那个是多么有运气的。我们宁其“不活”，而不肯“失丢了自己”。有些人们志高意远，他们希望在二百五十年后还是活着，去看一看在那时候，美国会长成多么伟大的国家，或者英国宪法能够不能够维持到那么久。这类意思是我所不能了解的。但是我自认我希望能够活着看波旁[2]皇朝的倾覆。对于我这是个很重要的问题，愈早发生，我会愈觉得高兴。

没有一个青年人曾经想过他将来是会死的。他或者会相信别人是会死的，也许肯同意于“人皆有死”这个学说，只当它作个抽象的命题，但是他绝不至于亲切地拿它来应用到自己身上。（“人们都以为人们都是会死的，除开了他们自己。”——杨[3]）青春，活泼同血气对于老年是具个绝对的厌恶，对于死也是一样的；当我们在人生的兴高采烈时代，我们绝不比茫然

① “我又看见几个宝座，也有坐在上面的，并有审判的权柄赐给他们。我又看见那些因为给耶稣作见证，并为上帝之道被斩者的灵魂，和那没有拜过兽与兽像，也没有在额上和手上受过他印记之人的灵魂。他们都复活了，与基督一同作一千年。”见圣经的启示录第二十章。——译者注

② Bourbons是当时法国皇家的姓。——译者注

③ Edward Young（1684—1765），英国诗人，他的诗句有许多变成了英国的谚言。——译者注

无思的稚年，会更多些模糊的观念，知道怎样——

这个灵敏温暖的动体会变作
一块搓捏过了的泥土——

也不能够晓得鲜艳多血的健康同精力会怎样子“变为枯槁，软弱同灰色”。若使在胡思乱想时候，我们拿生命的终止这个概念，当个理论，来想着好玩，这真是奇怪，那好像是多么遥遥无期的，内中有一个多么悠长闲暇的间隔；它那种慢慢的严肃的前进给我现在这种人生的美梦一个多么大的对照！我们望着那水平面最远的边际，心里想还用不着走到人生之路的极端，掉过头来，我们已可以看见走过有多么长的路途；可是当我们一些儿还没有料到时候，云雾却已经缠着我们的脚旁，暮年的黑影也围绕四周。我们生命的两段溶混为一；两个极端相碰，中间却没有我们所预期的浪漫时代；至于人们所谓的老年时悲壮严肃的深浓光辉，所谓“枯黄的残叶”，所谓秋天黄昏的朦胧转暗的阴影，我们却只感到潮湿的冷雾，罩围着世上一切的东西，当青春精神已经消逝了的时候。世上没有什么，能够引起我们的向前瞻望；更可悲的是回首前尘，事事都变作那么陈腐同平庸；简直是一点儿意味也没有。我们生存的快乐已是自己消磨尽了，“成为时间上的陈迹”，不能够再鼓起我们的欢欣：苦痛不断地来袭，使我们倦于人生，弄得我们没有勇气，没有心情，肯在回忆中再同它们相见。我们不欲裂开从前的心灵伤痕，不欲像凤凰那样再恢复我们的青春[1]，也不欲

① 凤凰老时，积薪自焚，就又变成一个年轻的凤凰了，这自然是属于神话的。——译者注

重度过去的生涯。一生已是很够了。树既是倒下了，就让它躺着吧。断然地把账簿合好，账目结清，从此后再也不弄这种麻烦了。

有人以为人生是像探察一条甬道，我们走进去越远！那甬道就变得越狭窄，越黑暗，绝没有回身退出的可能，在那里我们最后因为着空气的缺乏而闷死。我个人并不觉得空气的更见浓密，当我走近那狭窄的部分。我年轻时候还更感到这个苦处，那时单单死的观念好像就能够压下成千欣欣向荣的希望，使我血管里的脉搏都见消沉。（我特别记得有一回我有这种感觉，当我念着席勒尔的《卡罗斯皇子》[①]时候，里面有一段死的描写，写得使我差不多难过得通不出气来。）现在我却觉得世界的稀薄，找不出什么，可以做人生的支柱，我伸出我的手，想去抓点东西，却什么也没有得到；我太住在抽象的世界里了，人生的赤裸裸真相排在我的眼前；在那空虚同荒凉里，我看到“死神”的向我来临。当我年轻时候，我看不见他，因为我眼中有一大群的物事同感情，“希望”又总是站在我们中间，说道，“别去睬那老头！”若使我曾经好好地活过，那么我也不会怎样地惜死。但是我不喜欢快乐的契约还没有实践，就行废除；不喜欢不美满的婚姻；不喜欢幸福的许诺顿行取消。我所有的为人为己的希望全化为焦土，或者剩下些特意来嘲笑我的现状。我真欲把它们重新建筑一番。我欲看人类有个良好的前途，像我才入世的时候那样[②]我欲留下有真价值的工作，做我的遗念。我欲有友谊恳挚的手送我到墓中。办得到这些条件，

① J.C.Friedrich Schiller（1759—1805），德国大戏剧家及大诗人，*Don Carlos* 是一部诗剧。——译者注

② Hazlitt 生时正值法国革命爆发，人人都怀着希望，以为从此以后再不会有专制的政府了。——译者注

我是不辞死去，若使我不是十分愿意。那时我要在墓上写着——“感谢同满足！”但是我焦心忍苦得太厉害了，真不愿就这样子白白地操一世的心，挨一世的苦。——回顾起来，有时我觉得好像我也可说是在智识山旁的一场梦里或者阴影里睡过了我的一生，在那里我沉溺于书中，思想中，名画中，只隐隐地听到下面匆忙脚步的践踏声同大群人们的喧哗声。从这模糊蒙昧的生活里醒来，震于目前的情境，我感觉到一种愿望，想走下到现实的世界里去，跟人们一起驱驰。但是我恐怕已是太迟了，还是再回到我的书痴的幻想同懒惰吧！

这并没有什么奇怪，我们是更惯于死的冥想同恐惧，当我们一步步地更走近的时候：生命好像随着热血同壮气的消沉而俱衰；当我们看见身旁的一切物事都受机缘同变化的支配，当我们的精力同韶颜终归于毁灭，当我们的希望同热情，我们的朋友同我们的恳挚离开了我们，我们也开始渐渐地觉得我们是会死的！

我从来没有看见过死，除开一回，那回是一个婴孩的死。这是好多年前的事情。形容是安详而恬静，面貌是美丽而固定。那真像是一个放在棺材里的蜡制人形，四旁撒铺有清白的花朵。那并不像死，却更像是生的模型！不过是没有气息吹动那嘴唇，没有脉搏跳动着，没有景物同声音会再走进那眼睛同耳朵。当我看它时候，我瞧不出那里有什么苦痛，它好像是对于已过了的短促的生之苦痛微笑；但是一看到盖棺，我真是万分难过——好像会使我闷死；可是当礼拜堂墓地角上的苎麻在他的小坟上波浪地起伏时候，迎人的和风却能恢复我的精神，解松我胸里的这个郁结。

一个象牙的或者大理石的雕像，比如产特立[1]的二孩纪念碑，我们瞻仰时，觉得有纯粹的欣欢。为什么我们不会悲伤同懊恼，为着那大理石不是活的，或者为着我们恐怕它的呼吸是很困难？这是因为那大理石是从来没有活气的；我们总以为从生到死的过渡是非常困难，我们的想象看见生同死正在那里肉搏，所以我们将生死的性质很苦楚地混在一起，因此就想才死的婴孩还是要呼吸，要享乐，要东瞧西看，却被死的冰冷的手制止住了，将一切机官锁住，把所有的感觉弄成麻木；所以若使小孩子还能说话，一定会诉出它自己现在的苦况。或者宗教的思想比任何别的东西会更快地使我们的心对于这个变更没有什么反感，因为照它们的说法，我们的魂魄是飞到别的地方去，剩着这个躯体在后。所以通常我们一想到死，我们是把它同生的观念混在一起，因此在我们现在思想里死才会变作这么狰狞的一个怪物。我们想，我们处在那种情境时会有什么感觉，并不是想死人处在那情境会有什么感觉。

> 从坟墓之中，自然之声仍然是喊着；
> 在我们的灰烬里，他们昔日的火长存。

关于这个题目，塔刻[2]的《追着自然的光》里有一段值得赞美的文字，我要把它抄出，因为那可说是我所能找出的最好的说明。

“死尸的凄惨形相，预备给它住的房子的黑暗、寒冷、闭塞同孤寂，我们想起来，会不寒而栗；但是只是对于想象才这

① Sir Francis Chantrey（1781—1841），英国有名的雕刻家。——译者注
② 先生不知何许人也。——译者注

样，由理智来看就大不同了；因为无论谁一用他的理智，立刻可以看出这许多情境里并没有什么凄怆可怕的地方：若使那死尸老是好好地包着，放在温暖的床上，房里烧着烘人的炉火，它也不会因此感到适体的温暖，若使天一快黑，接着就燃起成堆的蜡烛，它也看不见什么东西，会觉得开心；若使让它逍遥自在，它也不能应用它的自由，若使有伴侣围绕着，也不会笑逐颜开；它脸上丑怪的形容也不是苦痛，不安或者悲痛的表现。这是谁也晓得的，只要别人一提，他很快就会承认，但是一看到，甚至于一想到这些东西，他还是免不了战栗；因为知道一个活人处在这种环境之下，一定会受极大的苦痛，这些东西在我们心里就常常变作很可怕的，给我们一种器械式的恐怖，这恐怖会见增加，一看到我们四旁的世人也都是一样地战战兢兢。”

在死的恐惧之外，我们常常有一种不必须的、自己愿意加上的苦痛，那是我们爱同情于旁人失丢了我们时的悲哀。若使这是我们对于死的恐惧的唯一原因，我们真有理由，很可以放下心来。乡间墓石上所写的动情的劝告，“请别要为着我悲伤，我亲爱的妻子同子女”，等等，多半很快地能够字字发生效力。我们死去，在社会上并没有剩下那么大的一个虚空，像我们自己所想的，我们所以不禁作那样想，一半是为着要扩大我们自己的重要，一半是想用别人的同情来安慰自己。就是在自己的家里，那裂口也没有那么样大；伤痕的缝口是比我们所预料的要快得多。不，人们常常喜欢我们的“让位”胜过于我们的“出席”。我们死去的第二天，人们还是照常地在街上走路，数目并没有什么减少。当我们活着时候，世界好像是专为着我们而存在，为着我们的欣欢同娱乐，因为世界的确给我们许多的快乐。但是我们的心儿停着不动了，世界仍然是照常熙熙攘攘着，并没有记念着我们，对着我们还是像我们在世时候那样地冷淡。亿万万人的心是空的，没有什么情感，看你我好像是属于月球的人们，一点也不关心。在那星期里的星期日报纸上我们的名字再现一次，或者是在月底有些报纸的死亡栏上，我们规规矩矩地同世人永诀！这并没有什么可怪，我们一离开了这暂时的舞台，就这么快被人们忘记；因为我们压根儿就不大引起人们的注意，当我们还在舞台上面的时候。不单是我们的名字没有传到中国——我们的邻街就几乎没有听到我们的大名。我们自己同世界非常亲密，我们以为这种情谊是彼此共之。这是个显明的错误。可是，若使我们现在不会因此而觉得难过，将来也是同样地不会的。一掬的尘埃不能够同它的邻居寻衅吵架，也不能对“造化”说出怨词，很可以大声喊道，若使它还有理智同舌头，“走你的路吧，老世界，在蓝的净天里打你的圈儿走转，对每代人去油嘴滑舌，你同我是再也不会摩着肩儿挤在一起了！”

这真是可惊的事，富贵的人们，甚至于有些握过大政权的人们，是多么快就被人忘却了。

一会儿的称尊，一会儿的威权，
这是伟大英猛的人们所得到的
从摇篮到坟墓期中的唯一东西——

在这个短促的期间之后，他们差不多连一个名字都不能传下。“一位大人物的身后遗名，普通算起来，可以有半年的寿命。”他的后裔同承继者取得他的爵位，他的权力同他的财富——全是这些东西才使他变作这么重要，受人奉承的人物；他却没有剩下什么别的东西，使世人感到快乐或者得到利益。后世的人绝对不像我们所以写的那样公平，不计利益。他们的谢忱同赞美是用来报答他们所受的好处。他们蒙一班人给他们教训同快乐，他们就爱去记念他们；他们觉得受有多少的教训同快乐，他们所怀抱的记念就是做个正比例。赞美的情感是直接从这个基础上生长出来的，这样子的确是不至于滥用的。

这种柔弱无勇的吝惜生命，普通地或者抽象地，是文明太高、矫揉太过的社会状况的结果。从前人们跳到战争的一切变迁同危险里去，或者将生命付诸一掷，或者为着一个强烈的情感不惜牺牲一切，若使他们不能满足这个情感，生命对于他们就变成重累了——现在我们最强烈的情感是思维，我们最大的娱乐是读新戏剧、新诗歌、新小说，这些事我们很可以安安逸逸地去做，一些危险也没有，永久地去做。若使我们去看古史同传奇，当文艺还没有将人事染上暗淡无光的色彩，把热情化为模棱两可的心境之前，我们觉得里面的男女主角不单是“看生命连一条针都不值”[①]，并且当放荡不羁的时候，好像是故意去找轻生的机会。他们喜欢些中意的东西就爱到极点，到了疯狂的地步，以为若使能够满足自己这个欲望，没有个代价可说是太贵的。一切别的东西全变作不值一钱的废物。他们向死走去，好像是向新婚的床，一些也不懊悔地牺牲自己或者他人，在爱情、名誉、宗教，或任一个别的得势的情感的圣龛之前。罗米欧[②]驶他的“厌于沧海的疲倦小舟，碰在死的岩石上面”，

---

① 一针的值价，这也是莎翁的句子，见 *Hamlet* 里，此外本文中还有不少妙句都是从莎翁集中熔化出来的，Hazlitt 是个研究莎翁作品的老手，他著有 *Characters of Shakespeare's Plays*。——译者注

② *Romeo and Juliet* 是莎翁的一篇戏剧，他们是一对爱人，为着种种的障碍，最终是你为着我，我为着你，伏剑而死。——译者注

当他一晓得自己被剥夺去了他的朱丽叶；她也在他们最后的悲苦里双臂环着他的颈项，随着他到那个死亡的岸去。一个强烈的意思占住了心田，将一切别的念头完全压倒；就是生命本身，没有了它也是毫无乐趣的，变作个不足介怀或者讨厌的东西。在这种状况之下，最少也是更多想象的成分，更多感情的力量，行动的速度也会更快，比着那为了无聊生活的本身，而生的缠绵难舍的，无精打采的同长久的对于生命的依恋。这或者也是更好的，并且是更英雄的，去向一个勇敢的或者亲爱的对象进攻，若是失败了，就男子汉地挨受那结果，比着那重新去苟延一种烦闷的、无精神的、无趣味的生活，最后也只是（像比野[①]所说的）“在些恶浊的争吵里失丢了生命”为着些不值得的东西的缘故。在这种对于死的勇敢挑战里，不是有一种慷慨的牺牲精神同不顾一切的蛮劲的意味吗？宗教同这个不是有些相干吗：那种对于死后的生活的坚信使现世的生活减轻了价值，在想象里呈现出个来世的境界；所以粗野的兵士、情迷的爱人、勇敢的骑士等等无妨现在这么冒险一下，跳到将来的怀中，这种豪举，近代的怀疑主义者却退缩不敢一试，虽然有那么多自夸的理性同空虚的哲学，都是柔弱得一个女子之不如！对于自己我免不了也是作这样想；但是在前面我已经努力于解释这点过，现在不再来详说了。

一个活动的同危险的生活可以压住死的恐惧。那不单是给我们以忍痛的毅力，并且时时刻刻使我们知道我们在世的生命是多么不牢稳的。惯长坐的，爱念书的人们是最怕死的人们。关于这点约翰生博士就是个例子。几年的光阴由他看来好像是

① 未详。——译者注

很快地就过去了，比着他素常对于时空的一览无余的冥想。在文人的“静物画”里没有什么明显的理由，一定有变更的必要。他很可以坐在围手椅里，一杯一杯地倒他的茶，一直到天荒地老才止。他果能够办到，那是多么好吓！医治那逾量的死的恐惧的最合理方法是对于生命定下个适当的价值。若使我们愿意继续生存在世界里，单为着去满足我们顽梗的怪癖同苦楚的热情，我们还是立刻死去好些，若使我们对于生命的顾惜是按着我们从生命里所得到的好处来定，那么我们去世时候所觉的苦痛也不会非常剧烈了！

在监狱中

〔英〕利 · 亨特

医生就提议我要搬到监狱病院去住，这个提议得到了批准。病院这个字，我自认，带有不妙的声音，甚至于在我的耳朵里。我想那是一间同别个病人共住的房子，那班人又不是最合适的伴侣；但是慈爱的医生（他的名字是狄克孙）改正了我的误解。那个病院分作四个病房，附带有同样数目的小房。楼上那两间病房已经有人住了，平地的那两间却从来没有用过；内中的一间，不大经济地（我还没有学会打算省钱），我改做成个华贵的房间。我用玫瑰花的格子纸糊着我的四壁；我将天花板画上青天同白云的颜色，铁窗，我就用百叶窗遮着；当我的书架同架上的许多半身像排好了，鲜花同大洋琴也出现了的时候，或者在那水的此岸没有一个更美丽的房间。当来客来敲门时候，我喜欢看他走进来，向身旁愕然睇视。他走过巴洛，穿过一个狱里的许多小道，忽然看到这样的房间，那种骇异的神情真是奇妙得像做戏一样。查理斯 · 兰姆[①]说世上没有第二间像这样的房子，除非是在神仙的故事里面。

① Charles Lamb，这个兰姆就是做《一个单身汉的怨言》的那个兰姆，他是 Leigh Hunt 的好友。——译者注

但是我还有一个别的奇异东西；那是一座花园。房外本来有个小庭，同别个属于隔壁病房的小庭用栏杆隔住。这个小庭我用绿色篱笆围着，点缀上一个花架，四边铺了从个养树园里拿来的一层很厚的土，甚至于设法弄出一块草地。在土地上我栽满了花卉同小树。有一棵苹果树，在第二年我们就设法做一盘苹果布丁。至于我栽的花，谁也说它们是十全的。托马斯·摩尔[①]和拜伦爵士[②]同来望我，对我说他从来没有看见过这么好的紫罗兰。在监狱期间，我买有一本《意大利诗集》[③]，常常想到里面的一段，当看着这个小规模的园艺——

> 我小小的花园，
> 对于我，你可算是葡萄园，田野，草地同森林。

天气好的时候我在这园里写东西同读书，有时上面还挂一幅天幔。秋天里，我的花朵垂着红花彩豆，更使我的花圃生色。我常常闭着眼睛坐在我的圈手椅里，假假地想自己是处身在万里之外。

但是我最得意的是早上的出游。园里的一个小门引到属于监狱的一座更大花园。这个单是做种菜用的；但是里面有一棵樱桃树，我看它开过二回的花。我在想象里将这块地分作好多心爱的区域。我很郑重地把自己穿得好像是打算做一回很长的散步；然后再戴上手套，夹一本书在腋下，开步走出，请我妻

① Thomas Moore（1779—1852），英国浪漫派诗人之一。——译者注
② 拜伦，他还用介绍吗？——译者注
③ 这两字是意大利文，翻成英文是 Italian Parnassus，Parnassus，是希腊一个大山的名字，据说是诗神所住的地方，所以后来人们把诗集叫作 Parnassus。——译者注

子不必等我用餐，若使我回来得太迟。我最大的小孩，兰姆那时作有几首可爱的诗赠他，是我忠实的伴侣，我们常常一起玩许多小孩子的游戏。那或者是当他梦着一种这类的游戏（但是在我的耳朵里那些话有个更牵情的效力），他一晚上睡着时候喊道：“不，我没有失丢；我被人找出了。”那时他同我的身体都不很强壮；但是我活到看他变成四十八岁的大人；无论人们在什么地方碰到他，同时会碰到慷慨的帮助同卓越的学识。

她最后的一块银币

〔英〕约翰 · 布朗

我曾经有过朋友——虽然现在谁也厌弃我了，
我曾经有过父母——他们现在都在天堂。
我曾经有过家庭——

苦痛，罪恶同冻饿磨坏了她的精力，
流浪者往下堕落，死神抓住她的知觉。
陌生人在早上看她躺在那里——
上帝已经释放她了。

——骚狄[1]

休 · 密勒[2]，地质学家，新闻记者，又是一个具有天才的人，在他的报馆里坐到更深，一个凄凉的冬夜里。书记们已

① Robert Southey（1771—1848），英国诗人及历史家，他的不朽名著是《纳尔逊传》（*Life of Nelson*）。——译者注

② Hugh Miller（1802—1856），他年轻时候是一个矿工，后来投身到新闻界去，靠着他刻苦的自修，最终成为大地质学家。他又能写很妙的散文，他著有好几本有文学趣味的科学书，其中以 *Old Red Sandstone* 最著名。但是，他的确是太劳顿了，才五十几岁他的神经就错乱了，在爱丁堡附近自杀死去。——译者注

经全离馆了，他也正打算回去，门外有匆忙的敲门声音。他说“进来”，向着门口望，看见一个衣服褴褛的小孩，遍体给雨雪淋湿。“你是休·密勒吗？”“是。”“玛丽·达夫要你。”“她要什么？”“她快死了。”对于这个名字的一些模糊的记忆使他立刻出发，穿着他那套有名的格子纹呢衣，拿着他那条有名的手杖，他很快地就跟着小孩子跨着大步往前走，那小孩子急急地穿过那时已绝人迹的亥街，走向卡侬盖提去。当他走到老戏院小巷时候，休唤起他心中关于玛丽·达夫的记忆，一个活泼的女孩，在克洛麦替地方和他一起长大。前次他遇到她时是在一位互助团[1]同志的结婚场中，在那里玛丽是“新娘伴”，他是“新郎伴”。他好像还看到她的晴朗、年轻、无忧无虑的脸孔，她的洁净短衫，同她的深色眼睛；他好像还听见她的嘲笑快乐的声音。

这个穿着百结衣的小姑娘跑下这条小巷，走上一个朝街的楼梯，休很困难地紧跟着她走；在弄堂里她伸出她的手，牵着他；他用大手掌拿着，觉得她缺个大拇指。在黑暗里她找她的路像一个猫样子，最后开一个门，说道：“那个就是她！”一溜烟就不见了。借着将熄的火光，他看见在一个广大空虚的房间的基角上，躺有个像女人衣服的东西，走近时候，才知道有一个枯瘦无血色的脸孔，同两个深色的眼睛极注意地，但是绝望地望着他。这对眼睛分明是玛丽·达夫的，虽然他认不出她的别点相貌。她静静地哭着，不转睛地盯着他。“你是玛丽·达夫吗？”“我现在变成这样子了，休。”她接着鼓起劲要向他说话，分明是很要紧的话，但是她说不出来；他看她是病得

[1] 互助团，是一种秘密团体，创自中古时代，以互助为目的，团员简称Mason。苏格兰的大本营是在一七三六年设立的。——译者注

很厉害，这样勉强只是使她自己更痛苦，他就将一块值得二先令六便士的银币放在她发烧的手里，说明早他会再来看她。他从邻近的人们探不出她的近况：他们不是无礼地不答，就是已经睡觉了。

当他第二早又到那里时候，小姑娘在楼梯顶遇着他，说道："她已经死了。"他走进去，看出这句话是真的；她躺在那里，火也灭了，她的脸貌是安详恬静的，恢复到她年轻时的状态。休想他现在绝对认得出她，虽然她那对明媚的眼睛是像现在这样子闭着，永久地闭着。

找出一个邻居，他说他愿意替玛丽·达夫安葬，他同巷里一个经理葬事人商量好埋葬的手续。关于这个可怜的流浪者的身世，大家好像知道得很少，只晓得她是个"轻薄的"，或者，所罗门一定要说，"奇怪的女人"。"她喝酒吗？""有时。"

埋葬那天，巷里有一两个居民随着他到卡侬盖提礼拜堂坟地去。他看见一个容貌端庄、躯体短小的老妇人注视他们，远远地跟着走，虽然那天有下雨，又是酷冷。墓填满了，他也脱了他的帽子，当人们把土放上，用手打好的时候，他看这位老妇人还滞在那里；她走前，行个屈膝礼，说道："你想知道这个姑娘的事情吗？""是的，她年轻时，我也认得她。"那妇人不禁泪流满面，对休说她自己"在巷口开一间小店，玛丽常来买东西，总是准期还钱，我就怕她是死了，因为她欠我两先令六便士已经有一个月了"。然后用严肃的脸色同声音，她告诉他在他被叫去那一夜，他一离开，她在房里就被一个人叫醒，借着她那熊熊的火光——因为她是一个过安乐小康日子的女人——她瞧到这个憔悴快死的女人走前说道："这是一块二先令六便士的银钱吗？""是的。""我放在这里。"将钱放在枕垫底下，她就不见了！

可怜的玛丽·达夫！她的生活一向是悲哀的，自从那天在他们朋友的婚礼场中她同休并肩站着以后。她父亲死后没有多久，她母亲占有了她所倾心的男人的爱情。这个大打击使家庭变作不能居住的地方。她从家庭里跑出，带着失望同悲酸，经过了耻辱困苦的生涯，爬到她房间的角上，孤单单地死了。

> 耶和华说："我的意念，非同你们的意念，我的道路，非同你们的道路。天怎样高过地。照样我的道路，高过你们的道路，我的意念，高过你们的意念。"①

① 见圣经以赛亚书第五十五章。——译者注

一个旅伴

〔英〕加德纳

我不知道我们是哪个先到车里。真的，有好久时候，我还简直不晓得他是在车里。那是由伦敦到密特兰里一个小镇的最后一趟火车——一种沿途停歇的火车，一种无限量地从容不迫的火车，这类火车使你了解什么叫作永劫不灭。当它出发时候，乘客也都挤满，但是我们在外郊各站都有停车，旅客就单独地或者两人做伴地接连着下去；当我们离开伦敦的远郊时候，车上只剩我一个人了——或者要说，我想车上只剩我一个人了。

独坐在一辆轰轰地颠簸着穿过黑夜的车子，会感到悦意的自由。那是一种很可喜的自由同无拘束。你爱做什么，就可以做什么。你可以随意大声地对自己说话，谁也不会听到你。你可以同琼斯辩论那个题目，意气扬扬地将他驳倒，用不着怕他会还嘴。你可以倒栽地站着，谁也不会瞧见你。你可以唱歌，或者跳二拍子的圆式跳舞，或者练习打杓球的一种手势，或者在地板上玩石球，谁也不来干涉你。你可以打开窗子，或者关起，绝不致引起反对。你尽可以将两扇窗子全打开，或者全关起。你可以坐在你所中意的角上，可以将所有的座位一一

依次试过。你可以手足伸直躺在垫褥上面，享受破坏“地方保护法”的条例，或者碎了她自己的心的快乐。不过“地方

保护法”不知道她自己的心是破碎了。你甚至于能够躲避了“地方保护法”的注意。

那个晚上，我并没有做些这类的事情。这类想头刚好没有到我心上来。我所做的是更普通得多的事情。当我最后的一个旅伴下去之后，我放下我的报纸，伸一伸我的手臂同我的双脚，站起，从窗口望着恬静的夏夜，我的车子正从那里穿过，看到尚逗留在北天的淡淡的白昼余意；走过车子的那头，从别个窗口里望出；点一根香烟，坐下来开始读书。到那时候，我才觉到我的旅伴。他走来，坐在我的鼻上……他是属于那种有翅的、会咬人的、勇敢的虫子，我们模模糊糊地所叫作蚊子是也。我轻轻地把他弹开我的鼻子，他在房里旅行一周，观察他的四围，拜望每个窗口，绕着灯光飞翔，决定没有一件东西有基角上那个庞大的动物那么有趣，又来看一看我的颈项。

我又轻轻地把他弹开。他盈盈跳起，又环着房子逍遥一次，飞回，大胆地自己坐在我的手背上面。这很够了，我说；大量也有相当的限度。你两回得到警告，我是位特殊的人物，以及我尊严的身体不甘于受生人们这种搔撩的无礼。我戴上了黑帽子①。我判下你的死罪。这是公理所需要，而法庭所断下的。你的罪状很多。你是个流氓；你是个为害于公众的妨碍；你旅行没有买票；你没有吃肉的准单②。为着这些同许多其他的不法行为，你现在将受死刑。我用右手发一个迅速的、致命的打击。他避着我的进攻，那种骄傲的一点儿也不费力的神气使我难堪。我私下自负的心情也被激起了。我用我的手，用我的纸

① 英国法官判决死刑时候，就戴起黑帽子来，所以“戴黑帽子”就是宣告死刑的意思。——译者注

② 欧战时粮食缺乏，每人每星期吃肉的量是限制的，由官厅发出肉券，每人按券买肉，无券就不能吃肉了。——译者注

来向他冲锋；我跳到座位上面，绕着灯儿赶他；我采取猫儿的诡计，等到他停着不飞时候，用可怕的潜行走近，忽然地骇人地飞手打下。

这也是徒然的。他是公开地分明地跟我开玩笑，像个精练的斗牛者缠着发怒的牡牛来弄手段一样。他明明是在那里寻开心，他就为着这缘故才来扰乱我的休憩。他想找些游戏，哪种游戏比得上被这个庞大笨拙像风车的动物这样赶着，他身上的肉又是那么可口，他又是这么不中用，这么傻瓜样子？我渐渐钻到这家伙的心里去。他已经不只是一个虫子了。他化成一个有性格的东西，一个有理性的动物，居着同等的地位，来跟我争这间房子的占有权。我觉得我的心向他动起好感，我自高的感觉也渐渐消灭。我怎样能够觉得比他高明，他在我们所曾交手过的唯一竞争里既是这么显明地胜过了我？为什么我不再慷慨起来？慷慨同慈悲是人类最高贵的德行。使用起这类高尚的品性，我能够恢复我的威势。现在我是个可笑的角色，激起狂笑同嘲弄的东西。当我现出慈悲的样子，我能够重新拿出人类道德的威严，荣耀地回到我的角上去。我取消了死刑的判决，我说时就回到自己的位子。我不能够杀你，但是我能够展缓你受刑的时期。我就这样干去。

我拿起我的报纸，他飞来，就坐在上面。傻东西，我说，你自己投到我手里了。我只须将这个可尊敬的每星期出版的言论机关两面合着一打，你就是一具死尸了，清清楚楚地像面包中间的火腿一样，夹在一篇关于“和平的圈套”同另一篇关于“许斯[1]先生的谦逊”里面。但是我不这样子干。我既宽延了你受

① 美国前国务卿。——译者注

刑的日期，我决定要使你相信，当这个庞大动物说一句话时候，他是打算践言的。并且，我也不想杀你了。因为知道你更透彻些，我渐渐觉得——我要讲出吗？——有些爱你了。我猜圣·佛兰西斯[①]一定会叫你作“小弟弟”。在基督教徒的慈爱同礼貌方面，我不能做到他这种地方。但是我也承认一种较疏远些的关系。命运使我们在这夏夜里成为旅伴。我鼓起你的兴味，你也使我快乐。大家彼此互相感德，这全由于一个根本事实，我们同是会死的东西。生命这个奇迹是我们所共有的，生命的神秘也是大家有份儿的。我猜你全不晓得你的旅程。我不敢说，我对于我的旅程知道了多少。我们真是，若使你去想一想，很相像的——都是现在活着，后来消灭了的浮生幻影，从夜里出来，飞到点着亮的车子，绕着灯飘游一会儿，又回到外面的夜里去了。或者……

“今晚还往前走吗，先生？”窗口有一个声音说着。那是一个好意的脚夫给我一个暗示，这是我下车的站了。我谢谢他，说我刚才一定是睡着了。抓着我的帽子同手杖，我走到外面清凉的夏夜里。当我关着我那段车子的门时候，我看见我的旅伴绕着灯儿飘游……

---

① St.Francis（1182—1226），他是非常慈爱的天主教徒，据说能够向鸟儿说教。——译者注

进　化

〔英〕约翰·高尔斯华绥

从戏院里出来，我们是绝对没有法子找到一辆野鸡汽车：虽然下着微雨，我们还是走过勒司特方场，希望会碰到一辆回到匹喀底尼的野鸡汽车。许多二轮轻马车同四轮马车走过，或者勒着马站住，微弱地向我们兜生意，或者简直不来引我们的注意，但是每辆野鸡汽车好像都载了人了。到匹喀底尼广场时候，等得不耐烦了，我们叫一辆四轮马车，让自己去过一个长久迟慢的旅行。一阵西南风由打开的窗口吹进来，内中带有变化的气味，那种潮湿的气味，它甚至于来到城市的中心，使城市的万千动作的旁观者得到灵感，想到那个迈进不停的“大力”，它永久是叫道：“前进，前进！”但是渐渐地马蹄沉闷的得得，窗子的戛戛，轮子迟慢的碎碎的各种声音引人入睡地压着我们，所以当最后我们到家时候，我们几乎已经酣睡了。车钱是两先令，当我们没有把钱交给御者以前，站在灯下看清一下那块钱是个值得两先令六便士的银币时候，我们偶然抬起头来。这个御者看起来是六十左右年纪的人，一副长瘦的脸孔，他的下颏同向下垂的灰色胡须好像老是休息在他的老旧的蓝色外套的反领上面，但是他脸上奇特的地方是他颊上那两个凹处，那么深，那么空，仿佛好像他的脸孔是一堆骨头，没有连贯的筋肉，在这些骨头里面，一对眼睛那么深深地陷着，它们已经现不出光辉了。他丝毫不动地坐着，直着眼睛看他的马儿的尾。差不多是不知不觉地，我们把我们所有的其余银钱加上那块银币给他。他接了钱不说什么；但是当我们转进园门时，我们听他说道：

“谢谢你，你救了我的命。

我们两人都不知道怎样去回答这么奇怪的一句话，我们又把园门关上，回来到马车旁边。

“你们的生意真是这么非常不好吗？”

“是的，”御者答道，“已经是完了——这种职业。我们现在是没有人要了。”拿起鞭子，他预备赶着马儿走去。

“生意这么不好已经有多久了？”

御者又放下他的手，好像喜欢休息一下他的手，文不对题地答道：

“我赶马车已经有三十五年了。”

又沉到沉思他的马尾去了，一定要问了许多话，才能引起他来说出自己的话，好像他不知道谈话这个习惯。

“我不埋怨野鸡汽车，我谁也不埋怨。厄运来到我们头上，所以我们受了厄运。今早我出来时，我妻子在家里什么也没有。她昨天才向我说：‘这四个月来，你拿回来多少钱？’‘一个礼拜算六先令吧。’我说。‘不，’她说，‘七个。’不错——她把所有进款都记在她的账簿里。

“你们真是快绝食吧？”

御者微笑着；在这两个深窟中间的微笑的确是人们脸上所现出最奇的表情。

“你也可以这样说，”他说道，“这又有什么呢？在我找到你们以前，今天我只挣十八个便士；昨天我得五先令。我的车租每天都要七先令，这也是很便宜了。有许多，许多车主已经是失败破产了——他们个个都同我们一样地困难。他们尽力地放低他们车子的租费；可是你不能从没有良心的人那里得到怜悯，你能够吗？”他又微笑一下，“我也可怜他们，我还可怜马儿，虽然我们三者之中马儿还真最过得去的，我真是这样相信。”

我们里有一个人低低地说一句关于“社会”的话。

“社会？”他说，他的声音里含有轻微的惊愕，“喂，他们都要坐野鸡汽车。这是自然的。坐汽车，他们可以走快得多，时间即是金钱。我等了七点钟才找到你。那时你还是想找一辆野鸡汽车。不能够得到更好的，才来坐我们车子的人们照例是生了脾气的。有些老太太怕坐汽车，但是老太太从来是用钱不很随便的——她们多半真是阔绰不起的，这我会猜出。”

“谁也是可怜你们；我们真会想——”

他冷静地打断我的话，说道：“怜悯买不得面包……我从来没有人向我问过我的事情。”慢慢地，把他瘦长的脸孔摇来摇去，他又说：“而且，人们会干什么呢？当然不能希望他们来赡养你们；若使他们开始问你们许多话，他们一定会觉得很难为情。他们晓得了这些，我想。自然，世上免不了有我们这班人；两辆马车的御者的境遇同我们差不多是一样地困难。喔，我们这班人却一天一天少下去了，这倒是一件好事。”

不晓得对于这个灭绝要不要表示同情，我们走近他的马。这是一匹膝头“弯”得很厉害的马，在黑暗里好像有无数的肋骨。忽然间我们之中有一个人说道：“许多人在街上不愿意看到别的车子，除开了汽车，也许是单因为马车的马儿太苦了。

御者点首一下。

“这个老家伙，”他说，“从来没有胖过，他的粮草现在不能给他以精神；那不是很好的粮草，但是他也有够食的。”

“你却没有？”

御者又拿起他的马鞭。

“我不想，”他不动情地说道，“现在谁能够替我找个别的工作。我干这个干得太久了。将来若使不是别的，就是到贫民院里去[1]。”

听我们低声说这好像是太残忍了，他现出第三回的微笑。

“是的，”他慢慢地说道，“这对于我们未免是有些太苦了，因为我们没有做什么事值得这样挨苦。但是据我所知，事情总是这样。一件东西来赶去别一件，你就是这样子前进。我曾经把它想过——整天坐在这上面，你自然会去思虑，去苦想事情的道理。我看不出什么办法。我们现在也都快死了——不能再滞留多久了。我不想我会有什么悲哀，对于这种终止。这已够使我灰心了。”

“曾有一次捐款过。”

“不错，那可以帮助我们里面一些人去学开汽车；但是这同我有什么好处，在我这样的年龄。六十，这是我的岁数；不是我一个人——像我这样的人们有成百成千。我们不宜于干那事情，这是事实；我们现在没有那股精神了。还要成千成万的钱来帮助我们。你说的话是真的——人们想看到我灭绝。他们喜欢野鸡汽车——我们的日子已经过去了。我不是诉苦；这是你自己先问我的。”

---

① 这是指做叫化子。——译者注

他第三次举起他的马鞭。

"告诉我，你会干什么，若使你只得到你的车资同六便士？"

御者向下睁着眼，好似被这个问题弄迷惑了。

"干什么？怎么，什么也不会干。什么我会干？"

"但是你说这救了你的命。"

"是的，我说了这句话，"他慢慢地答道，"我觉得有些愁闷。有时你是无法摆脱的；愁闷自己跑来，你是无路可避的——它就这样子压住你了。我们照例是设法不去想它。"

这回，说一句："谢谢你，深深地！"他的马鞭打着他的马腹。像从睡梦醒来的东西，这个被人们忘记的动物惊跳一下，开始将这御者拉离开我们。非常慢地他们走下那道路，在树影中间，有时被灯光照着。在我们上面，白的云帆在黑的天河里很快地驶过，顺着那阵含有天气变化的气味的风。看不见那马车了，风还将那迟慢的车轮的将灭的声音带到我们耳里。

神秘的伦敦

〔英〕卢卡斯

由艺术家看来，雾是伦敦最好的朋友。不是黑雾，是指别一种的雾。伦敦有两种不同的雾——壅塞气息，把世界化作黑漆一团的雾同轻轻地铺罩着的薄雾。前一种雾走到房屋的个个角上，将一切的金属东西盖上一层暗色的黏泥，弄得我们一面咳嗽，一面擦眼睛——对于这种雾是没有好话可说的。“地狱是一个很像伦敦的城”，我向自己引用这句话，在前回这种的一个雾里，当我抓着贝斯窝忒路的公园栏杆望前摸索。车子，我所不能看见的，辚辚地走过，时常有人，就在身旁，却是看不见的，喊出警告的话来，或者有人会用受惊的声音问道他到底是在哪里。这种雾的凶恶处是在于将他这种有生气的东西放在无生气的环境里——在一个蒙盖住的地方里的一个生客。普通走路的人们在这样的雾里已经是够苦了；但是只要臆想到还要去招呼一匹马同一辆车是怎样的情形，立刻可以看出一个人的运气还可以更坏得许多。

可是别一种的雾——笼着东西，而没有湮没形迹的雾，使东西的轮廓化为轻圆，而没有去玷污染秽的雾，它那种美化的能力可说是被惠斯勒[1]所发现的雾——那种雾能够变作一种悦心的东西，一种欢喜的材料。从这种温柔薄雾看去，伦敦变作一座浪漫的都城。她的建筑物里所有丑陋粗糙的地方，她的色调里所有龌龊碍眼的地方，全消失了。“可怜的房屋，”惠斯勒在文章里说过，他是那么常从他的拆尔息家里注视它们的幻变，“在模糊的天里消失了，高高的烟囱全化为钟塔，货栈是夜间的宫殿，全城却昂在天中。”

迭更司[2]发现了畸异的伦敦，奇妙古怪所汇聚的伦敦，史蒂芬孙[3]发现了浪漫故事的老家的伦敦。惠斯勒所发现的伦敦是个含有缥缈神秘的美的城市。几十年来，伦敦的雾老是人们咒骂讥笑的一个题目：的确需要这位神经锐敏的生于美国的巴黎人[4]来指示给我们看普通人所认为一个仇敌同一件该发怒的事情，却是艺术家的一位朋友。现在谁也晓得这点了。

雾对于我变成为与前大不相同的东西了，自从人们指给我看泰晤士河南岸上的一个大烟囱，告诉我这是属于供给伦敦办事房以电灯的火炉；无论什么时候，天气一有点雾意，就派一个人到这烟囱的顶上，去望一望远处的河；敌人一开始有些卷来的现象，就给底下的人们一个通告。他这新闻传出之后，火炉就重新加上燃料，做出额外的压力，借此可以同来临的黑暗奋斗，帐房里的工作也不至于停止。一切巡哨，一切守望的人们都是属于浪漫史的；从他这高耸天际的所在，越过河里来往的轮船同万家的屋顶，一直看到水平线边的一块浓雾，这个人

---

① J.A.McNeill Whistler（1834—1903），美国的画家，文学家及诙谐家，他的画带有印象派的色彩，尤善于描状泰晤士河的风景。——译者注

② Charles Dickens（1812—1870），十九世纪英国写实小说家。——译者注

③ Robert Louis Balfour Stevenson （1850—1894），近代重整起浪漫派的旗鼓的英国小说家，他的《金银岛》是近代不朽的名著。——译者注

④ Whistler 生于美国，长游于巴黎，所以作者这样叫他。——译者注

甚至于使伦敦的黑雾生色，就是在我眼里也变成浪漫史里的东西了。我会想起他的竭力望远的眼睛，他的警告呼声，那群咆哮的烈火……

我所知道的一位隐士

〔英〕西莱尔·贝洛克

在亚平宁[1]山的一个溪谷里，天快亮的时候，我沿着一个急流的边岸下山，心里纳罕在何处我会找到休憩的所在；因为现在已经有好几个钟头了，自从我抛弃了找到一块人们可以休息的地方来过夜的希望，但是最少我也希望碰到一块干燥的沙地，上面有悬岩覆着，或者也许一床平铺的干松叶，在密密地交织着的树林的底下，在那里可以睡去，一直到太阳上升时才醒来。

当我还是辛苦地往前走，心里一半是期望，一半是漠然时候，有一个人走近我的背后，他走得很快，像一切住在山中的人们；我看出全世界里（我也说不出理由来）山居的人们走路都很快，有种活泼的态度，弯起脚来，用一种轻飘一致的步容，好像脚下的小山都是波浪，好像他们心里以为是踏着浪头而走。凡是山居的人们全是这样。但是真正的山居人们也是很少数。

这个人，我说，走近我的背后，问我是不是向某某镇去，他对我说出那个镇名，但是这个镇我既是从来没有听人说过，

① 位于意大利的大山，人们叫它作意大利的背脊。——译者注

我就告诉他我是一些也不晓得的。我没有地图，因为那个区域没有好的地图，而坏的地图倒不如没有。那里一切镇的名字我都不知道，除开海滨几个大镇。所以我就对他说：

“关于这个镇，我什么也不能说，我也不是向那里去的。我却是想走到海滨，我知道那还要好几点钟的路，我希望在夜里能够睡一觉，在有些人家里，或者最少也在有些洞窟里，等到清早，再行出发；但是现在夜也残了，我还没有得到休憩，心里暗自纳罕，我还能够继续走路不能。”

他答我道：

“到海滨还要走四个钟头的路，但是在你到了那里以前，你会看到一条拐弯向右的小路，若使你爬上那路（因为那路是走上山的），你会看到一所隐舍。当你走抵那里时，隐士也已起来了。”

“他会正在祈祷吗？”我说。

“据我所知，他没有说什么祈祷，”我的伴侣轻快地答道，“因为他不是那类的隐士。隐士有许多，祈祷文却只有几种。可是你到的时候会看他正忙着干零碎的事情，他是个待客极殷勤的人。到海滨的路现在既是刚好缘着这里的山脚，你会同他一起俯视你脚下的海港，人烟同大路，你又能够省了整整一个钟头的时间，很可以在你到船以前舒服地休息一下，若使你的目的真是上一艘船。”

他说了这些话后，我谢他一声，送他一小块腊肠，又走我的路了，因为起先我们尚未遇着，我还是很烦闷时候，他走得比我快，所以得到了好消息，我现在却比他走得快。

一路的情形刚好像他所描状的。曙光从我背后露出，罩着亚平宁山高贵而严肃的孤峰；它先把山头的形状照得清清楚楚，拿太阳的朦胧向明的丽色来烘托着，然后在我四围的空气里产生出一种普遍的暖气同融和气象，最后照耀着溪谷的向下开豁地方，同远远的一片倾斜向海的平原。

白昼的新出现增加了我的力气，我更快地前进，最后到了一个地方，那里有大理石做的，雕刻的一块平片，很精巧，很近代的，雕着一个神秘的东西，来指明两条路的分界；我照着我的夜间伴侣所吩咐的，顺着我的右边小路走去。

这条小路夹在崎岖的石垣中间，老是逶迤向上差不多有一里或者一里多些，路中有几个荆棘高堤挡着，沿途有葡萄园散布道旁，这条路既是一步步高着，人们可以从石垣的破裂处瞥见时时长大的大海，因为当我们向上走时候，海的范围渐渐地扩大，那些很远的小岛，起先不过是水平线边的几小朵云儿，现在却明显地浮凸出来，变作景色的一部分，好似是内海的镶边。

最后，我走到了山顶，那里的路一转弯，就同控制海面的峭壁并行，我看见底下有一望相连的大块平野，居在地盘的下陷同远岸间；在现在光明的曒日之下，人们能够看出这块平原全填满了努力的耕作，填满了房屋，幸福同住民。

在远方，稍近北边点，躺有一大块市镇；伸出到地中海去，带有命令同希望的姿势的，却是海港的新手臂。

看了这些东西使我心满意足。我不知道这是彻夜不眠的结果，或者是光暗相对比的结果，但是从在大山里度过的寂寞的夜里走出，跟太阳光一起来到平原的文化区域，这的确是人生所能给我们的无上快事，只要他肯去受那苦痛同后来的安慰。我刚在这样玩味目前的好景，就觉得在我右边有一个洞窟这类的东西，或者该说是一个精小、收拾得很干净的神龛，从那里来有一声招呼。

我转过身来，看见那里有一个人，年纪不大，可是很可敬的样子。他大约有五十五岁，或者还不到，但是他让他的灰白色头发生得很长，他的胡子是很丰满，很美丽的。向我招呼的就是他。他穿一件长衫，坐在一张近代的、稍近奢华的椅子里，旁边有一张低矮的、栗木做的长桌，桌上他排了几本书，我看那是好几种文字写的，有两本不只是英文的，上面还盖有一个英国流通图书馆的图章，这图书馆是在我们脚下的大镇里办公。桌上还放有预备好了的早餐，白面包同蜂蜜，一个棕色大咖啡瓶，两个白杯子，一个银碗里盛有些羊奶，他请我同他共享这个早餐。

“这是我的习惯，”他说，“当我看到一位旅客走上我的山路，就替他预备了一个杯子同一个盘子；或者，若使是中午，一个玻璃杯子。然而在晚上，从来没有人来过。”

“为什么没有人来呢？”我说。

“因为，”他答道，“这条小路沿着石岩的边际只能再走几码，就陡断了变成一片峭壁；我们所站的平台差不多是路的极端了。真的，我拣选这块地方住，就是为着这种地势，我初次来时，从它的高度同孤独看出这是最合于做我的隐所。”

我问他那是几年前的事，他说差不多有二十年了。他又说，这二十年里他老是住在那里，每季中到平原去只有一两回，他稀少的伴侣是带东西上去给他的人们同有些日子里的农夫，当他们辛苦地到近山顶他们的田地内去耕作的时候；此外有时一两个像我这样的偶然旅客。但是这班人，他说，不能做他的好伴侣，因为他们常是拐错了路，迷途的人，走到他这块高地时气也喘不过来了，总是很生气。我请他相信不是我的情形，因为夜里有个人告诉我怎样去找他的隐所，我是存心来拜望他的。听着这话，他微微地一笑。

我们现在同坐在桌旁，这样子吃着谈着，我就问他有没有圣者的名望，人们有没有白送食物给他。他有点迟疑样子答道，他想他有个会巫术的名望，却没有什么别的，所以有时他不容易说动跑差将他从下面店里订的英美书籍带上给他，虽然这些书全是顶老实不过的，照例是妇人或者学士院会员写的小说，旅行家的记录，十八世纪的杰著，或者老年政治家的传记。至于食物，那里的人民的确是替他带来，但不像牧歌里所说的全出于殷勤；却是刚相反，他们要很贵的代价，他最大的困难是在于面包；因为陈腐的面包是他所最厌恶的。关于宗教这件事，他不说他没有一个宗教，却要说他有好几个；不过在这个季节，当大地上一切都是新鲜的，欣欢的同有趣的，他用不着什么宗教，把它们全搁在旁边了。因为他最后这句话于我是没有意义的，我就转到别事上头，问他道：

“在任一的幽处里，冥想总是心灵的主要事务。你说你不行什么宗教仪式，那么在这里怎样度你的寂寞时光呢？”

答这个问题时他变成更兴奋些，说话的声音里带一种笑声，仿佛是好像他又年轻起来了，好像我的问题勾起他的充满了甜蜜的回忆的一生往事。

“我冥想的对象，”他说，很带劲地做出许多的姿势来表情，“是下面这块宽阔隆盛的平原：这个大城以及它的海港同它的不断的商船来往，这许多道路，这许多正在建筑的屋子，这许多每年耕种有收获的田地，这种永久不歇的人们活动。我观察我的同类，我以为他们也是我的荣誉；我同他们隔得太远了，不会给它们里面个人的冲突所扰乱，然而也都还相近，这么多的生命活力的景象可以做一个日日在目前的伴侣。早上，当他们都在做工时候，我从他们的努力得到灵感；在中午同下午，我也有些感觉得他们坚忍精壮的耐劳；当黄昏到了，太阳渐渐扩大走近海缘，一切的工作都停止了的时候，我的心充满了他们的安息。从薄暮一直到黑夜里，港的前面的灯光使我记起他们，当我已不能再看见他们结群同工作；此外使我念及他们的是白天工作疲倦后他们游戏时所爱弹的音乐同他们唱到深夜的远远歌声。

“我那时差不多有三十岁年纪（在外交家的生涯里——看过了好多地方同好多人）；我的财产很不够我跟我同等的人们过一样的生活。所以我的青年时期是操心的，丢脸的同磨折的，当一个烦躁不乐的假日，我从这邦的首都里出来，偶然走到你现在所看见的这个窟洞同平台。那是一个空气会吐出天启的日子，我清澈地看出幸福是住在这山脚里。我决心此后永久同这么稀罕的伴侣一起，从那天起她也绝没有弃丢过我。起先我还同世界有种接触，我去买些报纸，里面说我是被山贼枪杀了，或者说是给野兽吃了，但是这个玩意儿我很快也厌倦了，现在我连我的同伴的名字都忘记了。”

我们就静默着，后来我说：“但是有一天你会孤单单地死在这里。”

“这有什么不可以？”他冷静地答道，“不过遇到我的遗体的人们会觉得讨厌，但是我都已经是漠然不知了。”

“这是亵渎神圣的话。”我说。

“圣·安秃尼派[①]的神父也是这样说。”他立刻答道——

① 基督教中的一个教派。——译者注

但是这到底是一句责备的话，一句辩辞，或者仅仅是一句注解，我是没有法子知道的。

一会儿，他劝我在暑气会使我不好走路之前开始下山到平原去。所以我就离开他，当时也念一本真·奥斯腾[1]的小说，从那回以后，我总没有再遇到他。

在我的旅行里所碰到的许多奇怪人们里面，他是最奇怪，可是也不是最不幸的一个。我所写关于他的话，每字都是真的。

---

① Jane Austen（1775—1817），英国女小说家，她的小说专描写家庭里同社交上琐事，的确是隐者读的书。——译者注

追赶自己的帽子

〔英〕切斯特顿

我感觉一种差不多是野蛮人的妒忌，一听到伦敦当我离开时候，被水淹了，而我却只住在乡下里。我自己的巴特西，我听说，特别蒙恩，变作众水的汇聚处。巴特西本来已是，这几乎是用不着我说的，最美丽的居住所在。现在又加上几片大水的伟观，我自己这个浪漫的小镇的风景（或者要说水景）必定有些无可比拟的好处。巴特西绝对化作威尼斯[①]的影子了。从屠户那里送肉来的小船一定是沿着涟漪银色的水港飞驶，带着威尼斯小艇奇妙的流利神情。运生菜到拉取米耳路角的水果一定是倚着桨，现出小艇夫不沾尘土的从容姿态。没有东西会像小岛那样含有十足的诗情；当一个地方被淹着时候，它是变成一群群岛了。

有人以为对于大水或者火灾这种浪漫的见解是有点缺乏实在。但是对于这类麻烦的事体，这种浪漫的见解真是和别的同样地可以实行，一点差别也没有。在这些事情里看出开心机会的真正的乐观主义者是同在这些事情里看出说怨言的机会的一般“忿怒的纳税者”一样样地有道理，实在还比他懂事得多。

① Venice 的街道全是小河，居民天天坐船来往。——译者注

真真的苦痛，像在斯密斯飞德[①]活活地烧死，或者患了齿痛这类的事，是一件实在的东西，能够挨着，却几乎不能拿来做开心的材料。但是，究竟我们的齿痛是例外的事，至于在斯密斯飞德活活地烧死，那是隔了很久很久的时期我们才会碰到。而通常使男人咒骂、女人号啕的麻烦事体多半真是神经过敏，或者幻想所生的麻烦事体——全是心理的作用。比如，我们常听成年的人们诉苦要在火车站滞了许久，等着一辆火车。你可曾听过小孩子诉苦要在火车站滞了许久，等着一辆火车吗？未曾，因为由他看来，在火车站里面是等于在一所怪窟，或者一座满带着诗意的快乐的宫殿里面。因为由他看来，信号牌上的红灯同绿灯是像一个新太阳同一个新月亮。因为由他看来，当信号的木臂忽然下落时候，好像一位大王掷下他的宝杖，算个信号，开始了喊声嘈杂的火车竞技[②]。我自己在这方面是带有小孩子的习气。那班站着，只等那二点十五分的快车的人们也可以采取这类见解。他们的默想可以充满有丰饶膏腴的东西。我生平最艳丽的时间许多是从克拉判的换车车站里得到的，我想那地方现在也是没在水里了。我在那里曾经有过许多不同的心境，个个都是那么凝神的，那么神秘的，真的，水尽可以浸到我的腰旁，我还不会明白地晓得。但是关于这类的烦扰，像我上面所说的，一切全靠着我们的情调。你可以安稳地将这个标准用到差不多一切普通所谓日常生活特有的麻烦事情上面。

比如，人们常觉得追赶自己的帽子是不快乐的事情。为什么对于规规矩矩的虔敬心灵，这是不乐的事情呢？并不单是因为跑路，同跑路使人疲累。同一的人们在斗技游戏时还跑得更

---

① 从前烧异教徒的地方。——译者注

② 中古时代比武时是以皇帝的宝杖放下做开始的号令。——译者注

快得多。同一的人们追赶一个无聊的小皮球比他们追赶一顶乖乖的丝帽子还带劲得多。大家以为追赶自己的帽子是丢脸的事；当人们说一件事是丢脸的，他们的意思是那是可笑的。那的确是可笑的；但是人本来就是非常可笑的动物，他所做的事情大多数是可笑的——吃东西就是一个例子。而一切中最可笑的事却刚是那最值得干的事——比如，求爱。一个人追赶一顶帽子还没有一个人追寻一个妻子的可笑的一半。

一个人，若使他的见解不错，能够具着最勇敢的热情同最神圣的快乐去追赶他的帽子。他可以自命为追逐野兽的一个高兴猎人，因为实在没有禽兽会比帽子再野顽。真的，我倒有些相信刮风日子时畋猎帽子会变作将来上流阶级人们的游戏。在烈风的清晨将来会有贵妇同绅士们聚集在高地上。他们会听他们说的猎场里跟人在某某林里惊动了一顶帽子，或者其他这类的专门名词。请读者们注意这种玩意儿是游戏同人道主义的结合到了十分圆满的程度。打猎的人们会觉得他们没有使别个受苦。不，他们会觉得他们是使别个受乐，一种趣味浓厚，差不多是恣情的快乐，那是旁观的人们所得到的。当前回我看见一位老绅士在亥德公园[①]里追赶他的帽子，我告诉他，像他这么仁慈的心肠应当是充满了安乐同感谢，一想到他每个姿势，每个体态当时给群众多少纯净的快乐。

同样的原理可以应用到家庭所特有的一切其他的麻烦。一位绅士试将一个苍蝇从牛奶里拿出或者一块软木塞从酒杯里挑出时，常常以为他是受了气。让他想一会儿坐在墨黑的池旁的钓鱼人的耐心，让他的灵魂立刻被满意同静穆照耀着。我又知

① 今译海德公园。——译者注

道几位思想极新的人们，感到麻烦时就用了神道学的字眼，他们却又没有采取教义的意味，只是因为一个屉子紧紧地嵌在桌里，他们却没有法子拔出。我有一个朋友特别患了这个毛病。每天他的屉子总是嵌紧了，因此每天他总哼出几句别的话来。但是我指出给他看这种受枉曲的感觉真是主观的，相对的；这全由于他先假定那屉子能够，应当，又是愿意很容易被人抽出。“但是若使，”我说，“你自己假设你是同有力的压迫着你的一个仇敌对拉，那么这奋斗只会变作很兴奋，却不会恼人。试想你正在从大海里拽出一条救生船来。试想你正在从阿尔卑斯山的深罅里用绳子救出一位同类的人。甚至于试想你又是个小孩了，两边人扮作法英两国来干一下拔河。”说了这句话我就离开他了；但是我一些也不怀疑我的话生产出最好的结果。我相信此后每天他紧握着他的屉纽，一副红扑扑的脸膛，眼睛发着战争的光辉，向自己呐喊助威，好像听到他的四围全是喝彩的观客雷一般的声音。

所以我想这并不全是痴想的，或者不可信的，去假定就是伦敦的大水也可以逆来顺受，用着诗的情调来鉴赏。好像除了麻烦之外实在并没有引起什么别的坏处；麻烦，像我们前面所说的，不过是一种看法的结果，并且是对于一个真正浪漫的情境的最枯燥同偶然的看法。一件冒险事情只是个没有认错的麻烦。一件麻烦只是看错了的冒险事情。围绕着伦敦住屋店铺的大水若使有什么效力，必定只是增加了它们本有的诱惑同奇妙。故事里的罗马天主教徒说过：“酒无论同什么东西在一块都是好的，只除开了水。”所以根据着同样的原理，水无论同什么东西在一块都是好的，只除开了酒。

学　者

〔英〕罗素

从前有一回我写了一套“社会影像”[①]。那些文章是试去描写被他们的境遇同职业所影响的各种人们。有一种人我忽略了，那是学者；这是因为学者，异于教师或者教授的，现在变成这么罕见的人物了，恐怕没有几位读者会认出他的肖像。因为我用“学者”这个字时，我是指不计实利地献身于智识的追求的人；不是为着什么将来的目的，也不想把所学的用到实际的事情上去。在往昔的日子里，这种的人很多，不单是大学里，那是它天然的老家，却是在一切预想不到的地方——别墅里，苏格兰堡垒里，大礼拜堂的围地内，乡下的牧师住宅里，腾普尔同林肯法学院[②]里，阿忒尼安俱乐部里——甚至于，有时，自然把公务全疏忽了，在政府各部的衙门同内地税局里。学者，就那时候人们的解释，勤紧地读书是因为他想多知；虽然在他老年的时候，也许会发表一篇“专门论文”，一本“小册子”，或者一篇“短篇论文”，他天天所追求的目的并不是出版这些书，却是学问本身：

---

① 黑纸剪成的或者是用黑色涂在白地上的人面轮廓，常是侧身的。——译者注

② 伦敦法学院。——译者注

“这个人决心不想‘生活’，只想‘多知’。”

学者，作这样解释时，没有像他所应得的那样深深地得到人们的赞美。虽然勃浪宁[1]尽力颂扬他，一般趁韵的诗人同浪漫主义者常把他拿来做笑柄：

你曾经在那最成熟的学者身上看出一种对于一切外炫的暗暗看轻么？

他的衣服是不称身的，从他的鞋子到他的领子，

他的头发是没有梳的，不然就是梳错了。

袖子太长，遮着他的手指，

他的脊柱弯曲，他的身体没有风姿；

那种心不在乎的神情引人发怒地现在他的身体同脸孔的每个动作之中。

乔治·爱略脱[2]是非常看轻可怜的老加索绷[3]，“玩味着关于古实同密土勿能穆这个淹博的错误”。窝德夫人[4]的爱德华·郎干简直是比他的学生洛贝·厄尔兹密尔更无用。窝尔忒爵士[5]拿多密尼·散普孙的不会酬应同伊拉斯莫斯·和立地的渊博来开玩笑。《愁闷的解剖》的作者[6]——

---

① 今译布朗宁。——译者注

② George Eliot是十九世纪英国的女小说家，她本来的名字是Mary Ann Evans——这个是她的笔名。——译者注

③ 他是George Eliot的长篇小说*Middlemarch*里面的一个人物，一个炫学的老头子。——译者注

④ Mrs. Humphry Ward(Mary A.Arnold,1851—),她是当代老前辈的女小说家。她的杰作是*Robort Elsmere*，下面所说二个人都是这本书里的人物。——译者注

⑤ Sir Walter Scott（1771—1832），是英国最大的浪漫派小说家，他所写的全是历史小说，此外又写好多长诗歌咏古英雄事迹。——译者注

⑥ Robert Burton（1576—1640），是十七世纪一位大散文家，他的杰作就是这部*The Anatomy of Melancholy*。——译者注

他自己总得算是一位学者，若使世上真有过一个学者——对于他的同流人们写出这个很不恭维的描摹：“勤读的学者常犯着脚风病，风邪入肺症，鼻涕膜炎，身虚，胃弱，坏眼睛，胱麻病，疝痛，不消化，紧塞症，头晕，胃气，肺痨，以及一切从坐得太久而生的疾病；他们多半是瘦，干，皮色不好；花掉了他们的财产，失丢了他们的聪明，常常失丢了他们的性命；这全由于过度的辛苦同非常的用功。”

这一串疾病的名字已经是够长了，用不着再加上道德上的责备。然而一位有名的教师在剑桥大学对着剑桥的学者演讲时，却说出这样的劝告：

“一个人也许可以做个勤读的学生，然而只是‘独善其身的’。真的，在那种缩小同自足的生涯里，甚至于就是内容更宽阔，更复杂点，含有一种特别使人们只为着自己而生活的危险。那种天天地积蓄智识，天天地耽溺在文学的或者科学的追求是一种讲究高尚的自私的最强表现之一。在年轻时读书的，一个人就该注目在将来对于本代的实际服务；在年老时还念书的人，就应当此外还写文章，只图己利这个罪名总要设法减轻或者取消——减轻了，若使他打算把他所知道告诉别人，取消了，若使他借此能够献身于人类。”

这是很显明的，这位说教人很瞧不起“学者”，像前面所说的学者。在他眼里，年轻的学者只当他为着“将来对于本代的实际服务”而读书，才是可敬的；年老的学者便是预备著一本书那才是可敬的。在这位说教人的口里，“告诉别人”是等于教书，写文章，以及其他灌注智识的形式；献身于人类”是等于分明地为着一些崇高的目的而著作，使读者可以得到教训。这类的意见，对于不计实利的学者的事业同性格都是加以贬词的，是做到那样坚固地管着现代人们的心，弄得极少数真正念书的人们好像是很不好意思，除非是他们能够说他们念书为着什么实际的目的。他们是正在教小孩子或者大学生；或者他们预备当个教授的资格；或者他们快到美国去演讲；或者他们是一部二十册的克里特历史的撰稿人；或者他们忙着弄出一个新的批评学说，那能将一切教会同信条全扫到垃圾箱里去。但是时时刻刻，在一切事情里他们老是讲实际的。他们求学问，不是为着学问自身的缘故，眼睛却是全看着实用——同利益。一位这类的学者对于一个正忙着念一本地质学的年纪轻点的人说道："下学期教学生时候，地质学对你会有什么用处没有？""没有。""那么这不是有点可惜吗？"关于一位有名的研究亚里士多德的学者，曾经有人问过——"他是为自己的快乐而念亚里士多德吗？""不，他是为着挣钱才去校订亚里士多德的集子。"我自己知道一位"在剑桥大学名誉卒业试验里考第一名的人"，他的密友们说自从他得到他的"学友"[1]地位以后，他们老没有看他打开过一本希腊文或者拉丁文的书。"他是个事务很忙的人，他要读他的泰晤士日报。"

看了这种的学者同用功，再去看窝尔忒·赫德拉谟那类的人，人们会很锐敏地感到心神爽快。窝尔忒的兄弟刚出版一部他的《言行录》。他是一个适合我所下的定义的"学者"。他念书，因为他想多知道——全知道——一个把他迷住了的问题的内容。他的成年时期是在剑桥大学内钦格学院这个美丽区域里过去，"大规模地读书，他以为只有这样才是值得的。由

① 业生继续研究而领到薪俸者。——译者注

他看来，一切有用的知识好像差不多是都该晓得的，为的是要做批评同解释他所中意的作家的预备”。可是“著起书来，他老是迟延，不肯出一本正式的书”。总之，他非常竭力地用功，但是没有什么当前目的，只是想能够了解他所喜欢的问题的内容。在一种自责的奇怪心境之下，他写底下这几句话给他的朋友，他许多的信他好久没有回复：“并不是我忘记了我的朋友；但是一个学者他的工作是容不得怠慢的，那是太要紧了，所以无论如何要占住他的全部时间，不让他写什么别的东西。这就是威至威士[①]的意思，当描写当时的剑桥大学时候，他说看见‘学问变作自己的奴才’。”

然而，不管他是多么一心一意地研究专门的学问，那些东西一百人里恐怕没有一个人——就说是在智识阶级里——能够跟着他研究，窝尔忒却既不是炫学的人，也不是沾沾自喜者。他是同沉闷的考古学者那班人没有关系的。若使在已是专门智识内我们能够有更进一步的专门，那么赫德拉谟的“专门的专门”是希腊抒情诗韵律的精髓。在一位学者之外，他又是一位诗人，同一位更出色的音乐家；他用乐律来研究希腊抒情诗人的词句，这可说是照着他工作的进行的一盏明灯，把隐晦的地方化为光明，将崎岖道路变作坦途，好像他能够跳舞唱歌着，当他兜穿过别个没有得到光明的学者步履艰难地走过的地方。剑桥大学近来所产生的最出风头的古典学者前天才告诉我，我从来不懂得希腊抒情诗的真意，一直等到赫德拉谟对他唱出施蒙尼迪[②]同莎浮[③]的残篇，一面用钢琴和着，把诗里辞句和英

① William Wordsworth（1770—1850），英国歌咏自然的大诗人。——译者注

② Simonides 是希腊一位诗人。——译者注

③ Sappho，希腊一位女诗人，她是一个实行女性同性爱的人。——译者注

国民俗的传统调子相配。

几年前，现在的三一学院院长这么美妙地说出当先生的人们的几种资格：

“先生应当是学生的榜样，在身体上好似在精神上同性格上，他们应当是活泼，强壮同有力。他们应当有新鲜空气的神情，蓝色的天，东北风，大海，大山，草原，花儿，棒球场，网球戏的神情——别要带着书房，迟睡，食而不化的‘时代’，‘大纲’，‘纲领’，‘纲领的摘要’同——更是鬼气森森的——‘概略’的神情。”

正式的同专门的教读是赫德拉谟的生涯里的极小部分；但是他会碰到亟欲跟他到希腊文化这块地上乐园，在那里他是这么无比地娴熟的，年轻人们，无论男女，他都是乐于做引导他们这个工作；谁也相信，他性格的可爱的大部分原因是在他那种真正希腊式的对于人生，美形，清澈的天同户外生活的爱恋。“若使我不是一个研究希腊文学的学者，”他常常说，“我会想做棒球专家。棒球，音乐，希腊诗同打猎是我所关心的事情。”一位在剑桥大学同他一起骑马散步的朋友说：“你走过‘学友园’，他一定要停着去看那一双白樱树，‘自然界里最白的白’。他爱驰骋过某一条马路，那里两边有高高的篱笆，错杂地丛生着野蔷薇。‘天是一块多花的草地：希腊人这样，他们应该知道这些东西。’他是追着猎狗的一个大胆骑者，但是这是一定要承认的，他是无规则地跑着。不止一次，当他的伴侣向左或者向右拐弯时候，赫德拉谟飞跑高兴得忘情了，会一直往前奔，像个离弦的箭，人们看他在远处还竭力跑，那天就不再看到他了。”

窝尔忒·赫德拉谟在四十三岁时忽然死去。若使这章是打算用来批评他的一生，那么一定要从道德，或者甚至于宗教方面，去讨论时间同上帝赋予的智力的最好用法；但是我的目的却是完全不涉及个人的。我只是引一个稀少的近例子，那类人快被近代生活的竞争怒潮所完全毁灭了。

事实与小说

〔英〕默里

一位同我通信的人，他是一个医生，曾经写信来问我为什么，在最近一篇文章里，我说《吉诃德先生》[1]是一部杰作。“我曾经试从，”他说，“本来的西班牙文同英文的译本里去喜欢它，我却老是失败。由我看来，去讥笑神经错乱的人们的举动好像是缺乏了真正的幽默精神。这班人们的举动总是引起我的怜悯。或者这是因为我自己是个医生，看了太多精神错乱的病人，所以念着这么苦痛的一个题材，我不能感到快乐。我想我自己情愿当个罪犯，被人吊死，而不肯半疯地死去。”

然而，吉诃德先生并不是半疯地死去。他是方寸不乱地死

① Cervantes（1547—1616），是西班牙最大的文学家，他的杰作就是《吉诃德先生》。这本书是述一个西班牙武士，五十多岁年纪，很穷地住在拉曼差村中，拼命念读游侠的浪漫小说，最后把头脑念糊涂了，没有事情能够满足他，一定要骑着他的老马，戴着头盔，提着长矛，到外面去当一个游侠，冒一切的危险，来伸雪世界上数不尽的不平的事。他有一位邻居，一个又穷又傻的农夫，叫作山差·邦札，骑一匹驴子，跟他当从卒去。这位武士只由他所爱的浪漫故事这面镜子里看到人生。他把小旅馆错当作魔堡。风车错当作巨人，又把村姑错当作流落异国的公主。他的豪气同勇敢始终不衰，但是他的幻觉却带来无穷的麻烦，用着保障公道同武士精神的名义，他插进他所碰的人们里面，凡是他以为倚势凌人的，他都要来干涉，结果是这位吉诃德先生同他那穷从卒到处挨打，受鞭，被骗同给人们拿来作笑柄，后来靠着他村里老朋友的好意同一班爱他这种高贵的理想的人们的帮助，这医士医好了他的瞎想，给人们带回他故乡自己家里以后就“正寝”死在家里了。——译者注

去，做个安分和平的公民阿伦索·吉赞诺，立下一个遗嘱，里面说明要取消他的侄女的嗣业权，若使她傻到跑去嫁给一个爱读骑士传奇的男人。但是这些全是题外的话。我要自认医生这封信使我无法可办。我不知道怎样去答复他好；那是说，答复得使他会相信。我可以说，我想，吉诃德先生的疯狂不是病态的，却是象征的，那是代表人心要将现实拿来理想化的一种根深蒂固的趋势，虽然塞文狄斯把这冲动力形容过甚地具体表现出来，后代的人们看出自己心里都蕴有吉诃德先生的精神，他们因此能够感觉到这位骑士的狼狈故事是可以应用到普遍的人性的。

但是这类的理由不能够使这位和我通信的人相信。一定要能够将内中的意义同所描写的事情相当地分开，然后才能相信这个道理，这件事有些人比别人特别不易办到。关于《吉诃德先生》这本书，我们很可以说，医生是最不容易取这种的态度的。对于一个已惯于处理神经错乱的病人的人，吉诃德先生的苦痛的实在情形一定是比书中的深意更打动他的心。他在现实生活里看了太多的吉诃德先生；他对于他们苦痛的实在情形有很深的印象，所以他绝不能够把这许多苦痛只当作是人心的一种脾气的一个文学象征。它们太震动他的心了。他不能念起吉诃德先生的行动好像它们是人心的可能性的境界里的幻想事件，因为每处他总是联想起真实人们的举动，这班人是在他的记忆里面，他曾努力，也许是枉然的，将他们的苦痛减轻。用克洛拆[①]哲学的名词，我们可以说他对于塞文狄斯的杰作只能具一种实际的态度；美术的观察法对于他是此路不通的。

① Benedetto Croce（1866——），意大利当代大哲学家。——译者注

虽然起先我的心被医生这封信搅乱了，以为我碰到文学欣赏上的麻木的一个例子——我们大家的文学欣赏的机关里都有盲点[①]——可是再想一下，好像他的态度是一点也不离奇，却反可以代表一种普通的限制。比如，这是极端困难的，要那班同一种疾病有过亲密的接触，为了他们所爱的人们的生命尝过希望和恐惧的可怕更迭的人们能够持一种超然的态度，当他们在小说里读到一段描写同样的疾病的时候。不是他们在描写里没有遇到实在情形的苦楚状况，觉得作者是将可怕的东西拿来开玩笑，就是他们从描写里认出实在的情境，自然而然地把书中人的经验拿来同他们自己的经验相比。一群酸苦的联想涌上心来，证明或者反驳作者的真实。我们不让他的书自己来给个印象，我们判断他没有照他所应当得的判断法子做去，那是按着他曾给我们以什么经验，却是靠着他所说的同我们回忆里的一个经验是否符合。

这类判断的偏曲，各种方式的，是接连下去没有归正的。一个经验既做了我们生命中的一个大枢纽了，单是这件事就使我们对于同样经验的艺术的描写特别不容易持别种的态度，除开了一种实际的态度。曾经参加战争过的人们常常不满意《战争与和平》[②]。写出来的确是很好，他们肯这样子承认，但是这实在是不像战争。近来我听一位年轻的军官，他已变作一个文人了，批评罗凌士先生[③]的美妙小说，《亚伦的杖》，因为没有一个“经过战地的呐喊”的人会谈得像书里一位卫队长那样谈着。对于他，像对于那位医生，我是无话可答的。这差不

---

① 人们眼睛里有一点看不见东西的地方。心理学家叫作盲点。——译者注
② 俄国大小说家托尔斯泰的杰作，中间叙述有拿破仑的战争。——译者注
③ Lawrence，英国当代小说家。——译者注

多好像是胡闹，去说“经过战地的呐喊”反是失丢了，而不是得到，批评这书的资格。但是实在的情形倒是这样。若使我们开始用我们个人的实际经验来判断一部文学作品内中的事情，我们是走上错路了，我们是不把它当作艺术看，而当作科学看；不当作传达对于人生的见解，却是认为是对于所观察的事实的一种大约忠实的记录。

并且，这两种态度的混杂常常做成无价值的书所以能够奇怪地风行一时的原因。在《新格刺布街》里季星①说一个小说家的成功大路是去描写很富的上中流社会。这自然只是许多路中的一个，但是实际上从季星时候以来这的确是非常成功的路。那班都还富有的人们喜欢读一种他们想得出可以达到的一种生活情形，好似老处女们使女小说家发财，她自己也是个老处女，在书里总是将一个老处女写作是一个热情的，像阿波罗神②的少年的爱人。一个作者能够供给一大群人们的实际的希望以一种虚幻的满足，他的发财是很靠得住的，因为有许多读者简直没有梦想到走到文学的疆土的条件是将一切实际的希望全弃丢不顾了。

这位医生和他们并不是真正可以相比的。这是他的荣誉，他不能念着吉诃德先生的冒险而不感到苦痛。这事证明他具有他的职业所需要的敏锐的同情心。一个研究纯粹科学的人（医生并不是）也许远不会这样心中难过。但是有一班人要文学给他们以实际的满足，凡是没有个好团圆的书，都觉得是读不下去的，这些人们值不得这种赞美，确然我们不能责备他们，因

---

① George.R.Gissing（1857—1903），英小说家，他的长篇小说 *New Grub Street* 是叙述英国穷苦的著作家的生涯。——译者注

② Apolline，希腊的太阳神，他是个美少年。——译者注

为他们希望得到我们所共同希望的幸福，我们却能够怜悯他们，因为不知道文学的美所引起的快乐是一种更纯净的更耐久的，绝不是他们日常的希望的虚构的实现所能给的。

秋

〔英〕罗杰

春是良夜里在恋人窗下所奏的情歌，秋却是残夜里凄迷如梦的哀调。在一年里消沉的时候，世界是充满了惨淡的严肃景象同老年的一种悲哀情调。这个智识我是从念关于这个题目的诗歌得到的。

> 愁闷的日子来了，一年里最黯淡愁人的日子，
> 狂号的风，赤身的树同干枯的棕色草地的日子。

威廉·卡楞·布赖安特[①]的哀歌就这样子开头。

> 是的，年头已经变老了，
> 他的眼睛无光而且败烂。

这段是在郎匪罗[②]的诗集里，这位诗人接着把秋同疯狂的

① William Cullen Bryant（1794—1878），美国诗人。——译者注

② Henry W.Longfellow（1807—1882），美国歌咏自然的大诗人。——译者注

老利亚王[①]相比。威至威士[②]说着秋的“萧条”的美，但是由雪莱[③]看来——

年头躺在大地上，她的死床，穿着枯死的叶子织成的一套寿衣。

呼得[④]的值得赞美的小诗结句是：

愁闷的秋住在这儿，
嘘出她满着清泪的蛊惑，
在平原里无日光的阴影之中。

这许多都是再动人不过的；一面读着，一面配上了凄凉的调子，那是风魔在钥匙眼里奏出来的，使我极端地相信这许多话。所以，今天早上当我到乡下去做个长时间的漫步时候，我心里完全以为会看到秋的衰老的悲哀表象。

但是一开头我就碰到一个光荣赫赫的惊愕，我的心境由哀伤而变为狂喜。我从阴郁的诗的幻境走到生气充溢的现实；从惆怅的幻想走到有力的畅饮高歌；忧郁的诗人们的一切预言像秋叶一样地四散凋零了。谁能够看着秋色的照耀，而说它们是严肃呢？谁能深深地吸进一口秋风，而说它是老迈呢？

秋是年轻，快乐，顽皮——夏的欣欢的儿子——到处都呈

---

① 莎翁悲剧 *King Lear* 里面的主要人物，他被他的女儿骗了，把王位传给她们，受到她们的坏待遇，最后气疯了。——译者注

② 今译华兹华斯。——译者注

③ Percy B.Shelley（1792—1822），英国浪漫派诗人。——译者注

④ Thomas Hood （1799—1845），英国诗人，他最善于作滑稽诗。——译者注

出青春同恶作剧的现象。春是个小心翼翼的艺术家，他微妙技巧地画出一朵朵的花，秋却是绝不经心地将许多整罐的颜料拿来飞涂乱抹。本来是留着给蔷薇同郁金香的深红同朱红颜色却泼在莓类上面，弄得每丛灌木都像着了火一样，爬藤所盖住的老屋红得似夕阳。

紫罗兰的颜色是奇异地涂在放荡的簇叶之上；水仙同番红花的色料全倾倒在白柠檬同栗木。我们的眼睛看饱了颜色的盛宴——青莲色，红紫色，朱砂色，深黄色，赤褐色，银色，紫铜色，古铜色同暗滞的黄铜色。叶子是蘸上了、浸透了如火的颜色，这位爱捣乱的“艺术家”非等到把每滴的颜料全用完时，是不肯住手的。然而雪莱瞧着这群扮哑剧的森林，却说道，在这么多华丽同辉煌陈列之中，年头躺在她的死床上，这些是她的寿衣！

为什么诗人们会觉得秋是带着老气呢？他在大地上喧跳着，追赶那班同小猫一样轻捷的狂风，使他奔窜过波平如镜的小池，将水面吹皱，一直等到水草发出呲声，将他逐去。他沉溺在嘈杂的乐事里面，捣乱得像个放假第一天的学童。他发下滴滴答答的一阵雨，看有什么结果没有；他就把一些菌染得血红了；他又放出整个钟头的夏天太阳来，跟着有一场的狂风暴雨。他磨折庄严的大树，一把一把地扯下它们的枝叶，把它们拿来向前向后摇动，一直等到它们呻吟出声，然后他才暂时跑去，剩下天堂似的安静。落叶被赶得沿着小路飞奔。带着狂暴汉的破坏性，他弄坏他自己的作品，树林的华饰全行剥落。赤条条的树林嗟叹，又寒战，但是他却用怒号同猫儿叫春的声音来嘲笑它们。然后，他使羊齿红得像着火，停步来赏玩十月里的彩色。最后，假假地捧出黄金的太阳光，他引诱聪明人走出门外，忽然间把他淋住，将他赶回家里，已经是湿透到皮了。聪明人于是换了衣服，喃喃地说着将尽的年头的严肃同秋的萧条的美！

秋的整个精神是顽皮，喜动，像个热心的小孩。所谓“严肃的颜色”是小丑的古怪彩衣，所谓“如怨如诉的悲风”却暗指着年轻巨人在树顶上玩着跳背戏。黑夜的渐见悠长使人想到一个强壮的幼童的长久睡眠，每个秋天早上，当太阳醒来时候，他搓着他的蒙眬睡眼，心里纳罕在睡觉以前他会碰到什么把戏。

春是一位可爱的少女；夏是一位艳丽的新娘；但是秋却是一个顽皮的女孩，她那种偶然的安静是比她最吵闹的恶作剧还要更可怕些。

火　车

〔英〕罗伯特·林德

斯拖克敦达林敦[1]铁路的开幕到今年的确是刚好一百年。这是我们现在的火车的开始，我敢说，当我们回顾时候，有许多人心里会怀疑，我们是值得庆贺，还是值得矜怜。从开头起，预言家对于这事的意见就不一致。有几位说铁路最终是一种幸福，有几位说铁路最终是一种灾祸。我们今天所知道的只是我们采用了铁路，同当火车穿过森林时候，它的烟现在差不多变成自然的一部分，可以供诗人和画家的欣赏。真的，若使我们要说火车的坏话，也不能拿它破坏了世界的美观来做理由。小孩子一能够走路，就要人家带他们到看得见火车经过的地方。好像机关车也是有生命的东西，同一匹马或者一只鸡一样。在我自己的稚年时期，我晓得利斯本地方的华勒斯猎苑底下轰轰地走过去的一切机关车的名字。并不是我现在还能分析我对于火车的爱好。但是那时一听到火车走近的声音，我觉得有快乐的波浪涌上心来，暂时淹没了我全部的生活，当这个庞大、油着绿色的机关车缘着发亮的栏杆，向我前进，同雷一样响地经过，带着最后车辆的刮辣声音在远处消灭了。或者小孩子在一

① 这是英国第一条铁路。——译者注

个动着的火车头面前，感到些勃来克[1]在《老虎，老虎》那首诗里所表现的敬畏。由他们看来，一个火车头是一个具有可怕的对称、美丽有力的动物——一个疾驰得出奇的危险动物。他们的世界并没有被这群奇怪的东西所破坏，却反增富了许多。小孩子真像猫儿：对于一切走动着的东西都感到兴味。世界上文明的地方很少东西具有火车这样伟大的速度。在小孩子的想象里，汽车几乎不能代替它的位置。汽车没有相类的音乐，白天没有云般的羽冠，晚上没有火，可以表示内中的活力。若使纳斯钦[2]早看出小孩子从火车的形状，声音，甚至于气味，会得到多大的快乐，他的怒气也会减轻，不至于那样子把它们当作田舍风光的玷污者。小孩子欣赏一列特别快车的经过，他的精神很可以和纳斯钦欣赏回响的瀑布时一样。看到一家小孩子赶紧跑到一架铁路桥下，刚好让火车轰轰地从他们头上走过，你是逼得不能不承认他们是稚年的诗人，不好说只是爱听假危险的嘈响的唯觉主义者，像那班到卫卜来的游艺场的人们。所以我想，无论我们对于铁路有什么责难，总不能够说它们破坏了风景。一个风景会给铁路所破坏，本来也一定是个很可怜的风景了。房屋糟蹋田舍美景的地方是多过铁路万万倍；但是没有易感的人们曾经用这个做理由，来反对房屋的存在。

然而当我们讲到大家所认为铁路的好处，我们却反更难于说出不加贬词的赞美话。虽然由美术方面观察，火车是很值得颂扬的，它们的功用却没有这么明显。在十九世纪里，大家常常以为迅速的运输机器会大有裨于人类，因为可以使各国的人

---

① 今译布莱克（William Blake，1757—1827），著名的英国诗人与画家。——译者注

② John Ruskin（1819—1900），英国十九世纪里一个大思想家同批评家。——译者注

民彼此更容易接近。照理论来说，结果是应当有这类的利益才是。但是，实际上有没有呢？法国人有没有更爱了德国人，因为德国人到他们那里比从前会这样子更快了几个钟头？波兰人有没有更热烈地爱了俄国人，因为俄国人能够靠着迅速的火车头的帮助赶到他那里去，用不着靠那迟慢的马儿？这次“大战”并没有鼓励我们去这样子相信。真的，稍懂得人性的人们应当先就晓得人们并不会因为做了邻居，而彼此更见和爱。真的，正因为德国住在邻近，所以法国人才那样恨他们，他们两国现在实际上是比斯拖克敦达林敦铁路开幕以前更近一倍。使法德两国人民互相亲爱，我敢说，像他们所值得的那样互相亲爱的，唯一法子是发明一种和火车完全相反的机器——一种机器使运输非常迟慢，使巴黎柏林相距得好像是各在地球的一面。设使一切运输的机器能够慢到像电影中用慢镜拍照的片子，那么再也不会有世界战争了。人们会去找更近的邻人来交战，哲斯脱敦先生各市镇互斗的梦相也会实现，诺定山的住民会整队走下斜陂，来同垦星吞镇上的人们打仗。

实在说起来，我们愈容易到外国去，我们好像同他们愈不亲密。在帆船同骑马的时代，出外的英国人旅行起来，他们真可说是在外国，那里的文字同习俗，他们都是非懂不可。今日出外的英国人却照例带着英国同他一起走；若使他有对谁说话，十回有九回不是同外国人，却是同本国人谈天。汽船同火车简直是在法国，瑞士！意大利各地方上遍地建起小块的英国同美国。这么一来，他们同法国人，瑞士人，意大利人，在任一方面都是更疏远了，除开时空这两点。它们使人们由真正的旅行者变作远足旅行者了。

虽然是这样，我还是免不了相信，火车，汽车同飞机的最后用处是使各国在互相了解上更见接近。不管别方面有什么明显的事实，对于将来，我是和最初热烈地颂扬火车的人们抱有同样的意见。究竟火车还是在幼稚时期；它们才有一百多年的过去。当人们以后厌倦于过去、现在和将来的战争的损失时候，良好的交通最少能够使“世界国会”变作可能的事情——不是个做诗料用的“世界国会”，却是个对于解决关于五大洲的许多事情有些用处的“世界国会”。这是个不妙的前途，但是也没有不断地采用毒气的战争那么不妙。斯拖克敦达林敦铁路是一种发明，最后可以帮助我们对于一个棘手的事情，找出个最佳的补救方法。

可是斯拖克敦达林敦铁路虽然最后可以变成有用于世界的东西，对于英国却几乎还没有证明出它是一个有用的东西。火车，无疑地，使英国住民能够更快地旅行到乡下去，但是同时也将城市扩大得许多，因此要想到乡下去，我们得比从前多走了许多路，结果是我们走到乡下去所花的时间还是和从前一样。在马车时代，一个寻求乡下的伦敦住民只要走到罕普斯忒就成了。火车现在却将周围二十哩的乡下化作只是伦敦的一个近郊，痕麦，痕普斯忒同多轻在今日还没有一百年前的罕普斯忒那样有乡下风味。一切这类迅速的交通工具很快地就能够送人们到孤寂的地方去，可是孤寂的地方不久也就不孤寂了。八月中的圣・壹夫斯已经不是渔村了，却是个拥挤的地方。嘿・托也不是静默的旷野里的孤峰了，却是停顿长形马车的好所在。然而，火车同长形马车的毁坏幽处也很容易言之过甚。火车同长形马车的确结果了不少古代静默的巢窟，但是它们有这个好处：它们把群众集中在几个名胜所在，让其余的乡下差不多和从前一样地沉酣在静默里面。爱幽居的人们真是有幸，因为其他的人们多半是去人人所去的地方，在群众里最感到快乐。火车帮助我们满足这种爱群的热情，集合有成千成万的我们在布来屯同卫定，让内地的高原给羊群、牧羊人同极小数孤僻的人们去享受。真像前面所说的，房屋的损害英国外观比火车是更有力得多，但是虽然多半房屋是毫无美观的，它们大多数是隐没在田野的青绿丛中。悲观主义者以为塞立遍地盖了房子，现在已经不是塞立了，只可说是个近郊；但是你还能够站在塞立高原的顶上，看出去周围好几哩内只是田树，没有什么别的东西。将来，我敢说，人们会渐渐学会隐存他们的房屋的秘诀，所以他们的房屋将同鸟巢一样，无损于天然的风景。没有一个东西能够将乡下毁灭得干干净净，只要人们心中还是恋着乡下——火车不会，房屋同太稠密的人口也不会。我想一百年后的英国比此刻的英国不至于减少，却是添加了田园的风味。

若使一定要讲铁路的坏话，真的，我们不能说它们毁坏了乡下，却只好指它们损害了村落的生活。村店，我想，是衰落下去，大非昔比了，因为现在火车弄得它要同城里的大公司竞争。村里有许多住民从他们门口的小店仅仅买一点儿东西，或者什么也不买，他们的购买几乎全是到城里去干的。这不是从前那种爱乡的情绪。可是，就是这点也容易说得太过。有整千整万的女人倒喜欢她们门前的小店，胜过于三十哩外的大铺子。她们对于她们邻居的关切使她们在店里比在异城的无灵魂的公司里快乐得多，并且她们只须走几分钟的路，就能从本地的店铺得到她们的主要快乐的一种（指闲谈）。所以也许铁路毕竟是没有这么多的害处。我们还没有什么原因，要替乔治 · 斯蒂芬孙[①]建个雕像，但是我们也没有什么理由，去咒骂他的遗名。若使请小孩子来投票，他或者居然可以得到他的雕像。我们能够更容易地赦宥了他，当我们记起，他所发明的不单是一种机器，却是许多保姆要宽松自己时，拿来哄她们所照顾的刁蛮小孩子的一件大玩具。

① George Stephenson（1781—1848），火车的发明者，Stockton and Darlirgton Railway 的工程师。——译者注

船　木

〔英〕瑟斯顿

伦敦城里的河旁有一所围场——我想总是在兰伯斯的对面或者那里附近——在那地方你同“浪漫史”可以有很亲切的接触，使你的幻想燃着起来，神游到几千里外“东方”的远海里去。

你尽可以用不相信的口吻谈着如愿环[①]，一步七十余里的长靴[②]同有魔力的地毡[③]，以为它们全是属于神话的，只有小孩子的心才能吸收的；然而究竟说起来，它们不过是用诗情将人生里微妙的东西拿来具体化，这些东西本来会加我们的想象以双翼，或者替那倦于现实的眼睛带来白日梦的温柔好睡。

差不多个个人一定都知道我所说的这个地方。他们在那里将有了日子的海船的船骨打成碎木头——这些船曾经无畏地安全地走过成千的大风浪，曾经那么有希望地望着渺茫的模糊的地平线驶去，而始终能够逃避着饥饿的海的狞恶的，紧抓着的手指。

在那里，你会看到他们死时的脸孔，那班默默不言的船头

---

① 戴上了那个指环，心中想要什么东西，立刻可以得到。——译者注
② 穿着那个靴子，一步可以走七十余里。——译者注
③ 坐在那个地毡上面，可以随意飞行。——译者注

像，它们在这么多深夜，这么多白日里，现着不倦的、老是注意的眼睛，毫不恐怕地同深海的神秘相抗。这些无表情的脸孔使人们觉到悲哀——又使人们感到凛然。它们好像是这么木然的，这么愚蠢的，当你起先看它们时候；但是你的幻想一鼓起翼来，你的耳朵一同东西内在的音乐调和好，那种音乐在一切东西里都可以找出，不管是多么物质的东西，你会听到模糊微弱的声音，里头说出成千个的海的故事，讲出成千句的大话，述出成千桩的冒险事情。

在这个世界里没有一件东西是缄默的。只是我们耳聋听不出。

我老觉得八九及十世纪时横行欧洲北海岸的海贼大王的葬仪是人类最高贵的想头。庄严的地方是在于它的简朴。里面也带有壮观盛举的成分，但是绝没有夸张扬厉的痕迹。近代磨光的橡棺，同它华美的铜装饰，粉饰得再精美不过的柩车，腾跃的黑色雄马，糟蹋了成千娇艳的好花——这许多全是夸张扬厉，你很可以这样子说。它并不比英国最高的马戏车子顶上那个不列颠里亚大神[①]的胖像更能说出死的意义。今日的葬礼全失丢了简朴的一切庄严地方。但是乘着一艘火烧着了的大船出去，双手叉着，躺在他的脚那么常走来走去的舱面；出去向着他的眼睛老是注意的远处水平线，这种葬仪有种慷慨的清高。关于这种葬仪，你想象不出同司葬仪人的论价。这里不能有什么省钱，比如棺材的价钱省一点，柩车的租费又省一些。

不——这是海贼大王自己的船——他所有的最值钱的东西。你难道不能分明地看出这只大船，挂了帆，飞奔往前，做

① 英国国神。——译者注

她最后的航行——大王同船本身的最后航行？然后，当舐食同跳跃的火焰抓着膨胀的布帆，我能够看她沉到波浪的摆动的摇篮里去。我能够看一阵阵的浓烟混着同遮住橘色的火舌，等到最后她变成放在大海中一座小“祭坛”，献出她的牺牲，一个人的灵魂，给那永不息怒的神们。

现在每回你烧一块船木，是你参加一次海贼大王的葬礼。在那绿色，黄金色，橘色，紫色同蓝色的火焰里，你可以找出，只要你肯用你的眼睛去好好留神，一切浪漫史以及这种庄严的人的牺牲——一个海贼大王的安葬——的一切精神同色调。长夜里当你坐着，雨是乘着忽然的、鞭挞似的疾风，打到倾泻着水的玻璃窗上，还有雨滴从烟囱里像唾吐一样，发出嗞声降到下面的火里，那时的烧着一块船木由任何人看来都该说是个好伴侣。每个火舌的迸出时，柏油从煮熟的木头里渗漏出，还依着粘韧的船骨的海水起泡沸腾着，你能够听出，确然只是微微地，“浪漫史”的颤动声音，说出惊人的壮举同伟大的冒险。没有几个水手能够说故事说得这么中你的意思。从来没有这么迅速或者勇敢的一艘盗船；从来没有这么神奇的出险或者这么持久的战斗，像你在这长夜里所能看见的，当你独自坐在没有点灯的客厅里，注视一块船木在炉里燃烧。

别去理他们，当他们告诉你绿焰是从铜来的；蓝焰是从铅来的——浅灰色的焰是从钾来的。——化学家的试验室里有它自己的浪漫事，但是它同你现在所遨游的想象这个大海却满不相干。就说绿焰是从铜来吧！对于你，它们却是翡翠，“东方”的宝物。就说蓝焰是从铅来，浅紫焰是从钾来吧！当你坐在那黑暗的房里，火焰的光闪烁着照到天花板上，影子都爬到近旁去听它的声音时候，在你眼里，它们是来过世上最勇敢、最嗜杀的海贼的围腰蓝带同缚在头上的紫色头巾。

无论什么时候，一炉火总是一个伴侣。把一块船木放在火焰里，我敢包你会出神，忘记了自己同四围的一切；忘记了自己，一直等到最后的火焰摇动了，最后的红烬灭了，而这个曾经这么安稳地带你渡过成千个大海的好船最后陷下去，埋在庄严的安葬的残灰里去了。

追蝴蝶

〔英〕米尔恩

最近一场官司泄露出一事实：我们国里有一位绅士，一年花一万金镑来收集蝴蝶，这件事在一八九二、二年时会比今日更使我烦闷。我现在能够冷静地忍受着，但是二十五年以前这消息一定会伤害及我对于自己的收集的自负，为了那个收集我已经花去我一星期三便士的零用钱的大部分了。然而，或者我会安慰自己，以为两人里我是更真实的热心人；因为当我这位仇敌听到巴西有一种罕见的蝴蝶，他就派一个人到巴西去捕拿，可是当我听到园里有一个“暗淡黄”种的蝴蝶，我就留心除开自己外不让谁去图谋杀死它。并且我可说我们的目的是不同的。我本来存心把巴西放在我的收集范围之外。

到底追蝴蝶是有益或者有害于个人的性格，我不能去下个断言。无疑地，追蝴蝶也能够有很充分的理由同猎狐一样。若使狐吃有小鸡，蝴蝶蛹却吃有生菜；若使猎狐能够使马种进步，猎蝴蝶能够使小孩的身体强壮。但是最少，我们总未曾对自己说过蝴蝶喜欢被人们追捕，像（我听说）狐那样爱被人打猎。我们关于这点都还老实。最后我们安慰自己，相信许多有名的自然科学家所说的话：“昆虫不会感觉到苦痛。”

我常常纳罕自然科学家怎么敢这样断然地说着。难道他们晚上绝没有梦着在别个世界里的一种来生，在那里他们被巨大的昆虫追赶着，它们也是热心想增加它们的“自然科学家的收集”——这班昆虫随随便便地互相安慰道“自然科学家不会感觉到苦痛”？也许他们有这样梦过。可是我们，无论如何，是睡得很好的，因为我们从来没有武断过一个蝴蝶的感觉。我们不过是引用聪明人的话。

但是若使对于一个蝴蝶的感觉性有怀疑的余地，对于它的特征却是绝无可疑的。由我们看来，这真是奇怪，有这么多成人的同（仿佛是）受过教育的男女不懂得一个蝴蝶的触角尖端有许多圆球，而蛾却没有。这许多年来他们到底是到哪里去会弄得这么无知？好心肠但是走到错路了的姨娘们神秘地答应带一个新种的蝴蝶来增加我们的收集，却从一个信封里取出个普通的“黄翼里”，不懂得（这点还是可恕的）只有亲手的捕获对于我们才是有价值的，但是不可恕地不晓得一个“黄翼里”是一个蛾。我们并不收集蛾；它们的种类太多了。蛾又是晚上出现的动物。一个猎人，他睡觉的时间是随着别人的高兴，是不宜于夜间的狩猎的。

但是蝴蝶是当太阳出来的时候出现，那刚是小孩子该出来的时候；在英国蝴蝶的种类也没有太多。我曾经全能够说出它们的名字，随便碰到一个都能认清是属于哪一种的——真的，甚至于晓得“罕普斯忒[①]的阿尔比温眼睛”（或者是叫作阿尔比温的罕普斯忒眼睛吗），关于这类蝴蝶在英国只采集有一个标本；当然是罕普斯忒所采集的——也许是阿尔比温采集的。

① Hampstead是伦敦郊外的一个地方名字。——译者注

在我们想里，那第二个标本是我所捕获的。但是他是无貌的家伙，也许若使我得到一个“坎柏卫尔的美人”，一个“紫皇帝”，或者一个“燕尾”，我会更喜欢些。不幸得很“紫皇帝”（书里这样告诉我们）只常在树顶上飞着，这真是太欺侮一个长得不到他的年纪所应有的高度的小孩了，“燕尾”常在诺福克那里出现，这也是同样地不顾到在南方度放假日子的家庭了。“坎柏卫尔的美人”听起来是更有希望的，但是我想煤车使他们灰心，不肯来临了。我怀疑当我在那里时候，他曾经飞到坎柏卫尔过。

每星期只有三便士，自然是要小心点才行。杀蝶箱同保蝶板是非买不可的，但是扑蝶网可以用家制的。一条竿子，一串铜丝同一块洋纱，所需要就是这么多了。我们喜欢用绿色洋纱，因为我们觉得这大约总可以瞒得过蝴蝶；当他看网子走近时候，他会想这不过是柏喃森林自己走到丹息能来了[①]，后面这个怪样子的东西不过是那地的一种花丛。因此他还在那里拈花惹草，他一生中最惊愕的时候是当这东西一变变作一个小孩同一个蝴蝶网的时候。那么，洋纱是要用绿色的，可是竿子只须一个通常的藤杖。绝不用你们那种可收缩的鱼竿——“宜于捕‘紫皇帝’用的”。这些东西让大富豪的儿子去买吧。

我现在忽然记起，我今天下午是做二十五年前我所做的事情；我是写一篇文章说怎样去做一个蝴蝶网。因为我生平的第一次投稿是关于这个题目。我把稿送到一种小孩子看的刊物的

① 这是莎翁悲剧*Macbeth*里的一段故事。一个妖神告诉Macbeth一定要Birnam地方的森林自己走到Dunsinane来，他才会死。Macbeth心里想这是绝不会有的事，因此十分放心。他的敌人却用树枝来缚在头上前进，守望的人就赶紧跑去报告Macbeth，说Birnam的森林真是自己会向Dunsinane走来了，却不晓得已是兵临城下了。——译者注

编辑去，他没有把我登出来，使我很莫名其妙，因为里面每字（那时我很有把握）都是正确地拼着。自然，我现在看出你们对于一篇文章还要求其他的好处。但是在莫名其妙之外，我又是极端地失望，因为我非常需要这稿所应当有的代价。我要用那钱来买一个做好了的蝴蝶网；所谓竿子，铜丝同绿洋纱是(在我手里，无论如何）更宜于做一篇文章的材料。

跳舞的精神

〔英〕霍尔布鲁克·杰克逊

一位伟大的跳舞家或者一种伟大的跳舞不是能够形容出来的——我是指借着文字的能力。用音乐却能够做到，台加①同一两位其他画家曾经用图画来描状过。帕甫罗发②的舞态尤其是超乎文学的描写能力之上。没有一处是呆的，可以让文字来抓住；她是同空气一样地不可捉摸的，轻飘的同奇妙的。真涅以·波勒尔③同以锡多拉·当坎④也都是大跳舞家，但是这还是比较容易些，用文字的活结去捉到些他们的特性，因为他们具有我们所谓个性。他们是不完全的跳舞家，跳舞中的个性主义者；个性支配着他们的艺术。

帕甫罗发是跳舞的化身，她是混众人而为一的；她是跳舞的真正精神，既不是有古代风的，也不是传统的，也不是近代的，却是把三者全蕴在一身——令人狂喜的运动的一种常变不停的三位一体。她不使你想到她自己；她却叫你梦想到一切古往今来的跳舞。当看她跳舞时候，我免不了想起她不单是遵循

① Hilaire Germaim Edgar Degas（1834—1917），法国名画家。——译者注
② 今译巴甫洛娃，俄国著名芭蕾舞蹈家。其演出遍及全世界。——译者注
③ Dame Adeline Genee（1878—1970），英国著名芭蕾舞蹈家。——译者注
④ 今译邓肯，美国著名舞蹈家，现代舞蹈的革新家。——译者注

一门艺术的定则，却是遵循着生命的定则。树叶在和风里跳着舞，花朵在太阳光里跳舞着，大千世界在空间跳舞着，帕甫罗发的跳舞是这个宇宙的节奏中的一部分。

剧院里的每位观客一定都有同这个相类的感觉——特别是当她和迈克尔·摩得金，她在艺术上的绝妙配偶，一起跳格拉尊洛夫[①]的酒神舞。我又想在那黑暗的大厅里的脸孔——里面有许多脸孔反射出英国的尊严的、冷酷的道德——的微光部分一定染着奇怪的情感。这些脸孔的古板主人一定觉得一种新觉醒，好像在梦里一样回忆起他们所曾尝过的一切热情同美感，以及一切他曾尝过的，若使他们一向是随着他们真实的情感，他们神圣的怪想做去。你当真能够觉得观众的心在这非常快乐时候钩连上了回忆同悔恨，因为在欣欢的神庙里面，像开茨[②]所知道的，面蒙黑纱的"愁闷之神"有她的独立的神龛。

但是，关于我自己，悔恨老是染上了一种更圆满的快乐。我觉得世上一切的狂笑在我热血里奔驰；我被带到一个更幼稚的时期，当人们同神们是有交使的情谊时候：

当我坐着的时候，从浅蓝的小山里
来了一阵闹酒的人们的声音：小河
也流到紫色的大江里去——
这是酒神同他的全队同伴！
最近的喇叭响了，刺耳的银声
从两唇相触的铙钹做出一种欣欢的嘈声——
这是酒神同他的亲戚！

① 今译格拉祖诺夫，俄国交响乐作曲家。——译者注
② John Keats（1795—1821），英国三大浪漫诗人之一。——译者注

像会动的葡萄一样他们来到下面，
顶上戴着绿叶，个个红得好似火烧；
大家癫狂地跳舞着经过这可爱的山谷，
为着要把你赶去，“愁闷之神”！

帕甫罗发摇动的身体同生命和快乐，同爱和美协调而乱跳。呵，那种横过戏台的放恣的飞奔，那种热烈的追赶，那种甜蜜的调戏，然后那种擒获同极美的降服的深妙意味！生命的精髓就在这里；生命是这样充满了欣欢，简直是泛滥着极乐的放纵，一直等到它消沉下去，由于唯一可恕的过度——幸福的过度。

她不单是身体跳舞，她的灵魂同时也在跳舞；她美丽苗条的身体只是个工具，在上面她奏出生命的赞美歌。她的脸孔也在跳舞，为着欣欢，为着害怕，为着降服，为着得到了满足的热情的狂欢而跳舞。她是我所看到的第一个脸上也能跳舞的舞女。我们很少看见一种这么活泼的绝对快乐的脸上表情，从来没有在一个跳舞者脸上看见。别个跳舞者的脸孔多半是太关心到他们的脚步。帕甫罗发却是满不在乎的样子，好像她是什么也不关心的——她只一股活气。对于她，可说将来同过去全化为乌有了，只有个疯狂的、有节奏的现在。

跳舞真正应该是这样子。跳舞是有节奏的生命。当生命是在最紧张的时候，当生命是它自己的命运的主人时候，它就摇动着，协调着，跳舞着，它变成可歌的了。跳舞是身体唱出的歌，是风姿的抒情诗。它同运动的关系是像花同树木的关系：

它是开花的一相，成熟的表征。威廉·勃来克[1]差不多达到这个神秘东西的内心，当他说，“充溢就是美”。

当人们感觉到生命的充溢在他们血管里奔流时候，他们才跳舞。帕甫罗发同迈克尔·摩德金的酒神舞同小孩子在乡村草地上拉着手打着圈圈的疾跑是有一个很真实的关系的，那时小孩子一面唱着那美妙的、永久是无意思的调子：

我们在这儿跳舞——乐必乐！[2]
我们是在这儿跳舞——乐必来！[3]
我们在这儿跳舞——乐必蓝！[4]
大家星期六晚上齐快乐！

但是近代跳舞场里的通常跳舞不能算是跳舞：它们是同跳舞的精神离得很远了，好像近代一个酒馆里的痛饮是同酒神节的意义离得很远了。跳舞场是一个时尚，同滑冰场一样，它的结果也是跟一切别的时尚相同。这是为那班太疲倦了不能去真正享受生活的人们的一种消磨岁月的办法，那班没有丰余的活力的人们同那班精力已经耗尽或者萎缩的人们的一种解闷的玩意儿。有时你在跳舞场里会看到一点儿真正的跳舞：两个爱人给普通二人旋转舞的调子里面的一些歌意神秘地感动着，他们真开始跳舞了。但是一种耳语立刻传遍全房，那是从富婆的椅子发起的，她们的老迈想践踏碎他人的幸福，就把充溢的发泄叫作不道德了。

---

① William Blake（1757—1827），英国最伟大的神秘诗人。——译者注
②③④ 这几个字是没有意思的，只是拿来凑韵脚的。——译者注

但是那班没有体面来维持的人们的“六便士跳舞”却大不同了。在伊斯特·思得[①]那里的跳舞场的烟雾腾腾的空气里，你会看到没有什么艺术，却有许多生气的跳舞。那是粗鄙无文的，但是它具有大跳舞场里所缺乏的东西——热情，欣欢。我常常想我们舒服的中等阶级的人民不应当去尝试跳舞。他们已经是行尸走肉了：他们的理想是钱，面子同威严，这些东西同生命是丝毫不相干的。只有那从来没有过或者已经弃丢了这类理想的人们才能跳舞：小孩子，脑筋简单的农人，伊斯特·思得那里的普通伦敦住民，同特别的人们——会创造的人们，具有充溢的生命同美的人们。但是其余的人们还是有幸福的，他们的生活既是别人替他们活着，所以别人也可以替他们跳舞。帕甫罗发同其他大跳舞家是很仁爱的——他们肯在他们面前跳舞，虽然不一定刚刚是为他们而跳舞。

“我只肯相信一个能够跳舞的神”，尼采[②]说着；凡是感动到生命的真正究竟的人们都会和他抱着同一的主张。我们应当跳舞，因为我们的灵魂是跳舞着。真的，我们追想到底，除开跳舞外，世上还有什么实在的东西？我是唯一的实在——喜欢的时候，快乐的动作，仁爱的举动。就是那长久的静默，清澈的心灵的深深的恬静，也是跳舞；所以它们才好像是这么不动样子。当陀螺跳舞得最完全时候，它好像是最静止的；正好像分明是静止的地球却是自转，又绕着太阳转；正好像星空在夜里的跳舞一样。一切艺术都是种跳舞；画家不过是一位舞队的领袖，指挥光同色的跳舞；一首诗是字的跳舞；音乐是声调

① 那是伦敦下等人聚集的地方。——译者注

② Friedrich Wilhelm Nietzsche（1844—1900），德国大哲学家，主张超人主义，反对基督教思想。——译者注

的跳舞。所以，为什么我们不能有个会跳舞的神们？或者，帕甫罗发同她在这门伟大的艺术上的姊妹们会教导他们。

但是也许神们已经跳舞着了，只是我们不能看见。谁知道呢？让我们别忘记了宗教同跳舞一向是常携手在一块儿的。对于人生的谜已经有许多的臆测了，将来还会有许多；因为神秘还是躺在我们的四旁——它躺在我们心里同我们上面，它把尘土迷着我们的眼睛，在我们的路上放了好像是无法征服的障碍。但是我们不会停着不去努力从这层尘障里看去，越过这许多障碍；按着我们自己的态度来默燃幻想之灯。我也要来猜一下。真的，我已经猜有成千回了，我们里面谁没有这样猜过？有时我想究竟说起来，生命并不是别的，只是一个光荣的跳舞，一种运动的狂欢节，开头是跳舞，继续下去也是跳舞；当结局到了时候，这不过是“舞队的领袖”的一个记号，叫我们把这跳舞重新再来开始。因为世上实在是没有结局的。不错，这真是不能够再怀疑了，神们老是在跳舞着，伟大的跳舞家也可说是真正的预言者。

小品文续选

序

小品文大概可以分作两种：一种是体物浏亮，一种是精微朗畅。前者偏于情调，多半是描写叙事的笔墨；后者偏于思想，多半是高谈阔论的文字。这两种当然不能截然分开，而且小品文之所以成为小品文就靠这二者混在一起。描状情调时必定含有默思的成分，才能蕴藉，才有回甘的好处，否则一览无余，岂不是伤之肤浅吗？刻画冥想时必得拿情绪来渲染，使思想带上作者性格的色彩，不单是普遍的抽象东西，这样子才能沁人心脾，才能有永久存在的理由。不过，因为作者的性格和他所爱写的题材的关系，每个小品文家多半总免不了偏于一方面，我们也就把他们拿来归儒归墨吧。二年前我所编的那部小品文选多半是偏于情调方面。现在这部续选却是思想成分居多。国人因为厌恶策论文章，做小品文时常是偏于情调，以为谈思想总免不了俨然；其实自 Montaigne 一直到当代，思想在小品文里面一向是占很重要的位置，未可忽视的。能够把容易说得枯索的东西讲得津津有味，能够将我们所不可须臾离开的东西——思想——美化，因此使人生也盎然有趣，这岂不是个值得一干的盛举吗？话好像说得夸大了。就此打住吧！

这部续选的另一目的是里面所选的作家有一半不是专写

小品文的。他们的技术有时不如那班常在杂志上写短文章的人们那么纯熟，可是他们有时却更来得天真，更来得浑脱，不像那班以此为业的先生们那样“修习之徒，缚于有得”。近代小品文的技术日精，花样日增，煞是有趣，可是天分低些的人们手写滑了就堕人所谓“新闻记者派头”（ Journalistic），跟人生隔膜，失去纯朴之风，徒见淫巧而已，聪明如 A.A.Milne 者尚不能免此，其他更不用说了。

这九位作家里除 Lamb，Gardiner，Lucas 是熟人，不用介绍外，关于其他六位略谈几句。Cowley 是个诗人，他的诗光怪陆离，意思极多，所以有人把他称为“立学派”，他到晚年才开始写小品文，而且只写十一篇，可是这都是他不朽之作。这些小品很能传出他那素朴幽静的性格，文字单纯，开了近代散文的先河。Hume 是英国经验派哲学发展到极端的人，他走入唯心论同怀疑论了，同时他又是个历史家，他以怀疑主义者明澈的胸怀，历史家深沉的世故来写小品，读起来使人有清醒之感，仿佛清早洗脸到庭中散步一样。Thackeray 是十九世纪讽刺小说大家，他的心却极慈爱，他行文颇有十八世纪作家冲淡之风，写小品时故意胡说一阵，更见得秀雅生姿。Smith 也是个诗人，也以诡奇瑰丽称于当世，所谓“痉挛派”诗人是也。他的小品文里思想如春潮怒涌，虽然形式上不如 Hazlitt 那么珠圆玉润，可是忧郁真挚，新意甚多，《梦村》（*Dreamthorp*）一书爱读者虽无多，这几个却是极喜欢他的人们。Jefferies 是这几位里面唯一专写风景的散文作家，他以自己丰富的幻想灌注到他那易感心灵所看的自然美景里，结果是许多直迫咏景长诗的细腻文字，他真可说是在梦的国土里过活的人。Birrell 是学法律出身的，他的小品文在英国小品文学里占有特殊的地位，他那大胆的诙谐口吻，打扮出的权威神气（一面又好像在那里告诉我们这只是打扮而已，这是他胜过一班真以权威自豪的人们），以及胸罗万卷、吐属不凡的态度都是极可爱的，他现在已经八十多岁了，据说是个矮老头，终身不娶，对人极和蔼，恐怕念过他文章的人都想和他会一面。Lamb 这里译有二篇，他是译者十年来朝夕聚首的唯一小品文家，从前写了一篇他的评传，后来自己越看越不喜欢，如今仿如家人，没有什么话可说了。去年曾立下译他那《伊里亚随笔》全集的宏愿，岁月慢悠悠地过去，不知道何日能如愿，这是写这篇序时唯一的感慨。写序文似乎总该说些感慨，否则显得庸俗，所以就凑上这几句话。

于北平

孤 居

〔英〕亚伯拉罕 · 考利

“独居时最不感到孤独”，现在变成为一句非常粗俗的老话了。一千七百年来，个个人，几乎个个小孩，都拿它做口头禅。但是最早说这句话的是那位优秀的西庇阿[①]，他无疑地是一个最有辩才的、最有智慧的人，又是一切人类里最贤明、最有价值、最快乐、最伟大的人。他这句话的意思一定是这样：他觉得独处比群居更使自己心里愉快，于自己的心境也更有裨益；为着要显出他不是信口或者出于矜夸说了这句话，当他使罗马差不多成为全世界的主人之后，他自己下野，情愿流徙他方，在林忒南姆邻近一座森林中间的私宅里同样光荣地度过他这个光荣生活的余年。这间屋子辛尼加[②]许多年后还是怀着十分的虔敬去瞻仰，在其他东西之中，描状出他的浴室是盖得这么恶劣，他说，现在最下等的人也会瞧不起这些东西，喊道：“可怜的西庇阿不知道怎么过活。”这真是一个大权威，足以增加隐居

---

① Publius Cornelius Scipio Africanus Major（237—183? B.C.），罗马将军，败汉尼拔于 Zana。——译者注

② Lucius Annaeus Seneca（4? B.C.—A.D.65），罗马克己学派的哲学家。——译者注

的光荣！汉尼拔[1]可以算作有福，假使厄运能够教他以西庇阿从不可一世的成功所学得到的这么多的智慧。这件事也不足为奇，若使蒙旦[2]先生的话不单说得精彩新颖，而且是与事实相符的，他说野心会教我们喜欢独处：天下没有别的东西比它更厌恶伴侣。固然，它喜欢无人掣肘，它厌恶两旁有人，但是它顶高兴有一大队人跟在后面，是的，而且还要有在前面喝道的人们。其实，一大半人们跟这位高尚的罗马人意见是差得这么远，若使他们有时偶然没有伴侣，他们就好像一只因为风息而停行的帆船；他们全靠着别人气息的吹嘘才能转动，他们自己没有桨可以航行。这是人性中最古怪、最矛盾的地方，人们爱自己过于世上一切其他的人们，然而绝不能忍受独与自己为侣。当他们跟一个女人一往情深时候，在他们眼里一切别人都是烦琐同难堪的。他们要独自同她过活，他们要独自同她死去。

> 我能够永远同你歇息于林中，人们的脚所未践踏的地方，你能使漆黑完全失掉阴影，你能使旷野不现它的寂寞。[3]

可是我们亲爱的自己使我们觉得这么生厌，我们几乎不能跟这位亲爱的自己相处一小时。这是这么古怪的一个癖气，正如卡塔拉斯[4]对于他的一个情人所说的，我们可以猜想她大概是个性情非常冷慢的人。

---

① Hannibal（247—183 B.C.），迦太基将军，勇敢善战，后以失望服毒自尽。——译者注

② Michel Eyquem de Montaigne（1533—1592），法国散文家，居圆塔之中，写下许多恬适深刻的小品文，深有人生意味，为小品文的鼻祖。——译者注

③ 罗马诗人 Tibullus 的诗句。——译者注

④ Cains Valerius Catullus（87—54 B.C.），也是罗马诗人。——译者注

我厌恶，然而我又爱你；
怎么会这样呢？我不知道；
我只晓得情形是如此，
觉得万分难过事实会是这样。

这是个可悲的情形，有时驱使一个人用惨儋的方策来设法躲避自己。

实在的情形是，世上愚人既不是宜于独居的人，太关心世事的人，虽然他非常通达人情，也不是合适的人；所以只有极少数的人宜于独居，安于独居。他们必得了解世界到能够看出它的空虚，修养到能够看轻这一切虚荣；若使心里被什么欲望或者烈情占住，一个人还是在市场比独居林中好些。这些欲情在大庭广众之中，像小窃一样，也许会欺骗我们，扒我们的袋子，但是当他们抓到我们孤零零地一个人时候，像强盗一样，他们常常剥我们的衣服，把我们绑起，或者杀害了我们。这真可以说是从人群里退出，坠到魔鬼的手里去。这好像罗马谋杀亲族的犯人所受的责罚，跟一只猴子，一条狗，一条蛇同缝在一个布袋里。所以，一个人要享受独居的好处必要干的第一步工作是铲除一切欲情，因为一个人怎么能够自得其乐，当他的感情都是系于身外之物？第二下，他必得学会思想的艺术，造成思想的习惯；因为这正同善于言辞一样，是靠着时常的练习；冥想却是神的独处与野兽的独处所由分的地方。现在因为人的心灵本身未曾具有，就观察所得也没有得到，足够沉思默想的材料；所以它必得不断地求助于学问同书籍，去找新鲜的材料，因此没有它们，独居的生活会变成穷乏，大有精神上饥饿之概；但是若使我们曾经一度彻底地恋上了学问，那么不单不会厌于任一天的日长难遣，我们却将愁诉人生的短促了。

啊，人的一生，傻子觉得悠长，智者却慊短促！

一国首相的公事还没有智者个人私事那么忙；若使首相没有独处的闲暇，智者更没有闲暇去群居；前一个不过有一国事情的一部分，后一个却得冥搜遍上帝同自然的全部创造品。天下最使我震骇的话是我常常听到的一句话：“一个人不知道怎样混过他的时间。”这句话还是讲得不好，若使马土撒拉[1]在九百六十九岁时说了这话；我们既是在任一门科学的任一部分内都没有时间做到尽美尽善的地步，当然更不会有理由去埋怨因为缺乏工作，所以不得不懒惰过日。但是你将说，这只是学者的工作，别人既不能从事于研究学术，也不能拿它来做消遣的资料。我知道他们不能，所以不十分劝一个目不识丁的人去过独居的生活。但是若使一个人不学无术到连间或一些时候的独处，那常常发生于几乎任一种的生活状态里（除非最下等的人们，他们是谋生之不暇的），都无法排遣，这真是他父母同他自己的大耻辱；因为任一门巧艺的极小部分就足以填满我们时间里这一切罅隙了，音乐，图画，设计，化学，历史，园艺，以及二十件其他的事情，个个都能有用地、愉快地干这种工作；若使他偶然钟情于诗歌（我不劝他太热烈地爱它），那么还会干得过分了；他将觉到没有森林深密得足以把他隐藏起来，不受伴侣同俗事的纷扰，那使他离开他的爱人。

——啊，谁能置我于巴尔干凉谷之中，

把我荫在树枝浓影的底下呢？

① 一位族长，据说活到九百六十九岁，见《圣经·创世记》中。——译者注

人性的高尚或卑鄙

〔英〕戴维·休谟

学术界里面私自分下种种派别，正同政界的结党一样；虽然有时它们不至于公开地分裂，它们却使属于各派的人们思路各自不同。这类里面最显著的是关于“人性的高尚”这个问题分歧的意见所生的派别；这一点好像是诗人，哲学家，以及神学家之所由分，自世界开始一直到今日始终是如此。有些人把人类恭维到天上去，说是世间里具有一半神性的动物[①]，他的原始是来自天上，关于他的宗系和出身留有显著的痕迹。另外有些人坚持人性盲目的那一方面，除开虚荣外，找不出人有哪一点胜过禽兽，他们却是这么排架子瞧不起它们。若使一个作家有修辞同高谈的本领，他常是归于前一派；若使他的作风近于冷讽同热嘲，他自然投身到后一个极端了。

我绝不把凡是谩骂人类的人们都认为是道德的仇敌，怀有恶意来揭开他们同类的弱点。其实正相反，我知道对于道德的锐敏感觉，尤其是加上了郁郁的心情，容易使一个人厌恶世界，看到日常的世事愤怒难胜。然而，我将承认，偏于赞美人类的

① Demigod，半神半人或半神半兽的东西，据说中国才讲西学时候有一本字典把这字译作“半个上帝”。——译者注

那一派的意见是比它的反对派于道德更有利，它的反对派使我们藐视人性。当一个人对于他在万物里的地位和性质有个崇高的观念，他自然会努力去做到那地步，不屑干一件卑鄙或坏恶的勾当，那也许使他沉沦，不是他自己所臆想的那么一个人了。所以我们看见一切流行的优美道德学家都坚持此点，极力主张罪恶不单本身是可憎的，而且不值得我们人类一干。

我们看出不由于言辞的含糊而生的争辩是很少的；我相信这个关于人性的高尚或卑鄙的争辩正同其他一样未能免此。所以这是值得一考虑的，这个争论里意见真正的分歧在哪里，只是文字上的纠纷在哪里。

功绩与罪戾，善与恶，智与愚有个天然的分别，这是凡具有理性的人所无法否认的！可是，这也是很分明的，当安下一个指出我们的赞美或责备的字眼时候，我们常常更受比较的影响，不大注意事物性质上什么一成不变的标准[①]。同样地，量，广阔，大小，个个人都承认为真的东西；但是当我们说一只动物“大”或“小”，我们常常暗地里拿它和它同类其他的动物相比；这个比较就规定了我们关于它的大小的判词。一条狗同一匹马可以正是同样大，一个却被人们赞美以为大得可观，一个却被人们赞美以为小得好玩。因此，每当我见到任何辩论时候，我总是先问自己一下，辩论的题目是不是一个关于比较的问题；若使是，辩论的人们是不是比较同一东西，或者彼此各自谈个绝不相同的题材。

当我们对于人性立下一定的意见时，我们易于拿人同禽兽来比较，它们是我们所知道的具有思想的唯一东西。这种比

---

① 在论理学里判断分为两种；事实判断与价值判断，两者性质截然不同。——译者注

较当然是于人类有利。在这一方面，我们看见一个生物，他的思想不受时空狭窄的限制；他能够研究到地球上最远的地方，而且出地球之外，一直研究到行星和天体；他回过头来讨论最初的原始，最少人种的历史；向前瞻望他的行动会怎样影响后代，同千年后人们对于他的人格会下什么考语；一个生物，他能够追迹因果到很远同很纷杂的地方；从个体的现象上看出共通的原理；因发现而进步；知道更改错误，甚至于能使他的过失于他也有好处[①]。在那一方面，我们见到一个与这个相反的生物：只能观察同推理关于它身旁几件可以感觉到的东西；没有好奇心，没有预知之明；盲目地顺从本能，在很短时间内达到极限的完善境界，它是绝不能再进一步了。这两种生物有多大的差异呀！跟后者相比，我们对于前面那个生物会具个多么崇高的意见呀。

有两种工具通常用来破坏这个结论：第一，不公正地陈述事实，专偏重人性的弱点。第二，偷偷里重新把人类同最睿智的人们相比。在人类的优点里，有一个是他能够臆想一个尽美尽善的境界，那是远超过他自己所经验的；他关于智慧同道德的观念是不受什么限制的。他能够很容易提高他的观念，臆想出一种特殊的智慧，拿它来同他自己的一比，他自己的简直是该受蔑视，而与禽兽智力的差异也可说消失得无影无踪了。人类知识跟完全的智慧相差得无限远，这一点既是世上人所公认的，所以我们应该知道何时人们提到这个比较，为的是免得无谓争辩，其实我们的意见并没有真正的冲突。人们跟完全智慧，甚至于跟他自己所臆测的完全智慧的相差是远过禽兽跟人们智慧的相差；然而第二种的差别也就不小，只有拿它来同第一种差别比较时，才显得是无关重要的。

① 所谓上当学乖是也。——译者注

我们又常常拿一个人同其他一个人相比；看到很少人值得我们称为“有智慧的”或“有道德的”，我们很容易对于普通人类有个藐视的心情。为着要使我们晓得这种推理的错误，我们可以指出，有智慧的和有道德的这些光荣的称呼并不是附于某种程度的智慧同道德，却完全由于我们拿一个人同其他的人相比。当我们看见一个人达到很难得的智慧程度，我们叫他作智者：所以说世上智者甚少，是等于没有说；因为他们就是为着稀罕，才配得上这个尊称。假使最下等的人类都像屠累[①]或者培根爵士[②]那么聪明，我们还可以有理由说智者甚少。因为那么我们将提高我们智慧的观念，不是才力有特别过人之处的，我们绝不肯向他崇拜。同样地，我听见没有思想的人们说过，具有美貌的女人真少，若使同没有美貌的女人一比，他们却没有想到，“美丽的”这个形容字我们只加于那班具有少见的美貌的人们身上。同样的姿容在女人叫作丑容，在我们男性里却被认为真正的美貌了。

当我们对于人类定下一个批评时，我们常常拿他同比他高或比他低的种类相比，或者拿人类里个个人来比较；所以我们常常拿人性里各种动机或主意来比较，以定我们关于人性所下的判断。真的，这是唯一值得我们注意的比较，或者可说关于眼前问题唯一能下断语的比较。假使我们自私的同坏恶的主意是像有些哲学家所说的那样胜过我们合群的同善良的动机，那么我们应该无疑地对于人性怀个鄙视的观念。

这个争论里有一大部分是文字上的纠纷。当一个人否认一切公德心，爱国心，爱社会心的诚恳，我真不知道对他作何感

① Tully，古代一个哲人。——译者注

② Francis Bacon（1561—1626），英国政治家，文人，他是英国最早写小品文，用 Essay 这个字的人。——译者注

想。也许他没有十分明白深切地感到这类情绪，所以不能扫除他对于它的力量同真实的怀疑。但是当他后来接着否认一切私人的友谊，以为总是有利益或自私混在一起；那时我敢说他乱用字眼，混淆事物的意义：因为那是不会有的事情，有人会自私或者可说愚蠢到这样地步，以至对于人们漠不关心，并不特别喜欢那些得到他称赞和钦重的性质。我说，他对于愤怒，也像他所自命的对于友谊这么毫无感觉吗？伤害同冤枉也像殷勤同恩惠那样不能使他动心吗？这是绝对不可能的！他不知道自己：他忘却他心里的动机了；或者可以说，他用一种与他本国其他人们不同的文字，不拿事物本有的名字喊它们。你以为天性怎么样呢？（我加上去），那也是一种自私吗？是的；一切都是为着利己。你爱“你”的孩子们，因为他们是你的；你爱“你”的朋友也是为着同样的理由；你”的祖国使你关心之处只在于跟“你自己”有关系的。假使“自己”这个观念取消了，没有一件东西能够感动你的心；你将变成完全不动同麻木了！或者，若使你动一下，那将是只出于虚荣，同想给这个同一的自己以荣誉和令名。我答道，我愿意接受你对于人们行动的解释，只要你肯承认下面这些事实。对他人表示殷勤的那种自私，你得承认是于人类行动上有大影响的，甚至于常有更大的影响，比起原原本本的自私。有了家庭，孩子同亲戚的人们，花在赡养同教育他们的比花在自己寻乐的钱还少的人们天下里有几个呢？不错，你很可以说，这是由于他们的自私，因为他们家庭同亲戚的兴旺是他们快乐之一，或者可说是主要的快乐，而且是他们最大的光荣。请你也做这么一个自私的人吧，你必定会得到个个人的赞美同好意；或者，说得不使你耳朵听起难过吧，个个的自私，我的也在内，将使我们愿意为你服务，说你好话。

据我看来，有两件事把这班如是坚持人性的自私的哲学家[①]弄人迷途——第一下，他们看见每个道德的或友谊的行动跟着都有一种内心的愉快；因此他们以为，友谊同道德不会是没有杂有私心的。但是这种推理的错误是显而易见的。善良的情绪或热情产生了这个愉快，并不是因为这个愉快而出来的。我对于我的朋友干一件好事，感到快乐，因为我爱他；但是并不是为着那快乐而去爱他。

第二下，人们总常发现，有道德的人对于人家的恭维绝不是毫不关心，所以人们把他们当作一群好虚荣的人，只望博得人们的称赞。可是这也是个推理上的错误。世人可说是很不公平，当他们看到一件值得颂扬的举动里含有一些虚荣的色彩，因此就毁谤它，或者认为完全出于那个动机。虚荣的情形是与其他情绪不同。当贪婪或报复做了一个似乎是道德的行动的成分，我们很难断定它居了多少成分，自然会以为它是唯一的动机。但是虚荣跟道德是有这么密切的关系，喜欢善举的令名跟为善举而爱善举是这么相近，这些情绪是比别的更能够和其他东西混在一起；有了爱善举之心几乎总免不了有些爱善举的令名。所以我们看见，这个爱好光荣的心情也随它所伴的趣味和心地而变质，而不同。尼罗[②]对于赶马车所具有的虚荣岂不是和图拉真[③]对于公平地同能干地管理国家所具的一样哩。爱好善举的光荣却很可以证明一个人是具有好善之心了。

---

① 指 Hobbes 等，他主张人类一切行为都是以利己为出发点，然而他自己是个道德极高、深有修养的人。——译者注

② Nero（37–68），罗马暴王，非常喜欢同人比赛跑快车。——译者注

③ Trajan（52 or 53—117），也是罗马皇帝，善理国家。——译者注

除 夕

〔英〕查尔斯·兰姆

每人都有两个诞辰：一年里最少有两天使他想到光阴的消失对于他在世的有限时光的影响。一个诞辰，他特别叫作“他的”。古昔的礼节渐见废弛，在我们独有的诞辰举行隆重典礼这种习惯差不多也成为过去了，或者只让小孩子们去干，他们对于这件事是毫无感想的，除开饼同橘子他们什么也不晓得。但是“新年”的诞生感动了一切人们，是不容皇帝或者补鞋匠的忽略。从来没有一个人把正月初一冷淡看过。大家都是以那天做根据来记他们的日期，算一算他们还剩有多少时光。那是我们公有的亚当的诞生日了。

一切钟的声音里——（钟是最近于天际的音乐）——最严肃的，最动人的是送旧岁时齐发的钟声①。我每次听到总是聚精会神把散在过去十二个月里的一切印象集到心头；一切我所曾做过的或者挨过的，履行的或者忽略的——在那深可惋惜的十二个月里。我才知道这些时光的价值，好像当一个人死去，我们才晓得他的好处。这些时光好像变成一个人了；这并不是

① 英俗于除夕十二时，教堂中钟声齐发，以表送旧迎新之意。——译者注

当代一位作家作诗的胡想，当他说：

我看见将逝之年的裙边。[1]

这仿佛是我们个个人在清愁里都感到的，当这可怕的告别时候。我敢说昨天晚上我感到这种情调，大家也同我一样地感到；虽然有几位朋友喜欢对于新年的诞生现出高兴，不愿意为着新年先辈的逝世现出什么非常深情的惋惜。但是我是不属于那一种人们，他们——

欢迎新来的，催促将去的客人赶快走开。[2]

根本上，我生性对于新的东西总是害羞；新书，新脸孔，新年——我心里一些乖僻癖气使我不敢去睐着将来。我几乎是不再有什么希望了；只是当着回忆到过去的希望时候，我才现出热诚。我跳到已往的好梦同结局里去。我跟过去的失望混战作一团。我对着早已过去的失意可说穿有刀枪不能入的盔甲。我在幻想里赦宥了或者打倒了我的冤家。我现在赌趣地（像赌钱的人们所说的）把这些玩意儿玩过，我曾经为这些玩意儿费了那么大的代价。我一生里种种不幸的事故，几乎没有一件我现在会愿意去望从前不是那样。我不肯改换它们，正好像我不肯改换一本结构极好的小说里面的情节。我想还是我将我最可贵的七年时光憔悴地消磨去好些，当我被亚俪斯·温[3]——

① 这是英浪漫派诗人 Samuel Taylor Coleridge 的句子。——译者注
② 这是英假古典主义诗人 Alexander Pope 的句子。——译者注
③ 指他的初恋 Alice Winn。——译者注

的美发同更美的眼睛迷了的时候，比起这么热情的一段情史没有发生。还是我们家庭没有得到老多尼所骗去的那笔遗产好些，比起我此刻有二千金镑存在银行里，却没有貌似君子的老滑头的影子留在心中。

真是有不像男子汉的样子，我老爱回想我的早年，这是我的毛病。当我说一个人可以有自由去爱四十年前的“他的自己”而不至于挨到爱自己这个罪名，我是不是发一句似是而非的话呢？

若使我具有自知之明，我可说知道没有一个生性爱内省的人——我自己是爱内省得使我苦痛——对他现在的自己会有我对伊里亚[①]这人那样瞧不起。我晓得他（指自己）是轻浮，爱自夸同没有恒心；一个恶名昭彰的……；又是嗜……；不喜欢忠言，既没有听别人的，也没有给别人；而且是……；又是一个结巴的小丑；你爱怎么说都可以；把一切罪状加到他身上吧，别饶恕他；我全可以承认，还有你所不愿加到他身上的许多罪状；我也肯承认——但是对于小孩时代的伊里亚——站在远景里的(那个我)——我必定要去爱抚对于那个小孩子的追念——这对于这个四十五岁的傻家伙是满不相干的，我声明，好像那是别家的一个小孩，不是我父母的儿子。我现在还能够为他五岁时耐心出痘同蛮野的治疗而流泪。我能把他那可怜的发烧的头安放在基督学校的病枕上，同他一起醒来，对着俯在他上面的慈爱的和蔼姿势纳罕，她是暗暗地看护他的睡眠。我晓得他对于一点点的欺骗都也退缩着不肯干。——愿上帝助你，伊里亚，你是变得多么厉害，你现在变坏了。——我晓得你从前是

---

① 是东印度公司兰姆一位同事的名字，他拿来做笔名。——译者注

多么诚实，多么勇敢（就柔弱的小孩而论）——多么虔敬，想象力多么丰富，怀有多大的希望！我是从多么善良坠落下来，若使我所记忆的那个小孩真是我自己——不是什么守护神攫住我的心，现出一个假人格来，使我这世路未惯的脚步有法则可依，而规定了那时我的精神生活的情调。

我喜欢自纵于这样的回顾（那是不能希望得到人们的同情的），这也许是什么病态的怪癖的征候吧。或者是出于别的缘故吗？只是因为无妻无家庭，没是学好把自己投射到自己身外；既没有我自己的后裔让我来玩弄，我回头来去找我的记忆，拿我自己早年的心境做我的嗣子，我所宠爱的人？若使这些空想在你眼里好像是荒诞的，读者——（或者是一位忙人）若使我走出你同情的范围之外，变成一个只是非常古怪的人，那么我退隐在伊里亚这个假名的迷雾之下，一切讥笑都无法侵入了。

那班前辈，我是在他们里面养大的，是不大肯让任何制度里的神圣风俗随便湮没的；鸣钟送旧岁这个古风他们保守着，还带有奇怪的仪式。——在那些日子里，这种午夜和鸣的钟声虽然对于我周围的人们都能引起欣欢，却总是带有一阵愁思到我心头。然而那时我几乎没有想到这含有什么意思同这是个同我有关系的纪数，不单稚年之时期，三十岁以前的青年实际上还是绝没有感到他是会死的[①]。他真晓得这样事，若使有必要，还能演一篇劝世文，说生命的脆弱；但是他自己没有深切地感到，好似在炎热的六月里我们不能把十二月的冰冻日子放在我们的想象里。但是现在呢，我要说出真话吗？——我却是太强烈地感到这种年年的结算。我开始计算我大概还可以活多久，

① Hazlitt 在 The Sense of Immortality in Youth 里面说他兄弟说过这么一句话，那篇文章就是讨论这一句话。——译者注

刻刻的光阴和最短的时间的消费我都是舍不得的，有如守财奴对着他的极小铜币。剩下的年数愈少了，过得愈快了，跟着我也愈看重一年一年的来去，真想把我这不会生效力的手指放在“时间大轮”的辐里[①]，止住它的转动。我不甘心像“铁匠的梭子”那样一瞬即逝。那些比喻不能安慰我，我也没有把死亡这一口苦酒弄甜。我并不想任潮流去，平稳地从人生带到永生；我对于所谓运命里的必需过程是退缩不前。我爱上了这个青青的大地，城市乡下的境况；那说不出的田园幽寂同街道上可喜的安全。我愿意在这里永居下去。我愿意老站在我现在所走到的年时；我同我的朋友：也不要更年轻，更富，更漂亮。我不欲靠着老年的衰颓使我渐厌于生活；或者有如他们所说的，像熟果子落地那样掉到墓里去。——在我这大地上，任何的改变，饮食上或者居住上，都使我迷惑，使我不安。我的家神们的脚是生根地可怕地栽在地上，拔起来是会流血的。他们不愿到异地里去。一种新的方式使我站不稳双脚。

太阳，苍穹，和风，孤单的散步，暑假，田地的青青，鱼肉的美液，聚会，快乐的酒杯，烛光，炉边的闲话，无害的自夸，笑话和冷讽（就它本身的美处而言）——这些东西是随着生命一同消失吗？

一个鬼能够大笑吗，或者捧他那瘦削的腹吗，当你对他说笑的时候？

还有你们，我午夜里的爱宠，我的书籍！我必定也要割舍把你拥在怀里（满抱的）这个无上的快乐吗？智识来到我心里，假使它还会来，一定要靠着直觉的钝拙尝试，而不再从阅读这

① 中国所谓羲和之轮也是这个意思。——译者注

条熟路来吗?

在那个国土里我也能享受友朋之乐吗，缺乏了笑脸的指示，在这里这些笑脸告诉我谁是我的朋友——缺乏了这可以认得的脸孔——缺乏了“脸上的表情所担保的他对于我的好意”——

在冬天里这种难堪的对于死的嫌厌——按下一个最温和的名字吧——特别更厉害地缠绕困窘着我。在一个温暖的八月中午，在一个酷热的青天之下，死差不多是个可怀疑的东西。在那时候，像我这样喜欢阳光的可怜人们（同蛇一样）享受到永生之乐。那时，我们心旷心怡，开出花来。那时，我们比从前加一倍力气，加一倍勇敢，加一倍聪明，也高了好多。而这个刺我、令我退缩的刮风使我又想到死。一切不实在的东西都做死的跟班；寒冷，僵冻，梦儿，烦恼，甚至于月光本身，那阴森森的神气——太阳的冷魂，或者太阳神的有病妹妹[1]，真像《雅歌》里所骂的那个虚弱的人儿——我不是佞媚月亮的人——我和拜火教的波斯人抱有同一的主张。

一切逆意的事情都把死这观念勾到我心上。一切零碎的毒恶，像身里的疮脓一样，都汇聚到那个大患里去。——我曾听过人们自认淡于死生。这班人把他们生命的终止称作安身处：说坟墓是个温柔的手臂，他们可以在里面睡眠，有如躺在枕头的上面。有人去追求死——但是你（指死）是多么可羞，我说，你这丑恶的、愚蠢的小鬼！我憎你（指死），恨你，咒你（像托钵僧约翰[2]那样），把你投给十二万个魔鬼去，因为你是没有一点能够得到我们的原谅的，可以忍受的；却该像大毒蛇一

① 月神 Phoebe，据说是日神的姊妹。——译者注
② 法国文豪 Rabelais 书中的人物。——译者注

样，受天下人的弃避；该受烙面的刑，该宣告为法律所不保护的人，该挨前人的臭骂！我无法能够容忍你，你这瘦削的、愁闷的“不实在”，或者更可怕的、更使人惊慌的“实在”！

那些定下来反抗对于你的恐惧的解毒力全是冷冰冰的，欺侮人的，正同你一样。一个人会得到什么安慰，当你说他“死时会同帝王躺在一起”，他生时就从没有怎样地特别喜欢这种的同寝人？——或者当你说“最美的宠儿也是这么结局”？——怎么，为着要安慰我，亚俪斯·温——必定也变作恶鬼魔？我尤其讨厌你们通常墓石上面所刻的那些无礼的、不知本分的狎语。个个死人必得自居来教训我以他那可憎的真理吗，什么“他现在如是，我快也免不了那样”。或者并没有这么快哩，朋友，像你所想象的。在那时间未到之前，我却是活着。我到处行动。我值得二十个的你们。要懂得比你们高明的人！你的“新年元旦”是已过去了。我却还活在人间，做一八二一年里一个快乐分子。再来一杯酒——当这倒戈的钟[1]，他现在正悲哀地唱已去的一八二〇的葬钟，换过调来，大声地迎来他的承继者，让我们和着他的调子以热诚欣欢的考通[2]在同一时节所做的短歌吧。

新　年

听呀！鸡啼了，那边的明星
告诉我们白天已是快来了；
你看从黑夜里冲出，

---

① 奸贼；反戈者；讥其送旧迎新也。——译者注
② Charles Cotton（1630—1687），英国诗人。——译者注

他把西面小山照成金黄。
年老的“两面神”[1]同他一起出现，
向着来年偷望。
现出这样的脸孔，好像说，
那边的前程不佳，
如是地我们起来就看到不祥的东西，
预言自己来年的否运，
当这对于自己的担心，
带来个更苦痛的烦恼，
更满了困恼灵魂的苦味，
比起当前的麻烦。
但是停口！停口！我想我的眼睛，
现在看得更清楚些，因为光线也明亮得许多，
在那眉梢上看出了恬静气概，
那里刚才好像满是皱纹。
他那个反面也许现出不欢，
对着已过的祸患而皱眉；
但向这边望的那个脸孔是蔼然的，
朝着“新生的年”微笑。
他又是从这么高的地方下望，
这年头分明地躺在他的眼前；
一年里的一切时刻，
给那精密的探寻者全看见了。
他却更欣欢地笑着，

① 罗马的神，有两面，前瞻后顾，两得其便。——译者注

对这快乐时日的来临。
我们还用怀疑还用怕
这个年头的命运吗?
它第一早就这么样向我们笑,
一生下地就说我们的好话。
该死的去年!去年是够坏了,
今年总是会好些;
或者就最坏的着想吧,我们既然挨过了
去年,今年怎会不能挨过呢;
那么照道理说明年
必是绝妙的年头:
因为极坏的厄运(我们天天都能看出)
也是不能长久下去的,
正同那会变的极好幸运一样,
好运留下的影响
又是较长久的,
比着厄运所留下的:
三年里有个好年的人
还去埋怨运命,
真可算是个忘恩的人,
不值得享受他所有的幸运。
那么让我们欢迎这新客,
用快乐的美酒盈杯;
我们该用欣欢去接“好运”
甚至能把灾患化作甜蜜:
虽然“好运娘娘”转过面去不睬我们。

让我们肚里排满葡萄酒吧，
我们能够更有力气地多支持下去，
等明年她回过脸来。

你怎么说，读者——这首小歌不是带点古英国人粗野的豪爽气味吗？那不是像兴奋剂保守着我们的勇气吗；涨大我们的胸怀，吟味起来会生出甜蜜的热血同慷慨的精神吗？那些小孩般对于死的恐惧，刚才所说的，所感到的，到哪里去了？——消灭得有如一朵乌云——溶在清澈的诗歌的净化万物的阳光里——被文艺之神所居的山岭[①]的清泉所发的微波漂去得无影无踪了，那清泉是医这忧郁病的唯一补身剂。——现在再饮一杯这鼓舞精神的美酒吧！对诸君，我的先生们，敬祝一声“新年快乐”同将来还有许许多多的新年。

① Helicon，是文艺之神所居之山。——译者注

梦里的小孩（一段幻想）

〔英〕查尔斯·兰姆

小孩子喜欢听关于他们长辈的故事，当"他们"也是小孩子时候：喜欢逞他们的想象力，想到家里传说的，而是他们自己从来没有见过的一位叔祖父，或者祖母。那天晚上，我的小孩子就是以这种心情爬到我身旁，来听我谈他们的曾祖母飞尔德。她住在诺福克地方一所大屋子里（比他们和爸爸住的屋子要大一百倍）。他们最近从《森林中两个小孩》[1]这首歌谣里所晓得的那件悲惨事情就是发生于那个地方——最少那里人们是这么相信的。的确，这两个小孩同他们残忍叔叔的全部故事可以看见十分精致地刻在大厅的火炉架木头上面，全部故事一直到知更雀用树叶掩埋他们为止。后来一个愚蠢的富人把这块木头折毁下来，安上新发明的大理石火炉架，上面是一点故事也没有的。说到这里，亚俪斯现出她亲爱母亲特有的一种微愠神情，那是太仁慈了，不能说含有责备的意思。然后我接着说到他们的曾祖母飞尔德是多么虔敬，多么善良，怎样子受人

① 这是英国一首古歌谣，里面述一对夫妇临终时把不到三岁的两个小孩子托他们的叔父养大，他们所应得的遗产也由这位叔父去保管，他贪得这笔款，就叫两个流氓把他们带到林中害死，他们的尸首还亏知更雀用树叶来掩埋，那个坏人后来当然家破人亡了。——译者注

人的敬爱，虽然她实在并不是这大屋子的主妇，却只是照管这大屋子的（然而在有些方面她也可以说是里面的主妇），受了屋主人的付托，那位主人却高兴去住他在邻郡某处买有的一所比较新些同时髦些的屋子；但是她住在里面好似这是她自己的屋子。当她活着时候那屋子还保存些高贵门第的尊严，后来颓废了，差不多折毁了。里面一切古老的装饰品也扯下，运到主人别所屋子里去，就安在那里，现出不相称的神气，好似有人把他们最近在违斯敏斯德礼拜堂[①]看见的古墓移去栽在丝太太俗艳的、涂上泥金的客厅里面一样。说到这里，约翰微笑起来，等于说“这真傻”。然后我说当她死去，安葬时好几哩内的一切穷人都聚集一起，以及几位绅士，来参加葬礼，表示他们对于她遗念的敬意，因为她是一个这么善良虔敬的妇人；她真善良，能够背出全部赞美诗同圣经的大部分。说到这里，小亚俪斯惊讶地伸直她的手指。然后我说他们曾祖母飞尔德曾经是一个如何苗条、正直同多姿的人儿！在她年轻时候，她是怎样被人们认为最善于跳舞的姑娘——说到这里，亚俪斯右边小脚发出一种不自觉的跳动，等到我现出严肃的脸孔：她才停止了——我说，她是一区里最善于跳舞的姑娘，等到一种苛酷的毛病，叫作癌肿，降临她身上，苦痛使她变成驼背；但是绝不能压下她乐天的精神，或者使变为郁闷，她的精神却还是屹然不屈，因为她是这么虔敬善良。然后我说她怎样常常独自在那寂寥大屋子里面一间寂寥的房子里睡觉；同她怎样相信可以看见两个小孩的幽灵[②]午夜里沿着她睡觉地方近旁的大楼梯溜上溜下，但是她说“这班天真孩子们不会害她”；同我常是

① 指 Westminster Abbey，英国名人都葬在那里。——译者注

② 兰姆外祖母管理的地主老宅，曾有两个孩子在古远年代失踪。——译者注

多么吓住了，虽然那时候我有我的女仆伴着我睡，因为我从来没有她的一半善良或者虔敬——可是我绝对没有见到这两个小孩。说到这里，约翰把他的眉毛全张开了，设法现出勇敢的气概。然后我说她待所有的孙子是多么好，叫我们在放假日子到那大屋子里去住，我尤其常独自在那里花许多时光直着眼睛望那十二古老该撒[①]的半身石像，他们是罗马皇帝，等到古老的大理石人头好像复活起来了，或者我随着他们变作大理石了；我怎样子绝不会厌倦于在那大屋子里漫游，里面有许多宽大的空屋子，房里有用旧了挂帘，振摇不定的绣花帷幕，同雕刻的槲木镶板，上面的泥金几乎擦掉了——有时在广大旧式的花园里，那是我差不多独占了，除非偶然有一个孤单的园丁碰到我——以及油桃和桃子怎样挂在墙上，我却从没有试去攀摘，因为它们是禁果[②]，除开偶然一两次摘吃——还因为我更喜欢在愁然的松柏丛林里蹓跶，捡些红浆同松子，那除开了看看之外是没有别的用处的——或者躺在新鲜的青草上面，四围是园中美妙的香味——或者在橘树的暖房[③]里晒太阳，等到我差不多能够想自己在这值得感谢的暖气之下，也和橘子菩提树同时渐渐成熟了——或者注视园的深处鱼池里往来飞驰的鲦鱼，一两处有一条含怒的大梭鱼静静地倒挂在水之中层，好像讥笑它们无谓的跳跃——我更喜欢这些闲里带忙的游戏，比起桃子，油桃，橘子的一切甜味，同小孩子这类通常的饵。说到这里，约翰偷偷把一束葡萄归还到盘子里去，这葡萄既然也被亚俪斯看到了，他起先想跟她平分，现在两个人却好像都愿意放弃它

① 罗马皇帝从 Julius Caesar 到 Domitian。——译者注
② 圣经中亚当、夏娃吞禁果，被除出伊甸园。——译者注
③ 一间玻璃屋，用人工使它温暖，以便橘子的生长。——译者注

们，当作是和他们不相干的。然后用一种有点更热烈的声调，我说虽然他们的曾祖母飞尔德爱她所有的孙子，她可以说特别喜欢他们的伯父，约翰·兰[①]——因为他是一个这么漂亮同这么英俊的少年；是在我们兄弟里可以称王的；他不爱滞在孤寂的隐僻处发傻，像我们里面有些人那样，他当只有他们这么大的一个小鬼时候，就乘他所能得到的最有火气的马，使它带他一个早晨跑过半区的地方，还和猎人打伙，当他们有人出去打猎时候——然而他也爱古老的大屋子同花园，但是血气太旺了，不能老被关在它们周围里面——以及他们的伯父成年后怎样勇敢得不下于他的漂亮，受人人的赞美，尤其是最受他们曾祖母的激赏；他怎样常载我在他背上，当我是个跛脚的小孩时候——因为他的年岁比我大得很多——走了许多哩的路，当我因为脚痛不能行动——以及后来他怎样也变跛脚了，当他耐不住同感到苦痛时我没有老是（我恐怕）十分原谅他，没有充分地记到他对于我是多么体贴，当我跛脚时候；以及怎样当他死了，虽然他还没有死去一个钟头，就好像已在好久以前死去了，生和死是相隔得这么远呀；我起先怎样以为我还能勉强忍受他的去世，但是后来这事常常萦扰我的心，虽然我没有哭着或者非常哀痛，像有些人那样，我想他也会那样，若使我先死了，但是我忆念着他，那时我才晓得我其实是多么爱他。我忆念他的仁慈，我也忆念他的使气，希望他能够复活，再和他吵嘴（因为我们有时也吵嘴过），总胜过不能再得他，我没有了他觉得不安，好像他，你们可怜的伯父，从前必定感觉过的，当医生拿去他的一只腿。说到这里，小孩子都哭起来，问我他们

① 兰姆的哥哥。下面所说的截去一条腿等属于虚构。——译者注

所穿的小丧服是不是为着约翰伯父，他们望着我，求我不再往下谈他们的伯父，却要我告诉他们一些关于他们已死的美丽母亲的故事。然后我说怎样子七个长年里，有时满着热望，有时失望，然而总是没有馁志，我向标致的亚俪斯·温[①]——求婚；尽小孩子所能懂的，我向他们解说闺女的害羞、超然态度同不允是多么不容易对付的——我转过来一望着亚俪斯，她的母亲的神情忽然现在她的眼里，相像得这么逼真，我怀疑起来了是她们的哪一个站在那里，现于我的面前，那光亮的头发是属于哪一个的呢；当我站着细瞧时候，两个小孩在我眼界里渐渐地变模糊了，向后面退去，老向着后面退去，等到最后什么也没有了，只剩下两个悲哀的面貌可以看得见在最远的地方，不说话，却很奇怪地使我感到他们对我露出底下这些意思："我们不是亚俪斯的小孩子，我们也不是你的，我们简直不是小孩子。亚俪斯的小孩子认巴杜兰做父亲[②]。我们是虚空；虚空之不如，只是梦儿而已。我们只是也许可以发生的事情，必定要在忘川[③]的无聊河岸等了万万世，我们才有实体，才有一个名字。"——我立刻醒来了，看到我自己安详地坐在我的单身汉的圈手椅上，我起先在那里睡着了，忠实的布立泽特[④]仍然不变地在我身旁——但是约翰·兰——是已永逝了[⑤]。

---

① 兰姆隐指他的初恋 Alice Winn。——译者注

② 这位忸怩姑娘后来嫁给一位开当铺的有钱人 Bartrum，他们的女婿 William Coulson，是英国有名的外科医生。——译者注

③ 地狱里一条河，喝了那水人们就把过去完全忘却了。——译者注

④ 兰姆指他的姊姊Mary Lamb，他俩相依为命，他因为她早年发狂误杀母亲，就终身不娶陪她，她对于他也是体贴备至，堪称良姊。——译者注

⑤ 此文发端于兰姆哥哥之死。兰姆是单身汉，幻想出一对儿女听其回忆。——译者注

百年之后

〔英〕威廉·梅克比斯·萨克雷

我刚才在哪里念到一家别墅里所玩的一种游戏呢？大家聚集围着一张放有笔、墨水、纸的桌子。某一位叙述一件多少含些事变同人物的故事。然后在座各人就尽他记忆同能力之所及，写下刚才叙述的故事，末了这些笔记都念出来。我并不说我很想常常玩这种游戏，那也许是一种沉闷的、费时间的娱乐，绝不会有趣得像在花房里抽雪茄；或者简直不如听年轻姑娘们奏她们的钢琴调子；或者听无话不说的酒友们流连酒瓶旁边，谈早上带着猎狗出去打猎的经过；但是这的确是个有益的、巧妙的游戏。他们说笔述的参差不同常是非常古怪的，非常好笑的。原来的故事变成这么换个样子，这么误传附会，弄到听完这许多笔记，你莫名其妙，不晓得哪个是对的。时光对于干这个玩意儿的快乐人们既是无关紧要的，也许玩这把戏的一个好法子是将它延长到两年。让在一八六〇年玩这游戏的人们于一八六一年再重会重玩一下，每人重新写下他的故事。然后把你们原来写的拿出，比较一下。那么不单个个人的故事不同，笔记者也许跟他们前次自己写的就不一样了。在一年里那些事变将奇怪地增加枝节或者变为简单。最不近实的笔记也许是这么生动的或者这么刻毒的，或者说得这么伶俐，它将好像是最近于真实。我喜欢这些故事，这类嬉戏。我曾经收集过印刷画。我有一张画阿迭生[1]穿着睡衣，躺在荷兰屋里的床上，请年轻的窝立克爵士说一个基督教徒应该怎样死去[2]。我有一张画空布纶紧握着他的制帽，说出那句不朽的话："等候着死，不能活了。"我有一张画"复仇"沉下去，船上所有的水手慌张地乱跑有如疯人。我有一张画亚勒弗烈烘油煎松饼；一张画库耳齐乌斯（嘿敦）跳到深渊里去，还有拿破仑告示的选录，同一幅泼喜豪赠[3]男爵精美的真像。

有哪个在社会里面的人没有听到同样古怪的故事关于他自己和他过去的历史？在这些素朴的小品里，我请人们让我自私一番。我高喊我的鞋把我的脚挤痛[4]，我想，会更自然地，更动情地，比起假使我邻人的鸡眼被我践踏。我细谈我所爱的碟子，我所喜欢的酒，我昨天听到的话——关于勃朗荒谬的装腔作势——关于琼斯可笑的得意洋洋，当他以为抓到我的一个错处了（这事有趣的一部分，你们看，是在于琼斯会念到这篇文章，将完全晓得我指的是他，我们将来相会时将十分有礼地相视狞笑）。我也承认这并不是最高尚的冥想，然而这是人家听着会觉得有趣味的一种闲谈。一些老老实实的起泡淡麦酒也足以使不喜欢口味强烈的酒管所泻出冒着白沫的浓酒的人们神

① Joseph Addison（1672—1719），英国小品文家，为人拘谨，行文亦如是，蕴藉可亲。——译者注

② 这些惊心动魄、古怪有趣的事情是大家都知道的传说，但是有些恐怕只见历代相传的谎话。——译者注

③ Baron Munchausen（1720—1797），德国探险家，说出许多奇怪的故事。——译者注

④ Plutarch 在 Aemilius Paulus 传里述一段故事：有一个人同他妻子离婚，他的朋友们都责备他，说她不是很贞洁吗，她不是很美丽吗；他就脱下鞋子，问朋友们，这不是很新吗，样子也很好吗，然而你们哪位晓得它什么地方太紧，把我的脚挤痛了。——译者注

爽。两点棍棒有时也许是一张良好方便的小牌，能够拉拢一张金钢钻式的王，假使这是一张小胜牌。有些哲学家靠着深思默虑，得到他们的智慧，并且来自庞大的图书馆；我捡起我这些小块的杂感，却是从餐桌上；或者从玛丽太太同路易萨小姐用她们五点钟茶点时的喋喋闲谈。

好吧，昨天大餐时候，犹卡答斯居然肯告诉我一件关于我自己的故事，他是从他认得的一位女太太那里听到的，我谨向这位太太致敬意。那故事是这样。去年十一月三十一日晚上九点钟时候，太阳快下山了，人家看见我离开圣·约翰森林僧院路九十六号，拉着两个小孩子，一个穿有紫花布外衣，一个左手第三指上有一粒痣（她以为是第三指，但是很有把握是左手）。然后我同他们走到上德利撒路二十九号查理斯·巴洛布立治商店，一家卖猪肉同腊肠的铺子。在那里，我留小女孩在铺子前面天真地吃一条香肠，我同巴洛布立治就跟男孩退到后面客厅，巴洛布立治太太正在那儿打纸牌。她把牌同盒子翻起来，拿出一把屠刀同一条布巾，我们就割小孩子的小颈（他却很勇敢地，很有决心地忍受），靠着浦极斯号巧妙的腊肠制造机把他造成腊肠肉。小女孩起先不知道她兄弟为什么不见了，但是，借口带她去看斐喜忒先生演《哈姆雷特》[①]，我引她到马鞍匠井旁的新河，后来人家在那里发现一具穿紫花布外衣的女孩尸首，一直到现在还没有人认去。这些事林克司太太能够有把握地说出，因为她亲眼看见全部的经过，她对犹卡答斯先生是这样说的。

我把这个轶事的细节稍微变更一些。但是我肯立誓向大众

① 莎翁悲剧杰作之一。——译者注

宣布，我刚才所说的故事正同林克司太太的故事一样地真实。仁爱的女神呀！谎言是怎样开始呢？每人所推的诬言在数量上是相等的吗，我们所铸的谎话在数量上大概都差不多吗？爱尔兰谎言的平均量会比苏格兰大吗，或者是正相反吗——男人扯谎的平均量比女人大吗？我现在说的是一句谎言吗？假使我正谈着你，那么这句话大概是。我回想起关于我的一些诬言，细思一下真是又感谢，又惊奇。亲爱的朋友们曾经关于我说了许多无稽之谈，而且曾经对我说出关于我的这许多无稽之谈。他们不是也对你说过，而且是关于你的吗，亲爱的朋友？我的一个朋友赴一位牧师的大宴会，正在用餐，听到人们说起一件跟前面所讲的腊肠故事同一真实的关于我的故事，那是一位可敬的牧师说出的，他的僧服里坐有老弱的话匣子[①]，这一点凡有些世故的人们都晓得。他们利用他们地位的特权。他们阴谋，谈人私事，表示不满，喋喋不休地低声说出谴责的话。我说真正老太婆还没有像这种男性老太婆那么多话，那么捣乱。“这么一个人我们不应该向他说话。”哥布穆鼠说，一面叙述那故事——这么胡说八道的一个故事！“我真纳罕人们居然肯让他混到社会里去。”不错，亲爱的哥布穆鼠，然而那故事不是真的；我之没有干你所怀疑的那件恶事正如我未曾跟示巴女王[②]一同跑掉。

我一向想知道那个故事（或者那一大堆历史）是怎么样，那是一位太太心里明白的，我的一个女仆曾向她寻位置，当我有一次解散我的仆人，到外国去的时候。勃朗走时带了我们给

① 牧师们老而不死，饱食终日，专说闲话，喋喋不休，所以作者调侃他们。——译者注

② 古时波斯一位美后。——译者注

她的非常良好品行的证明书，她真是十分值得受这个称赞，她忠实地服侍我们好几年了。但是当琼斯太太念到勃朗所从来的那个主人的名字，“这已很够了，”琼斯太太说，“你可以去。我绝不肯用从‘那’家出来的仆人。”唉，琼斯太太，我多么想知道那是什么罪，或者是什么一套下流的行为，使你决定绝不雇一个从我家里出来的仆人。你相信小孩子同腊肠那个故事吗？你大口吃进去那个切碎的小孩子吗？你把年轻的坡罗尼阿斯[①]吞下去了吗？我敢说你的胃口真不差。我们总是饕餮地狼吞虎咽下我们朋友性格切成粉碎[②]的一切故事，毫不查询，就相信他们错了。在我手下最近写出的一串文字里，我记得说过几句沉痛的话，关于我们偏向相信我们邻人的坏处——我记起这几句话，并不是因为它们是有价值的，或者新鲜的，或者巧妙的，却是因为这些话出版三天之内，说这些话的那位道学先生跟一位朋友同走回家，听到关于另一位朋友的一个故事，他就立刻相信,那故事却几乎不比这里所载的腊肠传说更见真实。啊，我的错误，我最大的错误！但是布道者虽然失节，主义难道因此也是坏的吗？好吧，兄弟们！笞鞭就在这儿。你们看，夏楚是在这儿了。替我拣出一条精细的、便于挞打的、蓬松的长鞭子，柄要轻的、平衡适中的，尾要厚的、蓬松的。替我选择一条皮鞭，上面打有巧妙的结子的——现在——我们都该挨打——呼呼，呼呼，呼呼！让我们彼此到处乱打一番吧。

我所喜欢的一个扯谎仆人是我曾经雇来赶轿式马车的一个马夫。他绝不到我家里来，除非我去召他，有一次他帮忙伺

① Polonius，*Hamlet* 剧中一个奸臣的名字，他被哈姆雷特杀死，这里拿他来作“被杀之人”解。——译者注

② 把我们的朋友骂得体无完肤可以说将他们的品格斫成粉碎。——译者注

候用大餐，却干得这么笨拙，大家同意我们此后不要他再费力了。（租来的）赶轿式马车的马常是这么可怕地瘦削同疲倦的样子，租马处看马的人总是埋怨我们太把它累了。现在才知道有一位邻近的屠户太太喜欢坐轿式马车出游；汤姆金斯却把我们的借给她，快乐地送她到里士满同帕特尼，我想，拿羊排骨来做报酬。我们赠送这个良好汤姆金斯的家庭以酒同药，当他们病了时候——我们供给他零星好东西同额外的财物，那些现在也用不着回忆了——这位感恩图报的家伙却报答我们以告诉他所照拂的一些卖东西给我们的商人："迂远先生[①]？愿上帝保佑你们！一星期里夜夜我背他沉醉着上床去。"他，汤姆金斯，一个只有九十八磅重、五呎高的人；而他的雇主却是——但是谦逊来干涉了，我就不细谈衡量问题了。

汤姆金斯说出同传布这些假话到底有什么动机呢？这些话我们想不出会给他什么好处或者怎样与他有利。若使真有这些事，汤姆金斯的主人会比这是荒谬的胡说时更生气，而且也更有生气的理由。在汤姆金斯方面，这简直是等于自杀的造谣——必定会被发觉——必定终于受罚。后来我们知道这个可怜的东西是借一张假造的品行证明书得到他的位置。他很可以老干这件差事，因为汤姆金斯当然有个妻子同可怜的无辜小孩[②]。他很可以有面包，麦酒，床铺，品行证明书，衣服，煤炭。他很可以安居于我们这小岛里，十分舒服地免受人海的风波；但是我们逼得不能不把他赶走，叫他到外面去飘零，孤单单的，毁灭，颠簸，挨饿，到海里去——泅死。泅死？流氓还有别的

---

① Mr.Roundabout，Thackeray的笔名。——译者注

② 这是说，若使他主人发现他的品行证明书是假造的，他一定拿他的妻子儿女来做乞情的理由，就可以滞下去了。——译者注

死法哩！再见，汤姆金斯。于是乎，我戴上睡帽，把门闩上不让可怜的汤进来了。

假使我们请可敬的读者自愿送来他们知道所挨的诬言的简短报告；我们准会收到多么一大堆的通信呀，恶意将被人们多么铺张扬厉地说出来呀，含有煽动性质的谎话其势兴旺真像轧轧作响的烟火哩！而且一句谎话既已发动了，带有首先说这句谎话人所吹进去的生命力量,注定了走完他那恶魔般的短途,是具有可惊的生命力活着的。你们说:“真理无敌,终能操胜。”咄！伟大的谎话是跟伟大的真理一样地伟大，常常操胜，而且天天操胜。从我自己有限的经验里举一两个例子吧。用餐时我坐在一位先生邻近，大家谈话说到当时社会所喜欢的某一篇匿名著作。“啊，”这位先生说，“个个人都知道谁写那篇文章：那是摩马斯的东西。”我那时是个年轻的作家，也许对于自己的小作品觉得骄傲！“我请你原谅,”我说,“那是鄙人写的。”“真的吗！”他就只答这么一句话，耸一下肩膀，转过背，跟其他坐在邻近的人去谈天了。我从没有听到带有冷讽的怀疑传达得比这句“真的吗”更漂亮。“不要脸的扯谎人”，这位先生的脸孔好像这样说，脸孔的表情也只能够这么明白了。所谓无敌的真理跑到哪里去呢，她又怎么能够操胜呢？她扬声上诉，却被踢到法院之外了。在纽约时候，有一天我读新闻报纸上一篇批评文字（作者是远离英伦三岛、寄寓西方共和国[①]的一个天涯游子），提到当时出版一本书里所印的我一封信，那本书说写这封信的人在某某年还不过是个小孩子，事实上，我在所说的那个年头的确才十九岁。“假话，迂远那生，”高贵的批评

① The united states of America，因为居于西半球，所以称之为“西方共和国”。——译者注

家说，“那时你不是个小孩子；那时你已经有二十六岁了。”你们看他比爸爸妈妈同教区里登记员更懂得清楚。一件纯粹关于我自己的极小事体，他宁其认为，而且说出，我扯谎，与其相信他错了。好多年以前，当阿克忒剌斯[①]同我是非常胡闹的捣乱小孩子，我们碰到一位从中国回来的先生，他懂得那里的语言。我们却反向他说起中国话。我们说我们是生在中国的。我们对于他是二与一之比。我们仿佛非常流利地说官话。大家也都相信我们；正像古昔的时候，大家觉得真猪的叫声没有假猪的叫声那么来得自然。啊，阿克忒剌斯呀，假猪此刻在我们街上叫着，得到大众的喝彩，真正的小猪却在他的圈里发嗯嗯声，没有人去理他！

我有一次同一位和蔼的太太谈了一些时候：那是第一次的谈话；我看见她温和脸上有个惊奇的神情，那分明说，脸上表情也只能如此明白了，“先生，你知道吗，一直到此刻，我对于你有某一种品评，现在我才想起我恐怕错了或者被人们蒙蔽了？”我不单知道她听到人们说我的坏话，而且知道是谁说的——所谓精明人们里面的一个，我亲爱的同胞呀，我们在前一章[②]劝言里不是提到了吗，我发现了我种种的事情——发觉我素来没有干过的行为，发觉我素来没有说出的思想同意见，就靠这些来判定我。吓，我的孩子！我不是发现你的坏处了吗？呵，不要乱笑。也许我现在所归罪的人正同我一样地无辜。

为什么人们所说的坏话传布得这么广，存留得这么久，而我们善良仁爱的话好像总不能够生根开花呢？是不是因为在人

---

① 作者在这篇文字里故意用罗马姓名来代替近代通常名字。以增诡奇滑稽之趣。——译者注

② Thackeray 在杂志上写有一串小品文，叫作 *Roundabout Papers*，这就是里面一篇，前一篇见《被人发觉》（*On Being Found Out*）。——译者注

们的铁石心肠里这些美丽花卉不能找到一个生长的地方吗？那是的确的情形，谣言是兴致勃勃谈话的材料，赞美邻人却绝不是动听之言。把一位认识的人拿来烘，烧，加上热烈调味品煎炙，和胡椒芥辣一起捧上来，是会激起食欲的；而一片冷清清的友谊，旁边排些葡萄干果膏，是令人起厌恶的、不可口的食物。

情形既已如此，我亲爱的、可敬的公平太太，我知道这位太太是有一百个善良慷慨的美德：事实既然很分明地是，我们所说关于我们邻人的好话不会开花结果，它们掉到地面，就灭亡了，而坏话却被谣言的风吹得到处飘游，在各种土上生根，繁殖得真是惊人——看到，我说，这种谈话没有给我们一个公平的机会，我们为什么不绝不臧否人物，完全不说出我们对于勃朗、琼斯、鲁滨逊（以及三位太太）的品评。也许对于他们个个人我们都误解了，正如，上帝安排的，我刚才所轻轻指斥的这些轶事制造家对于我的误解。我们也用不着去说孟宁太太是个可亲的人儿，人家太把她误解了；杰克 · 忒题鲁是个豪侠的、不幸的汉子，并没有人们所说的那么黑暗；可是我们谈话时绝对避免评判人物，行不行？我们决定从事于科学的探讨，把我们研究的有趣味结果彼此相告。我们决定，若使你们愿意，用显微镜来窥自然界中无限小的奇观。我们决心研究昆虫学。我们决定彼此手臂圈着腰肢坐在骡子桥上面[①]，看数学之川在底下流过。我们决定躲到斗牌里面去，要“求我邻人”[②]，而不去毁谤我的邻人。我们决定到动物园去，信口谈论大猩猩同它的血属，却不去谈也能够谈论起来的人们。假使我们赞美高

① 骡子桥，就是指不易学会的东西，这句话本来是欧几里几何第一卷第五命题的题名。——译者注

② 打牌时用的一句术语。——译者注

派教会[1]？我们得罪低派教会[2]了。恭维广派教会[3]？高低两派教会都生气了。你看德贝爵士是不是一个有本领的政治家？你对于判麦斯敦爵士有什么批评？不谈这些话吧，若使你愿意，可否弹给我听“森林邻近我的茅屋里面”那些可喜的变调？这是个动情的小调（我想你知道它的法文原文？啊，告诉我吧，妈妈！）又是可怜的马利·安他涅特[4]所爱听的。我说“可怜”，因为对于以如此美貌、如此不幸出名的皇后我有带着怜悯说话的权利。可是，至于对她的行为加上什么批评，说她是好，或者是坏，或者不好不坏，这是上帝所不容的！我们已经约好不再说人是非了。让我们打一下牌吧——玩二人纸牌戏吧，若使你愿意。请你分牌。我来要牌。我要棍棒二点……

怎么？没有二点！坏了！怎么？人们总是继续谈论他们的邻人，绝不肯住口，就说有牌打，或者甚至于有这么多显微镜同养鱼器？唉，我可怜的、亲爱的公平太太；我同你意见一致。我却记起一件事了。你曾看见过像哥带发·特鲁忒太太昨夜所穿的衣服那样东西吗？人们总是饶舌下去，虽然我们缄口无言了；而且，究竟说起来，我的好人儿呀，这些谣言百年之后还会有什么效力吗？

---

① 看重牧师、仪式等的教派。——译者注

② 英国教会没有那么注重仪式的那一派。——译者注

③ 偏重了解宗教的神髓，不拘于教义的教派。——译者注

④ Marie Antoinette（1755—1793），路易十六的皇后，后来被人们杀死。——译者注

死同死的恐惧

〔英〕史密斯

让我们好奇地来分析永诀和亲爱的手最后的一握。让我对着哭丧的脸孔，点首的羽毛同出丧的慢步微笑。让我写下勇敢的、英雄的句子——向死挑战的句子，正如厚颜的歌利亚[①]向着以色列的军队一样。

“死会在什么时候等待我们是不定的，让我们到处寻找它吧。死的预料就是自由的预料[②]；学会了死之术的人忘记了什么叫作苦役了。庖卢斯·伊密力阿斯[③]对可怜的马其顿王，他的囚犯，派来求他不要在凯旋时把他带回[④]的使者答道：‘让他去向自己请求吧。’真的，无论任何事情，若使没有一点儿天然的底子，专靠人工同勤勉是很难有什么成就的。我本质上并不忧愁，却耽于冥想；我总是老把死的默想来消遣自己，比任何别的想头都常，甚至于在我最快乐的、最恣情的年纪里。

---

① Goliath，系菲利士军队里一员大将，当他们同以色列军队打仗时候，他严装骂阵，目空一切。却被以色列的大辟用一块石子就打死了。——译者注

② 这段所从来的那篇小品文题目是 *To Philosophize ls to Learn to Die*。——译者注

③ 今译保罗斯（马其顿的）（约前229—前160），罗马将军。在任执政官期间，于公元前168年率军击败马其顿国王柏修斯。——译者注

④ 古代凯旋时俘虏缚车旁带到城里去。——译者注

跟姑娘们在一起，最兴高采烈的时候，有些人也许以为我一心一意在妒忌着，或却暗想着一些臆造的希望能否实现，其实我却正在替自己解闷，想起某人前几天忽然感到灼热的发烧，就死去了，他那一次正从像这样的一个盛会回去，起先脑子里满是爱情同寻欢这些无聊幻想，正同我那时一样；据我所知，也许有同样的命运等候着我。然而，这种思想并不比别种更使我额上生皱纹。”……“你为什么怕这个末日呢？它并不比别的日子更促成你的灭绝。最后的一步绝不是衰弱的原因，它只是拿衰弱加到我们身上。每天都是向死走去；最后的一天不过抵达那里了。这是我们的母亲‘大自然’给我们的好教训。我常常自己暗自忖度为什么在战争时候死的影子——无论我们想到自己的危险或者别人的危险——是远不如我们舒服地滞在家里时那么可怕（因为假使不如此，那将成为一队哀啼的懦夫了）；还有死虽然到处是一样的，可是农夫同下等人比上流社会，受过教育的人却更有把握，我真相信，我们拿来放在死的四旁的那些可怕的礼节同设备比死更令人畏惧；一种与日常完全相反的、新的、生活法，母亲、妻子同儿女的啼哭，深为惊骇同感动的朋友的慰问，脸孔苍白、面目哭肿的仆役的服事，四围点着蜡烛的一间黑暗房子，医生同牧师围绕着的我们的床铺；总之，没有别的，只是我们周围的鬼气同恐怖使它变成这么可怕，一个人几乎以为他自己已经死过去，安埋了，小孩子甚至于怕他们最亲爱的、最熟识的人们，当这班人戴上鬼脸壳时候；我们也是如此：不单人不该戴鬼脸壳，事物也不该戴；把它取下，我们将看出底下没有别的，只是个普通的死，正如一两日前一个底下人或者一个可怜的丫头毫无恐惧地死去那样。”[①]

“人怕死，好像小孩子怕到黑暗的地方去；小孩子天然的恐惧会因听到胡说而增加，大人天然的恐惧也是这样。把死认为是罪恶的代价同到另一世界的道路，这的确是个神圣的、宗教的想头；但是认为是对于大自然的纳贡，这个恐惧是弱者的。然而，在宗教的冥想里常杂有无聊同迷信的成分。你将在一些僧徒著的清苦修行书里读到他们说，一个人应该自己想一下那是多么苦痛，假使他有一只指端被压或者受苦刑；从这里可以推想死的苦痛是怎么样，那时整个身体是腐烂同溃烂了；其实死常还不如一只肢体的受磨折那么苦痛。因为身体上最紧要的部分不一定是感觉最灵敏的。呻吟，骚动，失色的脸孔，呜咽的朋友，丧礼，葬礼，以及其他这类的东西使死变成可怕。这是值得我们注意的，人们心里一切的情感没有一个是弱得不能制胜同管理死的恐惧；当一个人身边有这么多守卫都能打倒他，死真不是个这么可怕的敌人了。复仇战胜死，爱情以死为奴隶，义心希望死，悲哀躲到死那里去，恐惧把死拉来；而且，我们读过，当鄂国王[②]自杀后，怜悯（那是最柔弱的情感）鼓舞许多人去寻死，完全出于对他们主子的同情，做个最忠实的部下……死同生是一样自然的事；对于婴孩，也许这两件事的苦楚是相等的。专心致志于某事工作时死去的人是像在热血中受伤一样，当时几乎不觉得痛苦；所以一心专注于、倾向于某种善良事情的人可以避免死的忧愁。但是，请相信，在乎一切之上最甜蜜的小歌是，‘主呀，让你的仆人安详地离开这世界

① 上面这些话是 Montaigne 小品文里的一段，关于 Montaigne，可参看《孤居》注。——译者注

② 今译奥托，罗马皇帝。登基仅四个月，因日耳曼军团拥戴维特利乌斯称帝而开战。奥托战败后自刎。——译者注

吧’，当一个人做到值得有结果同希望的时候。死还有这个好处；它打开到令誉之门，把妒忌毁灭了。”[①]

这两位小品文家的名言是跟李奥倪大[②]和他的希腊兵同样地勇敢，同样地无用。死不大理我们的冷讽同隐讥；向他扔一把标枪或者一朵玫瑰，于他都是一样的。我们在身边筑起克情箴言的壁垒，看起来足以启导人心，但是当恐怖来时，这些却顺服了，好像河里菖蒲打的结子，挡不住河马的肩膀。

死只当现在眼前时我们才觉得可怕。当在远处，或者我们以为是在远处，我们能够谩骂他或者低声喊他，而且，甚至于跟他开玩笑。丑角先生[③]有一次想讥笑某一种定期刊物爱载有用的知识，就从它里面引这句话，“人皆有死”，有些人对这下微妙的滑稽露齿大笑。这句话同它所包含的事实的确是再常见不过的。可是无论在任何人们里你假使严重地说出这句话，一定会引起大笑。然而死这件事一些隐约的承认却常杂在人们最通常的生活经纬里。这个承认并不叫我们害怕。那只幽灵有最狡猾的假装，当他在我们身旁时候，我们常常还不知道他是近在咫尺。我们毫没有料到，死的观念却躲在音乐的悦耳柔声里；我们看见朝雾时所得的欣欢与它也有些相关；它夹在情人热情的嘴唇中；它活在接吻的震动里。“再掘深一吋，你将发现帝王的骨头了。”细察欣欢到它最后的纤微，你将遇见死的成分了。这真是自然一切仁慈的安排里最仁爱的一个，一个缠绕心中的不安感觉会使我们更深切感到我们所获得的快乐；我们在世暖和日子的和它各种活动的欣欢一部分却来自茫然地感

① 这段文字出自培根的《论死亡》。——译者注

② Leonidas（491—480B.C.）斯巴达王，曾以三百人死抗波斯人于Thermopylae，勇敢称于世；然终以众寡不敌而全军覆没。——译者注

③ Mr.Punch，英国最有名的滑稽报的名字是Punch。——译者注

到它四围的凄凉长夜，在那夜里没有手臂举起来拥抱，也听不到人声了。死是自然该遮住的一件丑恶事实，她真遮得不错。否则，人生是不可能的事了。哑剧演得很起劲；但是当丑角[①]一翻开他的面具，丑夫人[②]就不见了，另一丑角[③]嘴上的笑话冻结了，另一丑角[④]正在偷东西的手也就在偷窃之中停住了。死所凝视的地方，就是静默同战栗。但是虽然他迟早总得向个个人瞧一下，他却不轻容易现出色相，必得等到那定好的时候。他步步走近，好像一队印度兵，隐身于遮掩同埋伏之后。我们各有各的事要干，他总是遮盖着，一直等这些事干完了。我们被我们的热情所激动，我们忙碌地追逐我们的野心，我们正在求名或求利，忽然间，于我们种种希望的当中，我们发现“人们所畏的影子”[⑤]。自然这样子老把可怜的凡人骗了。当她打算致人死命的时候，她却装出笑脸来；当她拣中一个牺牲品，她送它一朵有毒的玫瑰。任何种快乐，任何样幸运，任何形式的光荣都有死伏在里面，静静地等待它的食物。

死是世界里最普通的东西。它同生一样地平常，比结婚和成丁更常发生。但是死与其他人生经验不同的点是这个：我们不能得到它的消息。死人是明白死的情形了，可是他默然。我们不能从死人强夺来他的秘密。我们不能解释硬化了的脸孔上一片口舌难尽的安详神情。因此当我们想到死这件事，我们被孤单同寂寞之感所打击。在那黑暗的途上我们是没有伴侣的；

① Harlequin，他是英国哑剧里一个精灵，除开 Columbine 外，别人都看不见他，他阻止 Clown 的捣乱，Clown 是爱上了 Columbine，还有一个老丑角 Pantaloon 帮助他。——译者注

② 她是 Harlequin 的女人。——译者注

③ 他非常滑稽。——译者注

④ 他非常笨傻，刚好跟 Clown 相反。——译者注

⑤ death，死神，见 Tennyson 诗中。——译者注

我们却已走得这么远了，我们听不见我们朋友的声音。死的恐惧就在于这个寂寞之感，这样只觉得自己，此外别无所觉。然而，跟这条路一比，伦敦或北京最热闹的市街也好像是一片沙漠了。哪个计数员能够替我们统计死人的总数目。而且，死同弥留这件事，像世上其他许多的事情一样，也许给我们自己的恐惧同希望形容得过度了。死，在前瞻里是这么可怕，也许回顾起来却很有意思。若使我们能够走进那快乐的田地，听见有福的幽灵谈话，我们或者会发现要战胜死，一个人只要死去就行；死了之后，恐怖化成一件熟识的事情了，死的回忆宛如昨日陈事的回忆。对于这班幸运的人们，死将只是一个日期，弥留变成个很可以拿来比较的题目，各人可以恬静地比较彼此的经验。然而，此刻我们还未达到这么含有无限大的内容①的地步时候，我们既是这么一个血肉之躯，死是使我们害怕，激怒我们，逗着我们。我们的地位既然如此，知道那是不能避免的，我们的思想有时不能不好奇地专注于上面。没有一件其他事情如是感动我们。高地②的圣者自命他能够看见死神等候的人胸前有尸衣高挂着。若使我们能够看见一个这么显著的标记，带了这个标记的人无论站在什么地方——甚至于他是个奴隶，看该撒③过去——总会吸引个个眼睛的注意。在一个皇帝加冕时候，戴上"这个勋章"会使皇帝的衣服减色，扑灭了王冠的辉煌，传令官的喝道也变成没有意义了。死使最可鄙的叫化子显得尊严，那种尊严就是在王者之前也会露出头角。就是这种对于一切关于死和弥留事情的好奇心叫我们珍存起来伟人临终的

① 指"死之国土"，见莎翁悲剧*Macbeth*中。——译者注
② 苏格兰北部，其地多山，所以叫作高地。——译者注
③ Caesar，罗马皇帝。——译者注

话，该从它们榨出一些明白的意义。歌德[①]弥留时所喊的，“光明——光明，更光明！”是一句祈祷呢，是精神经验的报告呢，或者只是说出事实，以为他所躺的房子满是薄暮的微光了？随我们各人的性情，我们这样或者那样解释它——我们已经无法追问他了。人们对于正法的趣味也出于同样的理由——从槐特和尔的绞架上的查理斯第一[②]到格剌斯马刻地方被群众咒骂的普洛条斯[③]。这班被处决的人没有病得昏迷，他们也没有发烧到精神错乱了；他们睐着死，在这种情形之下他们所说的同所干的对于我们具有非常奇特的魔力。

凶手心里想什么呢，当他的眼睛被那该咒的睡帽[④]永远遮住了？在举起的斧头的一闪同查理斯王的头颅打滚于锯屑之上中间这一刹那，被杀人的思想凝聚成什么样子呢？这种空想也许是病态的，但是不一定是如此。人类一切尖端的经验都能感动我们；尤其死这个经验于我们有极深切的个人利益关系。从我们所知道弥留的情形，我们极力想抓到一些东西，以破死的幽寂，俾有一点同伴之感，因此可以减轻我们的忧愁。

将死一切可怕的联想完全剥夺去是个徒然的试验。冰山周围的空气总是冷的。默想死的时候，我们的精神也许能够不退缩，但是脉搏同心脏，脸色同口音总显得出我们是懦夫。没有什么哲学能够教他们当这个严肃幽灵的前面显出勇敢。然而有些考究可以使死失掉它的可憎形状，帮助我们安于死的观念了。

---

① Goethe（1749—1832），歌德，德国大文豪，《浮士德》的作者。——译者注

② Charles I（1600—1649），英国皇帝，清教徒之乱被杀。——译者注

③ John Proteus，他是爱丁堡城里的警卫长，有一次举行正法，群众围观甚拥挤。他向群众开枪，引起众怒，于是他老先生自己也被人们拿去正法，缢死于这班群众之前。——译者注

④ 绞死的罪犯总是戴一顶白睡帽，所以说那该咒的睡帽。——译者注

一个人沉静的愉快是很复杂的，在某种感动时候，那种时候过去后我们才认出是我们最愉快的时光，一些关于死的微妙观念总是杂在里头。这个愉快时光的特性就从这个混合得来——这个混合分别出一个小孩子的欣欢，那是完全靠着生活力的丰满和一时的冲动，太轻飘了不能记住，同一个大人真实的愉快，那是瞻前顾后，将现在同未来两世界都打量一下。大概说起来，我们可以说，人生最甜蜜的时光是来自隐约地承认死这件事实。当然，只是个隐约的、回绕心际的承认；因为若使更进一步，若使那观念变成明显的，确定的，现在眼前的，它把一切其他的东西都吞没了。冬天外面大风的怒号会增加一个躺在床上的人的暖和快感；但是这快感变成完全不同的情绪了，若使大风刮成暴风雨，屋子有吹倒的危险。这个隐约的死的认识可以几乎老在一个人心里，给他的生活以更深切的兴味和风趣。他的灯将因此而更见光明，他的酒将因此而更见可口。因为在暗色的帷帐之前，人物才显得轮廓非常分明，彩色非常夺目。

若使我们永远在世上活下去，除开衣食住外没有别的忧愁，那么生活将变成一件非常无聊的勾当了。那是因为有死的尊严而高尚得无限倍了。禽兽同我们一样地死去；但是我们知道我们会死，我们所以别于禽兽就在这点。假使自然狡猾地将死这件事掩盖起来，让我们弄完我们的小把戏，那么我们将看出我们知道它是不可避免的，个个人迟早总有一天遇到它，这是我们动作一个极有力的刺激。我们的确于所谓今天里干事情，因为夜一到没有人能够工作了。我们也许还用不着期待它——它也许还没有派来一个先锋——然而我们知道一天一天它更接近我们了。设使我们永远活在世上，我们也绝不想努力了。但是心里打算有所为，知道了我们任一天都有断然地被阻止的可能，因此就有勤勉的动机了。我们自然希望在这断然的阻止发生以前把那件事办好，最少也要做得快成功了。晓得他在世之日有限，一个人的工作跟别人比跟自己更有关系了，借此一股高贵的新潮流来到他的生活里面。若使一个人种一棵树，他知道别人的手将采到这果实；他种的时候，想别人的手不下于想他自己的了，这样子，由一个诗人看来，身后的生活比在世的更可爱；后代一声的称赞比当时众人的喝彩更来得可贵，就是说那唯钱是务的人,为他自己挣钱还不如为将来的人的成分多。财富落到禀性高尚的人身上可以生出双倍的快乐。他有了钱自己觉得愉快，他的愉快更加多了，当他臆想到他儿子或者他侄儿从这上面所得的快乐，当他已经去世了；或者他可以拿这笔款所做的善良事业。看到我们对于人生同它的附属物不能永远占住，我们就不完全为着自己而生活了。所以我们一向承认为一个缺陷的这个死却的确大帮我们的忙，去掉人世的无聊了。你我的生活这样一天一天地过去是件够无聊的事情；但是我们一想起它必得结束，一群的考虑，不是关于自己的，却是关于别人的，都奔到心头，乏味之感登时消灭了。生活假使“如是”永远过下去将停滞而腐烂了。激动生活同打扰生活的种种希望，忧愁同追悔使生活保留它的新鲜同健康，正如海是因潮流的骚乱而有生气。在一个都还舒服的世界上，没有死这件事，我们真不容易看出这些健全的忧愁、追悔同希望会从何方来。照眼前的情形，我们命运里的震动和挨苦是够多的，但是我们必得记住就是因为有这些震动和挨苦，我们才是呼吸有思想的气息的动物。我们既已说过，死去掉人生的无聊了。在积极方面，当我们看见世上成千累百可怜的、愚蠢的、下流的脸孔，听到同那脸孔一样可怜同愚蠢的胡谈，我们若使对他们要有相当的敬意，就不得不记起死的严肃，那是在静默地等候他们。最傻的人有一天会显得够尊严的。这些容貌此刻是难看的，但是最热烈的眼泪同最深情的拥抱到那时也不觉得过分了。你想叫一个人显得高贵，你最好的法子是把他杀死。他从他的种族遗传下来的上等性质，自然亲自给他的上等性质，到死时候都呈现出来了。那些激动人们的、扭歪人们的、变化人们的烈情永远消失了，相貌回到大理石一样的沉静了，那是人们真正的本来面目。到那时最虚伪的也现出诚恳的脸孔了，最轻浮也现出严重的脸孔了——大家多少都有些高尚的气氛。而且自然绝不至于慌张失检，泄露秘密。正寝在那里的人也许从前多活得像一只燕子，但是现在——当他能够说出一些值得听的话了——金字塔①同人首狮身怪②都不能比他更坚执地保守一个秘密。

然后，请想一下，无常之感多么增加美丽的光辉，提高快乐的内容。愁总是随着美，这种愁使我们的美感更见锐敏，正如深绿色的皱叶更显出蔷薇的惨淡容光。观者的美感油然而生，但是他知道这是消逝的，他自己也是消逝的，因此添了一种凄然的酸辛；这酸辛同是提高了美的对象和凝眸者的精神。

一切事情都因有危险而加甜了。快感与毁灭之感相杂，就越来深刻了。没有遇过最后拥抱同最后诀别的可能的爱人还是柔情的门外汉。夕阳感动我们过于朝暾，无非因为它是落日，会引起成千的联想，一个母亲最欣欢的时候是当她双眼溢着泪珠，看她睡着的孩子；她在别的时候绝没有这么痴心地吻他，她也没有这么热烈地为他祈祷；然而，她心里所想的不单是红

---

① 埃及金字塔包含无限神秘，庞然位于大地之上，默默不语。——译者注
② 狮身人面兽曾以谜问过路之人，不能猜出者则杀之，他总不肯说出这个谜的意思。——译者注

的脸颊和黄的鬈发；在这样至妙的慈母心情中占有和失却两种情绪奇怪地混在一起，互相刺激。一切大欢悦都是严重的，情调是要用它的复杂程度同它的深刻影响来量的。一个音乐家从一个主音也可以奏出妙乐，但是最富丽的音乐是整个乐器的全部力量都用到的，奏的时候个个主音都得颤动；虽然满是严肃的情调同堂皇的音韵，最后的印象也许是生气勃勃的，称心喜悦的。超过感官满足之上的高尚快乐，它们的锐敏程度是靠着它们所启发的思想的数目和种类。最大的快乐是那种当我们觉得是快乐时候，还能包含死的观念，就以这种奇绝的凄其情绪来妆饰自己。在心境沉静的人们心里每个快乐多少都是用这种奇绝的凄其情绪来妆饰自己。

人生里没有一件别的东西像快乐的来去这么飘忽，这么惊人。若使我们今天在某一地方找到它，明天再到那儿寻觅就是徒然了。你们不能给它安下一个陷阱。它总不至于遇到埋伏，无论你们多么狡猾地万方设计。快乐是没有遵守什么规例的；它绝不依着前次的足迹走路。它令人惊喜地来到我们日常的生活里，像一只白天鹅从空中投到乡村普通的湖里，正同天鹅一样，绝不能找到一个理由，它又举翼飞回空中了，它离开我们，我们唯一所得的是它的回忆[①]。这是快乐的一个特征，我们绝不能晓得它是快乐，必得等到它已过去了。快乐绝不用手指量一量自己的脉搏[②]。若使我们想偷觑一下它的形相，它登时消失得毫无踪迹了。那是一堆没有数过的黄金的一瞥。因为它本质是这样，我们的快乐原来到了什么程度，也就那样程度只在

① Memory，小品文家都喜欢谈“记忆”，那可说是他们的宝库，Hazlitt有几篇论Memory的文字尤妙。——译者注

② 快乐绝没有去测量自己的感觉。——译者注

我们的记忆里活着。我们没有听到原来的声音，我们只听到回响。我们当下不觉得快乐；我们只能记起我们曾经快乐过。在快乐时光的核心同组织里既然埋伏了隐约的死的观念，过去快乐所寄身的记忆又总是一种惘然的回忆。所以最俗套的关于过去青春，少年恋史，以及这类事情的感慨总带有一股难于形容的诗的气味，那使我们喜欢，使我们感动。船走过去了所留的痕迹总有一阵愁惨的光荣。近代最美妙的一串诗开头[1]描写诗人怎样瞩目于“快乐的秋之田野”，想到“不可再得的日子”。其实说起来，个人真正占有的东西是他的回忆。别的东西不能使他富，别的东西也不能叫他穷。

在我们热血奔腾、幻想丰富的年少时候，死跟我们还隔得很远，因此有如远景之可以入画。这个狰狞的念头站在思想里正如一座废墟站在各花盛开的美景里。年轻人用殓衣同埋尸所这些观念来做清凉剂，正如热烈地跳舞的人到露台去吸收夜的空气凉爽一下。青年的想象玩弄死的观念，拿来当一件玩意儿，正如小孩子要有刃的东西，要等到它把手指割伤了，才知道厉害。最阴气森森的诗歌是非常年轻、都还舒服的人们写下的。当一个人心境变成真严肃了，他是不喜欢干这样无意识的举动。心头有了一两座墓的人用不着徘徊于教堂坟地之旁[2]。年轻的诗人用死来做对照；当他巧言滑舌地用死来做反面文章震动读者的时候，他认为他写了非常俏皮的东西。在他最忧郁的心境里他是最不诚恳，最自私，最妄自尊大。年纪老些、智慧多些的诗人躲避这个题目，正如他躲避苦痛的回忆，或者当他提起

---

① 指 Tennyson 长诗 *Princess* 第四章开头是“Tears, idle tears, I know not what they mean”那一段。——译者注

② 就是说他有一两个亲爱的人过去了。——译者注

它时候，他也是用一种凛然的态度，感到它的尊严和它所含的重大意义。拜伦爵士[①]是当那纵饮之年，一八一四，从跳舞会回来脱下衣服时候写出他的《拉剌》[②]，他是这样告诉我们。一面宽衣，一面大概萦心于喜欢他这个人的那班女子的美目。这位当时爱着死人的惨白脸色，要世人相信他觉得最芬郁的酒是沾有坟墓的灰尘——然而这种酒他常常喝得太多了——的被人们太容纵了的年轻人写出这么一行诗。

那个睡眠是最可留恋的，因为它的梦最少。

这里所说的睡眠是指死。这里要使读者出不了气；干了这个壮举，拜伦就枕而眠，觉得自己聪明过人。试将这个和莎士比亚所见远大的、思想堆得很厚重的名句——那是用同样象征来代表死的名句——

死去——睡去——

睡去！也许会做梦——吓，这是个麻烦；因为在死的睡眠里来的是哪一种的梦呢！[③]

你们立刻可以看出一个人更宽阔的经验如何会使他关于死和弥留的观念更见深刻。中年可以不怕死不下于青年；但是

---

① Lord Byron（1788—1824），英国浪漫派诗人，少年英俊，生平韵事甚多，好作悲哀语，有时难免矫情。——译者注

② *Lara*，一首长诗，述一个海盗和他的爱人（假装为他的跟人）的冒险故事。——译者注

③ 莎翁悲剧《哈姆雷特》中有名的独语。——译者注

它懂得严重，无心去向瘦削的肋骨开玩笑，或者用亲昵的名字喊它像一个爱人那样，或者插一朵莲馨花在它狞笑的面颊，从这两者的绝不调和得到乐趣。

年纪到了三十的人有时觉得他仿佛从一场大战走出来。同伴一个一个地倒了；他自己的生命好像有什么特别魔力保护着。知道了他朋友们所遭遇的是怎么样——今天十分健康，明天伤风感冒，于是屋里的百叶窗拉下[①]，家中到处是静寂，寡妇孤儿哭肿了的脸孔，第二天报纸上提起这件事，还附带个朋友们肯接收的请求——一个人当他走近中年时候，开始担心于个个暂时的微恙；怕碰到骤雨，穿湿的鞋子坐着就吓得打寒噤；他按自己的脉搏；他焦心地对镜看自己的脸孔，他对于他舌头颜色很加考究。早年里病是一种享乐，使挨苦的人得到奇怪的、可口的温存，那可认为苦痛同衰弱的完全赔偿了；此后又有复元这个快乐时期，那是对于肉，饮料，睡眠，静默都感到无上的欣欢[②]；桌上新采来的一束鲜花，看护妇同朋友们的殷勤照呼同耐心忍受。后来，当一个人居一个位置，要执行职务，那是一天一天堆积起来等候他的恢复健康，病同复原都不是乐事了。病被认为是日常事情一个残酷的阻碍，病人总是不安，有个失掉时间和失掉力气的感觉。他真的失却战斗力了；他老是觉得战争还是在他四面进行着，而他暂时的撤退是件不幸。当然，除非一个人处于非常不幸的环境里，他在中年害病的时候也可以有那些使他早年的害病变为乐事的一切爱情、耐心同注意；可是他不能安于这些上面了，不能像从前把这些看来十足

① 英俗死人之家百叶窗紧闭。——译者注

② Lamb有一篇小品文叫*The convalescent*在*The Last Essay of Elia*集中，极能道出此中的妙味。——译者注

的赔偿了。世界总是同他有关系；因为他的利益同感情的缘故，他已经投身于非常纷乱的关系和其他依靠的密网里去了，一个致命的结果——中年时候这是随时会发现的——要毁坏这一切关系和依靠，带来比淌眼泪更严重的事情。在一个人早年的疾病里，他不但用不着解决这么具体的将来问题，而且他更有强的生活力同希望；他有的是时候，能够等待着；现在躺在室中，他就免不了想起，像塔刻立先生所说的，那种没有复元期的病此刻也许来临了。假使那样病已经来了，怎么样呢？他真是毫无办法了，只好耐心忍受这鞭笞，低首相信全能的主宰。若使他病好了，半打左右的人们会高兴；若使他的病不好，同样数目的人们暂时会受苦；在最近二三天之内，认识他的人们在街上相遇会说道——“你听可怜的某某的消息吗？真来得突然！谁会料到？星期四在……处再会吧。再见。”就这么结束了。你的逝世和我的逝世无非对于我们自己算是很重要的。黑羽毛在一小时之内将从我们的棺车摘下；泪也干了，伤损的心儿又将伤痕补满了，我们的坟墓将变成和礼拜堂的墓地地面一样平，虽然我们不在了，世界还是摇摇摆摆往前行。它并不怀念我们，我们亲近的人们，当起先空虚的奇感消失了，也不会很感到我们的去世。

我们对于临终和临终的话具有好奇心；我们想知道事情到底是怎么样；从将死的人看来，全部的情形是如何。不幸得很——也许，就全局说起来是侥幸得很——我们不能从这些采到消息。将死的人几乎是同死人一样地缄默。从死的环境，颜色惨白，呜咽，板滞的眼神，这些情形所得的推论错与不错的可能性相等。曼夫勒德[①]喊道，“老头子，死去并不是这么一件难事！”司特令[②]写信告诉喀莱尔[③]“死的确是非常奇怪的一件事，但是不如旁观者所以为的那么奇怪”。也许大概的情形是如此吧。世界到如今已经有六千年了，除开现在活着的人们外，在那上面呼吸过的无数的亿万人们——堂皇的君王，手拳坚硬的乡下人，以及思想绝没有活动过的小孩子——都死了，他们所干过了，我们当然也能够干，它也许没有那么难，也许没有那么可怕，像我们的恐惧对我们所耳语的。死人保守他们的秘密，过一会儿，我们也将像他们那么明白——也像他们那么默然了。

---

① 拜伦长诗里一个英雄。——译者注

② John Sterling（1806—1884），文学家，Carlyle 为他作一部传记。——译者注

③ Thomas Carlyle（1795—1881），英国大思想家，著有《英雄崇拜论》，《衣服哲学》等。——译者注

草地上的默思

〔英〕理查德·杰弗里斯

老屋站在乡下里寂寞的路旁，有许多哩路把它同城市隔离，又有花园的大墙把它围着隔离起来。我常常信步走到站在一棵橡树底下的一块哩数标石，去瞧刻在低处的铭字——“离伦敦七十九哩”。跟大城是离这么远，你们看，连铭字都凿在石头的脚上，因为大概不会有人想知道这个情形。它一半是被酸模同苎麻遮住，受人蔑视，没有人去注意它。这七十九哩一片大平原——这里面有多少草场同谷田，篱笆同森林？——广阔到足以使任何屋子幽独，把它藏起像蔓草中的一粒橡实。一生都在幽静辽远的地方过活的人们不觉得它的幽静辽远。其他别人没有一个感到这地方同大城相距的漫漫长途，但是也许正是这样意识使我更深切地觉得它的寂寞。那使静默更深沉了；使橡树的影子移动得更慢了；使一切东西更显得严肃了。要完全传出草场上“自然”潜心凝聚的神情是很不容易办到的——一切东西是这么浑然与人们的思想同人们的心儿毫不相关。橡树站着——安详宁静——是这么宁静，藓苔也爱上它们了。它们脚旁生有荒草，什么事也不留意。草里有松鼠跳跃，他们小心儿的不睬你我正同橡树的木头不睬我们一样。阳光安身于谷里的溪旁，滞在那儿，不管我们来或不来。请从橡树旁篱笆上的罅隙看去，你看那是多么恬然凝神——那一切，每片草，叶子，花朵，以及个个生物，黄雀或松鼠。那是把自己催眠了。当时我常觉得这跟伦敦真是相距七十九哩，并不是无非一两点钟火车上的旅行，的确有许多哩在中间。一片广大的青畦沟同犁沟把老屋同俗世的大城隔开。七十九哩深这样的安慰同孤寂是不能描状的；透视法也无从把树林放在够远的地方。必得滞在里面像那棵橡树才能领略它。

菩提树的树枝挂在花园围墙的基角上，从那里可以望见那条满布尘土的静寂道路，等到悬着如弓形的橡树把它遮住。阳光晒热的白色尘埃，绿色的篱笆，满载着果实的树，天上卷在一起的白云，对面没于田地里的一条小路，正如你掷一根手杖到草丛里，柔嫩的菩提树叶抚弄面颊，以外还有静默。那是田地的静默。若使有一阵和风吹动树枝，若使有一只黄鹂歌唱，若使草场上拖车的牝马振身一下，以她坚硬筋肉的抽动使地面同空气都震颤起来，这些不是声音，它们就是静默的化身。我对于它是具有这么敏锐的感觉，它转过来也决然地把我抓住，像古时神话里所说的魔力[①]。一叶的触手等于一道符咒使我魂迷，所以我好似感到同懂得青草里同丛莽里一切进行的事情。墙边菩提树里绝没有鸟儿来做窝，虽然是这么紧密同可避风雨。它们到处筑巢，却总不在这儿。菩提树枝底下宽阔的墙顶石[②]差不多每点钟都有花斑的画眉飞来，有时从此下望，窥探到花园去有无危险，有时看一看有没有一只蜗牛爬到长春藤上。然后他们悄悄地投到底下一长

① 古时故事里常说有些妖怪有魔力，能把人迷住，变成糊涂了。——译者注
② 墙顶的石头，常作斜坡状。——译者注

块莓树丛中。莓树丛薮是一切爬虫的汇聚所；画眉向每株树四旁、每片叶同每根纤匐枝底下探看。一只蛤蟆总是蹲在那儿，常常有两只，当你捡起一粒已熟的梅莓时候，你也许会瞧见他的黑眼睛看你把他替你留下的果子拿去。

一只檐燕顺着路掠飞而来，猛得像一条箭，他的白背使太阳晒干的尘埃相形减色；他是在找个池沼取灰泥，在下面小溪之上，来往飞翔等到他寻出一个便于停足的地方。从那儿又回到这里的檐上，四十年来他同他的祖宗都是安然筑巢于此。两只白蝴蝶互相围着飘荡，飞过菩提树顶，又超过一回屋顶，一直往前飞，等到他们的白色不再衬着光天显在眼前了。一只蟋蟀在莓树旁草地上细吟，立刻一下子跳过二十一哩的草片[①]。那处一阵男女列队穿着田地走，我们瞧见一会儿，当他们正行过一道门；他们后面的干草从干草色变成绿色，因他们的脚步把向底的、可是还有液汁的那一面翻转过来。他们勤苦工作着，但是看起来好像从容不迫同和煦快乐。黄雀从篱笆飞到翻过来的干草上去。又有一只蝴蝶，棕色的，顺着尘埃弥漫的道路飘游——算作唯一的旅行者。白云慢悠悠地在橡树丛后移动，大块的、涨着的云团，好似一堆一堆细心捆好的干草，留下小束同斑点，拘于天际。在阴影里读书是多么快乐呀！草场上莓树旁有一大块影子，那是一株高高的、长得很美观的野苹果树射下的。这的确是读书的所在；虽然我晓得是徒然的，我却去拿一本书来，自己安身于草上。

夏天里我绝不能在户外读书。虽说是荫影，明亮的阳光却满照着，夏天的荫影其实是最耀目的日光。书页是这么雪白同

① 从前有个传说，有一双鞋穿上了一步可走七 league，合二十一哩，不知道跟戴宗的甲马比起来如何？——译者注

难堪，字母是墨黑得这么厉害，意思同大旨不十分明了了，因为眼睛同心儿都不能专注到上面。写下来的人类思想和幻想在夏天明亮光线之下变成灰白无力了。眼睛走到别处了，更痴心地落到青青草场同菩提树片树叶上面。心儿更深刻地，更辽远地走到蓝蔚天空梦一般的神秘里去。有时，决定写下这种神秘同甜蜜的感觉，当我正沉浸于里面时候，我搬出桌子，墨水，纸，夏日艳丽中坐在那儿。写下三个字，思想到哪儿去了呢？消失了。纸是这么分明的一张纸，墨水这么显然地是墨水，笔是这么生硬；一切都是这么不合适。你需要色彩，柔性，光，甜蜜的低音——要这些东西来画出那情调，要这些东西来构成音乐传出那情调，同时你要某一个东西能响应同一下子记下生命力强烈的跳动同冲入天地空间的、不绝如一线光明的思想，或者情感，或者其他任何东西。纸上笔的影子就告诉你想传出这些情调是多么完全绝望的事情。这里有荫影同明朗发亮的白色；现在请你用明白的字句来说出这二者简单的相反。二十页也说不完，因为明亮的阳光照出纸的本身，它通常纤维的质地，粗糙的表面，它的真实，不是雕上思想的板子。①

思想或情感的精致同美丽是这么趋于极端，简直不能用墨水勾来；它是像田地同天空，水苦荬花同草片那种青色同蓝色：它们天然彼此互相增光同美，但是一变成人工的彩色就令人厌恶了。再把桌子同书搬进去吧，别人的思想同幻想是看不进去的，你自己的思想同幻想又深沉得无法描状出来。因为心儿是充满了这些东西非常的美妙同它们的瑰奇伟丽。单是我对于阳

① 英国经验派哲学家认为人类一切知识都是来自经验，没有什么先天的观念（innate ideas），所以把人心比成一块白板（tablet），知识是后来刻上去的。——译者注

光的感觉，我一向就无法传之于墨笔。色，形，光对于我简直是含有魔力。这是一阵的消魂。必定要全是观念、不落言筌的文字才能传出内中的感觉。我前次躺在这块草地上于今已十年了，然而我描摹时恍如是昨日的事，每片叶此时正同那时一样显明，一样地真实。这些草近屋子那地方更青些，莓树丛旁更带棕色些，因为近屋子的地方荫影滞得最久。莓树旁边猛烈的日光把它们烧焦。

阳光把我带到它里面去的书弄得黯淡无光，正如它把户内火炉处的火弄得黯淡无光。黄褐色的上升火焰不能燃烧那发出嘎嘎声的木头，当充满的日光泻水一般向它们射来。这种光线的挥霍把小火压倒了，等到有帘幕把它同天空的威力隔开。同样的，在这里野苹果树下，天光使写着字的书页显出惨淡。因为这个美丽奇怪的光叫我们感到一种同样美丽奇怪的真理，一些我们所不知的，但是很伟大的思想徘徊空中，有如燕子。燕子徘徊于上，并不栖止，但是它们的确在那儿。一些说不出的思想在上头蓝蔚里颤动；它不让我们一手抓到，却叫我们晓得同感到它在那儿。只要一觉得它的出现，微弱的文字，人类智识的小火，就渐见衰落，以至于失却意义了。从这里就可以见天下有些东西是书里找不到的。在一切哲学同心灵的追求里，没有一件东西值得拿出来跟它相对，说，“这是它的意义，这是这一场梦的解释。”草片就把最有智慧的人弄迷惑了，柔嫩的菩提树叶叫他们惭愧，蟋蟀讥笑他们，墙上的黄雀歌唱出他的藐视。书籍是变成黯淡无光了，除非它同天光用一个帘幕隔开——那是说，立一个假定，以做成人造的心灵黑暗。肯立下一些假定——那是说，把亮光遮住——在黑暗里一切东西都易于安排，这个东西放这里，那个东西放那里。但是“自然”不许有这种假定，书籍于是就黯淡无光了。光，草片，叶子，蟋蟀，墙上的黄雀含有一种神秘，那是哲学力所不能及的。有一天,这些徘徊心中境界旁边的伟大美丽思想会终于栖止人间了。这里面含有一个希望，整个天空全是默默地含着这个希望。一些跳出书籍范围以外的东西，这是个安慰。

莓丛邻近的小草地，那方面烧焦了，近屋影的地方却是绿色，含有多少亿万的草片呢？这儿它们都纠缠一起，长的，互相望下拉扯的。将它们劈开，它们底下却更多，被盖着的，瞧不见的。它的纤维是头绪纷繁的，织成个无限复杂、像篮子一样的组织，和绿色的、干燥的一团混淆的线条。这真是个该骂的奢靡；只要五分之一就已够了；这里全是一场故意的浪费。至于我手一压到草上，跳出来的小虫，它们的一百分之一就足够了。野苹果树春天里是一座雪山；雪片一般的繁花，当它们下落，把草地铺上一层薄膜——整箩的花，风儿来抓住，散之四方。那种奢靡真是壮丽。两株小樱桃树是同样地浪费；它们扔开盈握的鲜花；但是草地上花草同其他东西浪子般、不在乎的态度是无法形容了。无数亿兆的种子极端随便地在空中浮游。橡树有十万片多余的叶子，而且一粒橡实也不隐藏。毫无唯用主义的精神——一切都是大规模的阔绰靡费。这样高贵的、撒种似的、两臂张开的浪费看起来真有意思。“足够等于过多”，这是个再错不过的一句俗话。给我过多吧！给我以乱花掉的百万种子，柔软如地毡的落下花瓣，青山似的橡树叶子吧。越是过多，越是快乐——也更近于真实的生活了。诡辩曲解是无用的；事实非常分明；自然”四散宝贝，用张开的嘴唇顺着每阵和风把它们吹飞，滥堆起无数层于自由的大气之中，捆起数不尽的宝贝于一棵松树的松针里面。她所干的一切都载有奢侈和多余的色彩。麦穗还它所从生的一粒种子以百倍的谷粒。地面所供给的远超过我们所能消耗的——谷物，种子，鲜果，走兽，丰富的产物是人类绝不能吃光的。而且，它们还可以增加千倍。并没有天然缺乏这么一回事。无论何时我们感到缺乏，那是由于人造的原因，是智力所该想法消灭的。

看见了环境迫到我们身上的小气，卑鄙同吝惜，再掉过头来一瞧"自然"十分的丰饶，是多么觉得神爽呀！它没有界限，没有一个别的东西能够跟它比得上，它的慷慨是这么伟大呀。从自然界里找不出一个理由为什么个个人不能都得到，最少，生活的必需品。有人挨饿，甚至于有人会为谋得粗食而焦虑，真是件没有道理的奇怪事情，完全颠倒的，与常识相违的，假使你只想一下地面扔到我们脚旁的这巨大的丰饶产物。时间慢慢地过去，人心渐渐能并包兼容，我诚心相信能够有这样设备，没有个人用得着为糊口问题而操心。到那时，让我们也以这种放开手的慷慨同神圣的浪费吧。让将来的时代无忧无虑地大吃特吃，像我的黄雀吃割下的草的种子一样，没有声音把它们从那里赶走。若使我能够像地面那样随意给予，那是多么好呀！

白背的檐燕从溪旁的浅水回到他筑成一半的巢窝已经有许多回了。有时，他们一对抓着他们粘在檐下的泥土，彼此呢喃，漫话他们工作的进行。当他们松脚时候，他们这么猛烈地望下冲去，好像他们一定会触地，但是他们又一直飞起，飞过墙头同菩提树。一只画眉到那边的亭子有二十次了；那是交互的条板做成的，外面长上茶树，巢是在编织的条板的里面。一只黄雀来访问墙旁的玫瑰树——花蕾上满是蚜虫。一只棕色的旋木雀到菩提树去，然后到樱桃树，甚至于栖止在紫丁香花的粗干上。不管是株多么细弱的树，是他路之所经的他总得试一试。

刚才看见大莺鲜明的彩色一瞥眼过去，当他路过花园那边小梅树荫影之下，穿入灌木丛中。蟋蟀走过花园里的小路，他的声音现在听不见了；但是另有一个来。当我这样沉醉于梦的情调时候，这许多以及草地里成千成万的东西都正在兴高采烈。是这样专心于他们太阳光下的小工作，这样注意于他们的小蛋，攫得的小虫同将带给渴望着的小鸟的草尖，这样快乐倾听为他们而唱的歌声或者自己振喉高唱,完全忘却其他一切的东西了。因为是这样热心地精神专注，他们才得如是欣欢。若使他们能够命活得长些！——只要能过几季这样的生活也是好的——我希望他们能够活一百岁，只是尽量大吃种子，歌唱，极端怡然，忘却了一切，只晓得当下的良好时光。一条黑线从那边苹果棚突然射到屋顶最少有三十回了。椋鸟飞得这么疾，这么直，他们仿佛留下一条黑线在空中。他们有个窝在屋顶，终日自破晓到黄昏就来往于屋顶与草地之间。苹果棚像个帘幕将草地遮住，使我看不见，所以下降的掠鸟好似突入它后面的一个空间。向下倾斜去，草地变成一个谷；我不能瞧见它，但是知道那是丛生了毛茛，显出金黄色，有一条溪水流过谷里的细沟。

那边远处，我能望见一个高原，高原之后草向上长，比此地高一层。高原上生有灌木同榆树，它们的高度因为距离远而减低了，树影里有几匹马，一小群羊聚在太阳晒得很热的门口，它们总是喜欢这样。高原旁边，从这儿看去，有一个绿色的深沟；其实是条河道深陷入地中。在树棚的顶同山上榆树下的马匹中间，我瞧不出什么。但是椋鸟飞进飞出这个空间，那是丛生了毛茛，显出金黄色，真的，我看见许多黄雀热烈地觅食，甜蜜地叫唤，快乐得有如夏天。整千整万的蟋蟀跳动着，画眉工作着，满心是爱同柔情，鸽子作鸪鸪声——乐事真是有如篱上绿叶那么多。比椋鸟飞得更快，我神驰到山旁绿色深沟里的溪水。

这真快乐，望上追踪这个溪水，它是一步一步窄上去的，等到末了这条细流，比纤草还细，只是在石头上滑过。再小一点儿，就不能流动了，水是无法弄得更细的。它洗滑石上长的棕色东西，轻轻地抚摩着。它灌满沙砾砌成的小凹处，从小燧石的两旁流出。下边，它从极密的开着绿花的婆婆纳同锯齿形的防风草底下走过，像许多大河那样暂时隐藏于群叶之中。再高些，一堆一堆的覆盆子同伸出来的荆棘把探幽者挡住了，他必得绕着这块草丘走。停步回头一看，山下有小草地，长有极短极绿的草，永远有水灌溉着，没有一根毛茛，是黄花同转黄的谷粒中的一条纯绿。几棵空心的橡树，鸽子就栖息枝上发出鸪鸪声音，两三只田凫上下飞翔，天鹨歌唱着，此外就是静寂了。麦田同草丘之间路差不多塞满了，牛蒡同覆盆子将探险者推出来去拂麦田的麦穗。一直上升，等到忽然转个方向，顺着两岸的陡谷，好像一直引到榆树的根旁。榆丛的正底下有个崎岖的深坑；它们的树枝斜横于上面，将这个洞盖住。

泉水就出这里，在壁直岩石的脚旁，岩石下部满生了藓苔，高一些都是爬藤。绿色的茨丛塞着裂罅，做成了这口井的一面围墙，长而窄的凤尾草一条一条附于峭壁之上。泉水的来路隐匿于浓密的茨丛之后，坚固的岩石立在前面，右边草地直到边际——泉水时时颤动，当榆树影里的马儿在那儿顿足——左边麦穗从边际俯视着。绿物的十分静寂之中一所岩石的小穴。有时一只黄雀、一只椋鸟或者一只麻雀来这儿打尖饮水——从草地或谷田口渴飞来——惊愕一下，几乎将它们的翅膀缠在茨丛里，它们是这么奇怪会有人来到这儿。泉水不知不觉地从岩石下一空处涌出，没有潺潺的声音，真是一点儿也不响。浅凹处里面的细沙是丝毫不动的——并没有向上爆发的水散出一圈一圈的水泡。当它滑出凹处的边沿时候。一线日光从树枝射来，与它相遇。夏天里我常到这个小穴，也许像黄雀一样，给甜蜜的冷水所引诱，但是还有一种不能分析的感觉把我拉来。弯下腰来，我用掌心盛水——小心地，怕的是沙会被扰动了——当它顺我手指滑去时候，阳光照着它。独自在这绿色盖着的小穴，独自跟阳光同净水一起，我所感觉到的不止这些东西。对于我水不是普通的水，太阳也不是普通的太阳了。我手掌里的水反映的阳光使我凝神一会儿，水的接触给我以它特有的感觉。一会儿，光散了，水流了，但是我已获得它们的神髓了。在物质上的水同物质上的光之外，我还从它们得到它们的美；它们与我以这个默然的神秘。洁净美丽的水，洁净美丽而明澈的光，各给我以它们真实的一部分。

有许多次我到这里来，在灼热的阳光之下勉力走上这长的、没有荫影的小山，常常带一只瓶去取一些水回家。邻近有一条小河，不错；但是这个却不同，它是泉水，把它带回正如采一朵美丽的花回家。重要的不在物质上的水，而在它所含的那种情调，不在物质上的日光，而在它所带来的无法形容的甜美感觉。我现在还是喝这种饮料，希望能够更深切地喝着。

戏　子

〔英〕奥古斯丁 · 比勒尔

许多人，我想，一生里总有一个时期觉得戏子生活，他们自己所臆测的，具有几乎不能抵抗的魔力。

当一个名角是怎么样呢？我说一个名角，因为（我敢说）没有一个喜欢唱戏的人曾经承认自己是个小戏子。那岂不是常常演最好剧本里那些最好的角色；做每一群角色里的中心人物；觉得你一上台，大家注意都被吸到你身上来；而且（那是更甜蜜的满意）知道空气不会那么紧张了，当你下台时候；就是你最细微的一句话，大家也得肃静倾听，知道最高的编剧天才一向从事于创造局面，他们唯一的目的是使“你”的话动人，“你”的行动庄严；利用你态度的堂皇或者你才智的灿烂来压下一切反对的势力；最后，也许是打倒不幸，得胜而回，或者，若使你演悲剧，那么更幸福了，就在舞台上死去，受人们深刻的怜悯，诚实的哀悼，最少有一分钟？而且，从始至终，响亮的，长久的喝彩——不是延期的，甚至于不是犹豫的，却是立刻跟着的。由一个病态的唯我主义者看来——这就是说由一个凡人看来[1]——这是个多么可羡的命运呀！

舞台上的英雄同大街上的英雄的显著差异是多么分明，多么痛切！在世界舞台上[2]，真真主要的角色——假使我们看得出——常常被一般人们认为不过是个冗物，一个色彩暗淡的人，十分用不着的，他假使每星期挣到一镑钱，就得自满，以为得到很好的报酬了。“他”说的话没有人静默去听。他得尽他的本领把那些话好好地说出，而楼座人们却在那儿吮啜橘子，后厅人们却在那儿修指甲，包厢人们却在喋喋胡谈，正厅人们却在打呵欠。在这些乐意的纷扰之中，他总算运气好，若使有人肯去听他说的话；也许，他所能遇到的最好事情是有人会以为他还值得一嘘。至于喝彩，这班人也许会碰到，假使他们的命活得够长，正如生于他们之前那些大人物所遭遇的，在他们老年时候——

当他们心里冻得冷冰冰了，
外面也只剩有从前他们的影子，
听到世界向这空心的幽灵喝彩，
从前却谩骂他，当他是个活人时候。

伟大的戏子可以记起他所激发的泪或笑，觉得安慰而入睡，醒时看见早晨已经去一大半了，黄昏时他的胜利又将重现出来；但是伟人却将辗转反侧躺着，当他想到他跟愚蠢同偏见所打的这个好像战斗力不平均的仗，他将像米尔敦[3]告诉我们

① 这里讥笑人们都是病态的利己主义者。——译者注

② The world is a theatre，the earth a stage，这是十七世纪英国诗人 Thomas Heywood 的名句。——译者注

③ John Milton（1608—1674），英国大诗人，《失乐园》的作者。——译者注

的那样，学起悲哀预言者泽里米的口吻，呐喊道：“悲哉，我的母亲呀，你生下了我，一个竞争奋斗的人！”

这些话的结论是：扮一个伟人比当一个伟人是可乐得多。

戏子的职业不单本身是可乐的——它而且使别人快乐。在这方面，它同三种学者职业[①]比较起来是好得多了！

世上没有几件乐事能够超过看到所爱好的戏中人物，一向只靠我们这迟钝的想象模糊地把它虚拟出来，现在却加上活人一切优美的仪容态度了。一个有名的文人许多年前自私自利得很聪明，把舞台上一朵明星抢去，安在自己冠冕上面，他献给他妻子几行漂亮的诗，是常在我的嘴上：

> 亲爱的人儿，她的生命跟我自己的连在一起了，
> 当你还只是我的梦中人时候，在你身上我看到莎士比亚的灵眼所预先瞧见的，
> 却加上了生机活泼的女性生命——
> 你是洁净的易摩真[②]；心地高尚的洛扎林德[③]，
> 用精神阳光照耀了朦胧的绿林，
> 或者随诗人变换的心境而变换，
> 是个朱丽叶[④]，或者端庄有如皇后的昆丝坦司[⑤]。

但是不再说这些赞美戏子的话吧。

---

① 指牧师，律师，医生这三种职业。——译者注
② 莎翁悲剧 *Cymbeline* 中一个被冤枉的贤妻。——译者注
③ 莎翁喜剧 *As You Like lt* 中一个快乐的姑娘。——译者注
④ 莎翁悲剧 *Romeo & Juliet* 中殉情的少女。——译者注
⑤ 莎翁历史剧 *King John* 中一个良母。——译者注

我是来安埋该撒，不是来赞美该撒。[1]

躲避不快意的问题是没有用的，我所要发的问题是这个，“世人到底有没有错，那样嫌恶同瞧不起舞台这个大职业？”

古往今来世上的人们对于优伶职业加以藐视，这是个无法否认的事实。许多年前我念过的一篇动人的故事——见于那部秀丽有趣的著作，楞普里耳的《古典辞林》——很可以描摹罗马时代人们的意见。朱理亚·狄西马斯·拉俾立阿斯[2]是罗马一个骑士同编剧家，以哑剧有名于当世，不幸触怒了一个比他更伟大的朱理亚[3]，《纪事》的作者，而且当这第二个朱理亚威权极盛的时候。该撒细思怎样最能使他的敌人丢脸，觉得最好的法子是罚他演他自己编的一本剧里的主角。拉俾立阿斯恳求无效。该撒绝不通融，一定要为所欲为。拉俾立阿斯演他所扮的角色了——怎样演呢，楞普里耳却没有说；但是他也报复一下，而且是各种样子里最可怕的那一个，文字上的报复。他编好背出一段颇有力气的序词，记载这可鄙的专制行为，真是奇怪，他所编的戏剧只有这一小段流传下来，做个样子。里面有些文字确然好像没有使坐在正厅上强装笑容的该撒赧颜，却使一千九百年后的我们替该撒赧颜。可是同我们现在所说有关的文句解释起来是如下：

光荣地活了六十年了，今早离家时我是一个罗马骑士，今晚回去时我却是个声名狼藉的戏子。唉呀。我多活

① 这是莎翁悲剧 *Julius Caesar* 中的名句。——译者注
② 今译德西默斯·拉贝里乌斯。——译者注
③ 指 Julius Caesar。——译者注

这一天了。

转过来看一看近代世界同英国，我们瞧见在这儿大家都相信按法律戏子是真做无赖、浪子同顽梗的乞丐。不错，这是由于误解伊利莎白朝三十九年所颁的法令第四章的意思，那只指定没有得到演剧权利、到处漫游的普通戏子当被认作“无赖同浪子”；这么一种分别人们会以为就是外行人的迟钝感觉也可以看出。

但是这个事实，一种普遍的意见由于误解三百年前议会所通过的一个法令，并不变更那个意见，只使它更显得带有英国习气[①]，因此是完全没有道理的。

关于这个曾经风行一时的偏见到底有什么话可以替它辩护呢?

我想可以用两种理由来辩护。一个是根据这种职业的本质，一个是根据戏子们自己的证据。

戏子职业一个严重的毛病是由于它的本质。它除开当时城市里人们的意见外不能有其他成败的标准。这一点就大可以使生活失去尊严。像米尔敦那么一个大诗人可以俨然地不理“猫头鹰，杜鹃，驴子，猴子，狗”“野蛮的叫声”，但是一个戏子不能这么刚愎冷然。他不能留下什么诉诸后世。猫头鹰，杜鹃，猴子，狗必得叫喊啼吠来喝他的彩，否则他就毁了。这当然是无法避免的事情，但是这是一个艺术家生活的一个不幸条件。

而且，他的艺术没有留下什么记载来说出他的艺术或者解释他的所以成名。当老年人津津有味细谈起已死的过去戏子，

① 这是嘲笑英国人多半不懂道理专重成见的。——译者注

年轻人就昏昏思睡了。细工木匠契盆对尔是比戏子加立克[1]更有势力。后者的轻快活泼不再感动我们了（除开在波兹卫尔[2]的书里）；前者做的椅子还使一百个家庭不能安坐。

也许因此所以没有一个才力或者性格崇高的人肯屈身甘于永远当一个戏子。戏子的命运甚至于使像大辟·加立克这么一个生性乐天、随随便便的人也觉得有沉重的担压着，他用其他成功戏子所未曾写下的那么精美文字来发泄这种牢骚：

画家死了，然而他还能使人们看着喜悦，
英国存在于世上时候，他的令誉绝不会灭亡；
可是在戏台上大踏步走来走去的人，
他的令誉几乎不能够延长到下半代；
文字同图画都不能救起戏子——
艺术家死了，艺术也就随之俱亡。

但是话还得讲深一层，因为单单这么一个事实，某一种事业在志趣高尚人们看来没有什么特别好处，还不足贻我们以口实来谩骂这种事业。因此我接着要说做戏这个举动——摹拟的艺术，或者可以叫作虚设情境所引起的假情感的表现——本身就是受过教育的人所不愿采为终身职业的一种工作。

我相信——我们不要冤枉世人，正如我们不要冤枉魔鬼——这种感觉，这种深信，比大家都看得见的表面上的凶横同趋炎更深一层，我们当认为是世人对于戏子的蔑视，好像是这么残忍同忘恩的，之所由来。

---

① David Garrick（1717—1779），英国十八世纪名角。——译者注
② James Boswell（1740—1795），约翰生传记的作者。——译者注

我不是个非常热烈地赞美胡子的人，不管它们是多么华美或者明亮，然而我自认看到下台戏子刮得非常光的脸孔，我不能不感到一种怜悯，不是近于爱的那么一种怜悯。我免不了向自己说道；这里有一个人他所采的职业一开头就要他破坏他的自我。不是靠你这人本身是怎么样，或者经过揣摩后你会变成怎么样，而是靠着从你到你所打扮的他人中间阻碍是多么少，来解决你宜不宜于舞台生活这个问题。脸孔的平滑，面貌的易变，音调的范围——这些东西在别种职业里不过是好玩的成分，在这个职业里却变成工具了。

熟读波兹卫尔的约翰生传的人们会记得汤姆·苔微士这个名字常见于这本伟大传记里。汤姆是个颇有声望的戏子，（据说）念《失乐园》[①]比英国任何人都好。一天晚上，当约翰生在德鲁立剧院后台闲逛时候（我希望这是在他立下不再到那儿去的那个虔敬决心之前[②]），苔微士走出来到前台去，穿了他所扮的角色的华丽衣服同装饰。情境是堪入画的。十八世纪伟大的、黯淡的“现实”，不朽的大人物，同这华装的小戏子。“喂，汤姆，”这位伟人[③]说道（这是全部的故事），“喂，汤姆，今晚你是谁？”“今晚你是谁？”听起来这好像是宗教论文的话，但是我想很不容易找一句答话跟人们真正的尊严不相冲突。

根据这种职业的本质我们用来辩护的最末一个理由是，故意拿替你祖国的大人们解闷同使你祖国的孩子们惊讶，甚至于恐慌，来做你终身的职业，是贬黜你自己的身价。

① 英国最伟大的史诗，记亚当被摈出乐园事。——译者注
② 约翰生从前喜欢到后台去，后来觉得于自己不好，就下个决心不再到那儿去。——译者注
③ 指约翰生。——译者注

排演的戏剧的四分之三是，不得不是，喜剧，趣剧，杂剧。我们给人生的大空虚厌烦得要死了。我们不胜惶恐地看到我们的吃饭趣味变冷淡了。我们就诊于我们的医生，他假装出关心我们衰弱现象的样子，稍稍谈一下慎饮食，安逸，同快乐三者都可以治病，就叫我们去看丑角图鲁[1]。若使我们很不知世故，我们也许会问哪一晚去好哩，但是假使我们问了，他会立刻答道，我们哪一晚去，这是毫无关系的，因为总是同样地可笑。可怜的图鲁呀！夜夜化妆起来做人们忧郁病的对症药方！使人们发笑并不一定是罪恶，但是以此为职业，一百晚接连着背诵另一个人所编的笑话，披上这些笑话的作者穿起来会赧颜的衣服，由我看起来，这好像是有品格、有本领的人不值得一干的勾当。

使英国大众开心是个极难、极危险的工作，因为这个吵闹的怪物有时却奇异同害羞得有如处女，假使他曾下个决心不受娱乐，那么没有一个东西能够撼动他。所费的力气非常大，牺牲有甚于被尊为圣者的人们。假使你成功了，你的报酬是什么呢？请念演喜剧的戏子的传记，掩卷之后，你将看出一个戏子会很有理由去跟古代的诗人喊道："啊，我厌恶这庸俗的观众！"

我们现在转过来看一看戏子自己的证据。

莎士比亚当然是我第一个的见证。"别人让我们细问，"安诺德[2]歌颂莎士比亚的那首美妙的十四行诗是这样开头——"别人让我们细问；你却是逍遥自在的。"关于我们最伟大的诗人我们所知道的一些已变成老生常谈了。这真是人类无限度

① 英国有名的丑角，据说有一次他患病，医生劝他去看 Toole 演戏，一开心病就会好了。——译者注

② Matthew Arnold（1822—1888），英国诗人同大批评家。——译者注

饶舌的一个显著的成绩，同时也可以证明这个大动物是不肯被剥夺去说话的权利，他居然能够设法写下许多说关于莎士比亚是没有什么可说的；假使这位《哈姆雷特》[①]的作者像卢骚[②]那样喜欢谈自己，这班人所能说的话也不过这么多了。然而事实仍然是：这位作者向我们说出许多关于我们的话，他的天才使整个文明世界感到亲密[③]，关于他自己是丝毫没有提到的，除开说他厌恶同蔑视舞台这一点。说他告诉我们了这些，我想并不是过实之言。我当然心里记着那常常引用的句子，见于那本音调甜美、情感深刻的可喜诗库《莎士比亚十四行诗集》[④]里。第一百十首开头是这样子：

> 哎呀！不错，我四处漫游，
> 把我自己打扮成五颜六色让人们瞧，
> 扯碎我自己的思想，将顶宝贵的贱卖出去，
> 在新情感上加了旧的凌辱。

一百十一首开头是这样子：

> 为我的缘故，你毁骂“运命之神”吧，
> 这个有罪的女神迫我干下有害的事情，
> 她没有好好地安顿我的生活，
> 只使我靠大众为生，因此生了下流的习气，

---

① 莎翁的悲剧杰作。——译者注

② Jean Jacques Rousscau(1712—1778)，法国大文学家，《民约论》的作者。——译者注

③ 莎翁有一名句：One touch of nature makes the whole world kin.——译者注

④ 莎翁十四行诗一百六十四首真情流露，恳挚动人，为莎翁集中唯一自白的诗。——译者注

因此我的名字受了一个玷污，
我的性情几乎因此也变得像
它所做的工作，正如染师的手：
那么，可怜我吧，希望我能够更新。

这几行诗写下已经快有三百年了，但是它们好像还吐出一种真可以说是不朽的怨声。

将顶宝贵的贱卖出去。

这里，在半句诗里，说尽戏子生涯的毛病。

但是也可以说莎士比亚只是个歹角。他能够写出《哈姆雷特》同《如愿》[①]；但是说到扮剧中的人物，前一出戏的“鬼”同后一出戏的“老亚当”[②]恐怕是他所能演的最高角色了。莎士比亚传记的累赘作者已经无话可说，觉得很窘迫了，又天然地想关于一个大人物该写一本大书，就拉拉扯扯说一大阵莎士比亚真值得钦佩，他没有，最少他并未见得有，妒忌那班更成功的优孟衣冠同志，像普通戏子一向那样子。

这是很分明的，就是觉得非常窘迫的传记家也会想到，有了写出，而且的确写出了《哈姆雷特》里那段独语的本领，也足以安慰一个人了，就说他所蒙的不幸更有甚于知道在一般人们的评价里某一个人大声背诵这段比他来得高明。我不相信莎士比亚妒忌理查 · 柏贝治[③]，正如我不能相信米尔敦会妒忌

① 今译《终成眷属》。——译者注
② 都是剧中最不重要的角色。——译者注
③ Richard Burbage（1567—1619），专演莎翁剧的一个名角。——译者注

汤姆·苔微士。但是——不管好坏，或者是不好不坏——莎士比亚总是个戏子，因此我拉他来做一个证见。

我现在——这种讨论真该截短了——乱七八糟瞎召一切曾在舞台上踱过他们的时间的男戏子同女戏子，向他们提出底下这个概括的问题：你们中间有没有一个人对于你们的职业是个老实的，出乎衷心的，十分的矜夸同喜欢，或者你们是不是（说句实话）都悲哀地附和你们大师（然而你们绝没有真真关心他）的诗句，同他一气来——

> 毁骂运气之神，
> 他没有好好地安顿我的生活，
> 只使我靠大众为生，因此生了下流的习气。

他们全承认了，而且一致得出奇。

但是，严重说起来，我不知道有一个例外留于记载里，除非是汤马斯·柏忒吞，他执舞台的牛耳有半世纪——从一六六一年到一七〇八年——在科勒·息柏[1]的《自传》里他可以说是不朽了，戏子也只能够这样不朽，他分明是个性格简单的人，因为他一生里只演一次慈善剧。

此外还有谁呢？倩念马克里狄[2]的《回忆录》——他可算作舞台上的亚塔尔王[3]。你们将看到，说起来我觉得难过，戏子所有的恶习——若使那些可以叫作恶习，其实好像是残酷环境使其不得不然，正如染师的手，贪得观众的喝彩，无穷的自

① Colley Cibber（1671—1757），英国编剧家同戏子。——译者注
② William Charles Macready（1793—1873），英国演悲剧的名角。——译者注
③ King Arthur 是古代名王，这里拿来比他是剧界大王。——译者注

私自利，吝于赞美他人——这些恶习他全是有了；也许不像别地方那样茂生得有如热带植物，可是也够显明了。但是我们不是也看到深深染上的、常在心头的一种受辱之感，一种永远跟舞台脱离关系的希冀?

他不喜欢他子女去看他演戏，总是惋惜——他不是个律师。请看这种生活同那种生活的写真。在这方面我们有马克白[①]，这位伟大的贵族；哈姆雷特，整个近代思想界理智的象征；罗伯・勃浪宁美妙剧本中的斯得拉得福[②]；华丽的服装，拥挤的剧院，美女，娇客；在那方面却只有一件变色的长衫，一顶发霉的假发，一所酸臭的法庭，一位耳聋的法官，一班冷淡的陪审，关于一纸提单的辩论，你的诉状代价十个金币——这笔款你还没有收到，而且你也无法追讨——嗳吓，“这真是天神与魑魅之分！

此外，我们又有息顿斯太太[③]的信做证据，信里提到她妹妹的结婚：

“我失掉了世上最可亲的一个伴侣。她嫁给一个有身份的人，虽然没有多少财产。我谢谢上帝，她现在离开舞台了。”

这岂不是等于说“还是跟最‘有身份’的人度最无聊的生活好些，比起献身舞台上”？

戏子自愿说出的证据其量甚多，其质甚可贵，而且都是可以证实我的意见的。

戏子无意中呈现出的证据我将轻轻地忽略过去。我绝不肯干那惹人厌恶的刻薄勾当，去遍搜过去已死的男戏子女戏子一

---

① 莎翁悲剧杰作。——译者注

② Strappord，Robert Browning（1812—1889，英国大诗人）所编的戏中间的角色。——译者注

③ Mrs. Siddons（1755—1831），英国演悲剧的有名女伶。——译者注

大堆的弱点、虚荣同卑贱。度了一生像旋作旋辍的热病的生活，他们将睡得（我相信）很熟[①]；而且说句公平话，我们千万不要忘却素来——等到值得纪念的那一天夫鲁德先生[②]横冲直撞乱闹一阵——传记作家总是拿一层体面的薄纱遮住被传记的人们（这个字的锐气罗素·罗厄尔[③]得拿他的宽肩来承当），舞台生活的记载一向却是用另一种精神来描写。我们总是知道一个戏子最大的坏处，很少晓得他最大的好处。大辟·加立克是比厄尔顿爵士具有更好的性格，马克里狄最少总同迭更司[④]一样地善良。

可是有一部分无意中现出的证据我却要利用，因为那说出来是不会开罪于任何人的。

我们的戏剧文学是我们最伟大的文学。那是我们最大的成就。但丁也许高过米尔敦，但是莎士比亚都在他们两人之上。他是我们最美妙的成绩；他的剧本是我们最高贵的财产；是世上最值得沉思默索的东西。天天与他为伍，仔细地，缱绻地攻读他的作品——绝不是带了寻找押韵的学究精神，却是为着要发现它们的秘密，使背出的话能够感动男女的心——我们总是预料这会产生理智上，若使不是道德上良好的结果。

男人向女人所说过的最伟丽的恭维话无疑地是斯提尔[⑤]向伊利沙白·哈斯丁斯所说的那句名言。“爱她，”他说，“等于受一遍高等普通教育。”关于莎士比亚的确也很可以这样说。

但是事实怎么样呢——丑恶的，讨厌的事实？虽然有这

---

① 莎翁的名句：After life’s fitful fever，he sleeps well.（*Macbeth*）——译者注
② James Anthony Froude（1818—1894），英国历史家。——译者注
③ Russell Lowell（1819—1891），美国诗人，那个字是他创出的。——译者注
④ Charles Dickens（1812—1870），英国大小说家。——译者注
⑤ Richard Steele（1672—1729），英国初期小品文作家。——译者注

个大便宜——跟我们文学里最高尚、最伟大的作家亲切地接近——戏子的趣味，他们的批评能力，一向是，而且此刻还是，假使没有到不值得藐视的程度，也远不如当时一般人们的智力了。我说趣味，我不是指关于裾襞，缘饰，紧身衣，袜子的趣味；却是关于更重要的事情，真正壮伟的情调同精粹纯正的诙谐。萨尔微尼[①]扮的马克白无疑地是个巧妙的串演；然而这位伟大的戏子经过一番研究之后，写下来告诉人们说他认为梦中步行那一幕应当属马克白，不该属于他的妻子。莎士比亚同息顿斯太太的幽灵呀，你们觉得这句话怎么样呢？

这真是个奇怪的厄运，但是也可以证明戏子艺术本身的下劣，虽然它把它的信徒放在文学同艺术各种影响的当中，而且不得不告诉他以世上最佳美、最可贵的杰作，他在自己修养方面还是有向隅之感——他是艺术的奴才，不是她的娇儿。

戏剧的信徒教了我们什么呢？一点也没有！我们却教了他们。我们打头走，他们笨拙地追随着。舞台并没有叫我们承认莎士比亚天才的高超。戏子们起先不理他，后来可恶地残害他的著作[②]；现在虽然有时逼于尊重目下大家的意见，合弃他们戏房的传统，断然誓绝像他们前辈退特同布累狄[③]那种修改戏文的习惯，可是在他们心的深处他们并不爱他；我们现在演悲剧的伟大戏子是脚步轻快、脸上微笑地把哈姆雷特的束腰紧身衣或晒罗克的宽阔上身衣扔在一边，去纵姿于《钟》或者《科西嘉兄弟》这类戏杂剧般的热闹。

在赏识莎氏天才这件大事情上，我们该感谢文人，不是该

---

① Tommaso Salvini（1829—1916），意大利名角。——译者注
② 英国从前演员对于剧本常随意更改字句，莎翁作品亦蒙此难。——译者注
③ 改篡莎翁戏剧辞句的人。——译者注

感谢戏子。若使有人问，“戏子与文学同批评有何关系？”我将答道，“毫无关系”，而且加一句，“这足以证明我的主张”。

但是戏子有名的趣味恶劣也不完全因为他们心灵与文学没有融化在一起，它的字老是在他嘴上，它的深意却丝毫没有印到心上。还有一个事实也可以解释一部分，那就是由一个具有野心的戏子看来，坏剧本是最易串演很成功的。

阅读戏子的传记，最叫你惊奇的是他们喜欢把人们一向没有注意到的某一个剧中人物演得很出色。加立克扮《赌棍》中的柏味力得意到叫人难堪，我们很容易看出这里面的理由。在人们看见加立克所扮的柏味力之前，他们以为《赌棍》这本戏没有什么意思；的确是没有什么，除开加立克所加进去的表演。这叫作创造一个角色，角色创造得最多的就是最伟大的戏子。

但是编剧者的天才是戏子想一下子完全代表剧中主要角色的一个可怕的障碍。伊文先生[①]演哈姆雷特不管是好是坏——据我所知，他演得非常好——但是在伊文先生所扮的哈姆雷特，正如在个个其他人所扮的哈姆雷特之后，隐隐地有个比他们都更伟大的哈姆雷特——莎士比亚的哈姆雷特，真正的哈姆雷特。

可是伊文先生的马地亚斯却是完全另一回事了，那是伊文先生一手造成的。谁看完了《钟》，将走出来栖安戏院时候，会说“演得很不错，但是我心中的马地亚斯不是这样子”？我们不是都觉得没有伊文先生就无从有马地亚斯吗？

我们最喜欢干我们能够干得最好的事情；戏子更喜欢在小事上有大成就，比起在大事上只有小成就，也是可以原谅的。

---

① Henry Irving（1838—1905），英国名角。——译者注

至于女戏子，那是再鄙贱不过的举动，去毁骂一个女人，因为她从事于男人仁爱为怀所让她干的唯一正当的名誉与钱财两得的职业。两世纪以来女人可以随意以此为业，虽然这是很麻烦同费劲的，她们这样干博得了历代男人的喝彩，他们肯相信凡是与他们快乐有关的事，女人生命同名誉的牺牲都是无妨。只是当她们厌倦于假装的人生，想去追求现实时候，我们才深切地觉得——我想一向是故意不去理这事实——她是个多么微弱无力的动物。

末了，我们千万别要忘却我们是讨论一个难下断语的问题，那是与内心有关系的，所以我们所用的字眼非常重要。

戏子的职业是个很值得干的吗？——这是我的问题。那也许是合法的，有用的，快乐的，但是值得干吗？

戏子的生活是个艺术家的生活。一个艺术家，不管他多么有名，只能有此一生，在那一生里也不配说干了值得干的事情，除非他打算好好地将此生贡献于他所从事的艺术，别的事全不在意。戏子的艺术值得这样牺牲吗？我答道，不！

自言自语

〔英〕加德纳

有一天晚上我在一家有名的馆子里用晚餐，那时我看出独自坐在我邻近桌子旁边的某一位先生正在热烈地跟自己说话。他对着盘子弯下身子，他的脸孔是被情感激动得变形了，分明是在盛怒之中；他愤然地用劲说话，只在真真咀嚼时候才暂停一会儿。许多人的眼睛都偷偷地射到他身上，他好像完全不觉得这些，据我所能推测的，他自己简直不知道他有一个变态的行动。沉静时候，他的脸孔是通常一个经纪人的脸孔，清醒的，能够自制的；当他站起来要走时候，他的兴奋已过去了，看起来他像一个辩论胜利了的人。

也许这种自言自语的习惯不像外表上所暗示的那样含有不吉利的意思。也许只是因为一个人思想力的强壮，同他注意力的集中，以致把外界完全忽略不管了。在我所提的这个例子里，那是很明显的，这个人暂时跟他的环境脱离关系了，他是如是被他所考虑的题材吸引住，他的眼睛停止看，他的耳朵停止听了。他独自跟自己，也许是跟他的对敌一起，等到食完付账时候，他才回到眼前的世界来。他像一个从另一种意识状况里，从白天睁着眼睛做了许多狂梦里出来的人。他分明不晓得有半个钟头他很可以听得见的声音向房里人讲演，我敢说若使人们告诉他有自言自语的习惯，他将热烈地否认，不下于你（或者我）的否认你（或者我）当我们睡着时发鼾声。他的否认也刚是出于同样的理由。他自己是不晓得的。

这时候一个可怕的意思向我来袭。我有没有自言自语的习惯呢？那怎么好呢？我是不是也像这个人，如是沉迷于我自己心里的把戏，以致不能听到我的舌头在那儿胡说一阵？这是个使我不安的观念。我知道，坚决地相信自己没有这习惯，是毫无用处的。这个人无疑地坚决相信自己没有这习惯——也许对于其他自言自语的人还现出开心的注意，当他在街上从他身旁走过时候。我的朋友们从来没有说我有这个毛病，这也是无济于事的。他们也许以为我喜欢自言自语。他们也许知道我不喜欢听人们说我的缺点，这是更可能的。我必得自己留神。不，这也不行。我正可以说我要留神我的梦，不让它们做下去。意识状态怎么能够注目到无意识状态呢？若使我不知道我正在自言自语，我怎么能够挡住自己呢？

吓，一个快乐的意思。我记起来有时我自言自语，我就十分觉得自己的音调。那是我在高尔夫球场中所说的话——简短的，有力的话，关于高尔夫球棍的故意捣乱和高尔夫球的冥顽倔犟。这些话我听得很清楚，听到那声音我吓了一跳清醒起来，甚至于转过身来看一看在邻近球孔打球的那位穿红短衣的姑娘大概听到了没有，或者（那是更坏了）看见了没有。

我想这是个确凿的证据，因为有自言自语习惯的人是绝不会自己听到的。他的话只是他思想的回声，它们是这么凑巧地相合，有如音乐上的和弦，是没有杂音的。我所看见的一位在忒特美术陈列所里摹画一张名画的艺术学生就是这样子。“吓，还是再加些蓝色，”他说，当他从原画抽过头来看他的幕布，过了一会儿又说，“是的，那条线应该好一点才是。”有几个人站在一旁，看他工作，对他这说出的思想微笑。只有他一个人不觉得他说话了。

不错，在一些情形里，意识的同无意识的状态好像混在一起——在这种时候，有意的和无意的话差不多一口气出来。托马斯·莲德丝儿，哀得音爵士的父亲，就是如此。一天他访问一位艺术家，看到他的作品。“吓，非常妙，真的！”他对他朋友说，“颜色配得极好，极好！”然后，仿佛他四旁的人们都消失了，他是独在一室之中的样子，他又说道：“可怜的孩子！他以为他会画图画！”

这个例子指出给我们看，无论这个习惯是心理的弱点或者只是生理的毛病，它是能够弄出极不好的结果，一位银行家就是如此，他当在街上闲步时胡里胡涂把他自己的秘密泄露了。怎么能够守个秘密，或者做生意，若使你的舌头不肯听你调度？琼斯向他妻子解释他在办公室有事情所以迟回来了，这有什么用呢，若使他自己毫不知道或者许可，他的舌头就自然而然说道，假使最后一手他说出了“不要胜牌”，那么他这晚上在俱乐部里会赢钱了？我臆测出可怕的景象，那是这个并不罕见的习惯引起的家庭纠纷同社会灾祸。

然而假使大家都大声说出他的思想，不是也有个好处吗？试想一个世界，里面没有一个人对于任何人守了什么秘密——不能够对于任何人有什么秘密。我看见德皇自觉地宣布他唯一的目的是和平，后来不自觉地对英国大使泄露出对于塞国[①]的

① 塞尔维亚，第一次世界大战当事国之一。——译者注

哀的米敦书[1]是一种“骗局”——德国所要的是战争，它打算攻比利时，如此等等。我又看见英国大使声明了英国是完全没有参加了这个纠纷，做梦一般地说出，“但是若使打起仗来，我们将在内。”同样地，琼斯向斯密士坚决提出三十镑做他马的价钱，将心不在焉说道，“就说五十镑还是便宜，我也许会增到五十五镑，若使他老不肯让价。”

那将是一种世界，在里面谎话是没有价值的，欺骗无非白费时候——一种世界，在里面真理不再躲在井底，而在个个人的口头上了。我们将把一切坏人都抓到监狱里去，一切不老实的商人都传到破产法庭来。秘密外交不再拿人命来做儿戏了，因为不会有秘密了。那些牺牲这么多生命的乖戾的小隐蔽将消散了。你，先生，觉得在家发脾气是这么容易，说出你知道是真的那种殷勤话是那么困难，将被家人看破，于你大有利，你家庭也得到和平了。

是的，我想世界将弄得非常好，若使我们都有自己禁止不住的，说出我们实在思想的舌头。但是我们里面有多少人会被人们看破了。想到这里我自己的脸绯红了。你的也许也是这样吧。

---

① 亦作“哀的美敦书”，即最后通牒。——译者注

同情学校

〔英〕卢卡斯

我听过许多关于俾谟斯小姐办的学校的消息，可是一直到前星期才有机会去参观。

车夫停在古墙中的大门面前，离城有一哩多远。当我等着车夫找零头钱[①]给我的时候，我看到大礼拜堂的尖塔浮露在路的极端。我按了门铃，门自己开了，我面前就现有一个可爱的花园，对面有座红色的乔治朝代[②]的方正大屋，那种密密地布着的雪白窗格子我每看到时心中总起暖和、欢迎、稳固这些感觉。我只看见一个大约十二岁大的小姑娘，双眼都用绷带缚着，有一个差不多比她小四岁的男孩小心地带她缘着花床走。她停着不前，明明是问他进来的人是谁，他好像在那里描状我的样子给她听。一会儿他们走过去了，我也走进厅门，一个含笑的客厅女仆——那种使人看到会高兴的女仆——开门请我进来。

俾谟斯小姐果然是像我所预料的——中年的岁数，很有权力的神气，可是又很和蔼可亲、聪明能干样子。她的头发已经有些转成灰色了，她的体态很丰满，那能够叫思家的小孩看着得到安慰。

① 付钱后找还的零头钱。——译者注
② 乔治第一至第四时代的。——译者注

我们闲谈一会儿，我就询问她所用的教育方法，我听说她的办法是很简单的。

她说我们这里实在并没有教多少书。来我这里的小孩子——小小的女孩和更小的男孩——念规规矩矩的课本时间很少，都是那最浅易的入门功课：拼字，作文，加，减，乘，除。其余都是教员讲给他们听，拿些图画给他们看，那时候只要他们两只手不动，好好地坐着就是了。实际上我们除开这些以外并没有别的功课。

“但是我听过许多人，”我说，“谈到你用的制度的新奇地方。

俾谟斯小姐微微一笑。“呵，是的，”她说道，“我就要说到这点了。这个学校的真真目的不在于灌输思想，而在养成沉思默想的心境——仁爱，良好公民的态度。这是我始终不忘的理想，可喜的是有许多父母很好，肯相信我，让我把这理想拿来实行，试一试。请你望窗外看一下。

我走到窗前，看见一片大花园，后面是个游戏场。

“你看到什么没有？”俾谟斯小姐问我。

“我看见非常美丽的草地，”我说，“和一群快乐的小孩；但是使我莫名其妙的，又叫我心痛的是我观察出他们都不像我所希望的那么健康活泼。我走进来时候，我瞧到一个可怜的小东西别人带着走，因为她的眼睛有毛病，现在我看见有两个也受同种的苦痛；窗户面前有一个倚着拐杖的女孩站着看旁人游戏。她好似是不可以救药的跛子。”

俾谟斯小姐大笑起来。“呵，不，”她说，“她的确不是个跛子；这不过是她当跛子的日子。旁的那几位也没有瞎了眼睛；这不过是他们当瞎子的日子。”我听了这话，脸上一定现出十分惊讶的神情，因为她又大笑了。“这点是我们制度的神髓所在。为的是要叫这些年轻小孩心中对于人世的不幸有真切的同情和了解，我们使他们也受一下这些不幸的苦痛。每学期中每个小孩有瞎子日，跛子日，聋子日，残废日，哑巴日各一日。轮到他们当瞎子那天，他们的眼睛绝对是用绷带包着，若是跑去窥视那就算有损于人格。那绷带是在前一晚上缚好，第二天他一醒来就是个瞎子了。因此他的一切行动都得有人来帮忙，我们也告诉别个小孩去看护他，带着他走路。这样子他们两面——瞎子同那帮助他的人们——都学懂新道理。”

“对于装盲这个人并没有苦痛，”俾谟斯小姐继续着说，“个个人对他都是很仁慈的，实在有些开玩笑样子，虽然在那一日完了以前，就是最不用思想的小孩也会明白瞎子苦痛的真相。瞎子日当然真是最糟的，可是有些小孩告诉我哑巴日是最可怕的。那天小孩子当然要用他的毅力，嘴是没有用绷带缚住的……还是走去园里，你自己看小孩子们怎么干吧。”

俾谟斯小姐带我到一个蒙着眼睛的女孩面前，一个快乐的小东西，我敢说带子后面的眼睛是槐花蕊一般黑的。“这里有位先生来同你说话。”俾谟斯小姐说着就走开了。

“你有偷看没有？”我用这句话来开头。

“没有，”她大声说道，“那变作骗人了。可是我起先不晓得瞎了眼睛是这么可怕的事。一些东西也瞧不到。时时刻刻总怕碰到什么东西。坐下来却减轻了不少的恐惧。”

“带你走路的人对于你很仁爱吗？”我问她。

“都还好。当轮到我来干他这种事，我会比他更小心些。已经有过瞎子日的人对我最好。看不见东西叫人会疑神疑鬼。我希望你也试一下。”

“我现在要带你到什么地方去呢？”我问道。

“呵，是的，”她说，“让我们散一会儿步。你却要告诉我许多东西。今天过了，我会喜欢得了不得。别个坏日子不会有这个日子一半的坏。把一只腿绑起来，倚着拐杖步步跳着走，我想差不多是玩笑。将一只手臂缚住了的确是比较麻烦些，因为你的菜要别人替你切，以及一切别的不便；但是实在也不什么碍事。至于整天装聋子，我是满不在乎的——最少，没有这么难过。变成个瞎子却是吓人的事。我的头不停地痛，有许多东西并不在那里，我却恐怕相撞，费力去避它。我们现在到哪里了？”

我说：“在一个朝着屋子的游戏场。俾谟斯小姐同一个高高的女孩在草地上蹓跶。”

“那女孩穿着的是什么？”我的伴侣问我。

“毛绒蓝裙子，红色的斗篷。”

“我想是美利，”她说，“她头发是什么颜色？”

“很鲜明的。”我说。

“不错，那是美利。她是班长。她非常规矩。”

“那儿有个老头扎玫瑰树。”我说。

“对的，是彼得。他是园丁，他的年纪有一百岁！”

“来了一个棕黑色脸孔穿红衣的女孩，靠着拐杖。”

“不错，”她说，“这是贝里鲁。”

我们这样子散步下去，带着这小东西到处走，我觉得我现在心里沉思默想的程度是十倍于我所能料到的，而且因为不得不把周围的东西说给别人听，那些东西也变为更有趣味了。

当俾谟斯小姐来替我的职务，我舍不得走开，也就同她说我真舍不得走。

我回城的途中一路喃喃地唱底下这几行诗（和从前一样地，总是唱得有些错）。

我能够看到别人的苦痛，
不会去同情于他的悲哀吗？
不，这是绝对不会的，
绝对，绝对不会的！